소설
사기

김병총 장편역사소설

# 소설 사기

# ❶ 춘추전국

# 책머리에

 

 

사마천(司馬遷)은 역사의 아버지다. 서양에 헤로도토스가 있었다면 동양에는 사마천이 있었다. 그의 『사기(史記)』는 분명히 역사서이다. 그러면서도 철학서이고 과학서이며 또한 불후의 문학작품이다.

『사기』는 오묘하기 그지없다. 역사 이후로부터 지금까지의 온갖 '인간들'이 모두 등장하는 책이다. 황제와 성현과 명재상과 명장 등이 등장한다. 지사와 재벌과 열사가 나오고 문호와 학자와 정객과 자객·유협·혹리(酷吏)·해학가·검객·점술가·깡패·도둑·남색·사기꾼까지 나온다. 모두가 일류들이다. 표독함을 극하는 황후도 나오고 절세의 경국지색도 등장한다. 어떤 유형의 인간이든 모조리 등장하기 때문에 『사기』는 의미가 있다. 권력자가 읽으면 지배의 원리와 기술을 배우게 되고, 반역자가 읽으면 저항의 논리와 전술을 배우게 될 것이다. 특히 은둔자가 읽으면 인생의 숭고한 허무를 감지하게 된다.

종이가 발명되지 않았던 시절에 죽간이라는 대나무 패찰과 목간이라는 나무판대기에다 한문(漢文) 52만 6천 5백자, 권(卷) 수로는 1백 30

＊＊＊

권이나 되는 방대한 기록을 칼로 새기고 옻으로 칠해서 만들어진 책이다. 그런 사마천은 어찌 보면 숙연하다 못해 차라리 귀기(鬼氣)스럽기조차 하다.

　사마천은 자신의 생몰연대를 써놓지 않아 정확한 날을 알 길이 없으나 다만 일반적으로 B. C. 145년경인 한(漢)제국 효경제(孝景帝) 때에 태어나 효소제(孝昭帝) 시대에 죽었을 것이라는 설이 유력하다. 그러니까 사마천이 실질적으로 활동한 시기는 앞의 두 황제 사이에서 54년 간 재위한 효무제(孝武帝) 시대인 것만은 분명해진다.

　사마천의 먼 조상은 주(周)왕조 때의 사관이었다. 열국들이 대립하기 시작하는 춘추시대가 되자 사마씨(司馬氏)는 주나라를 떠나 산서성(山西省)의 강국인 진(晉)나라를 섬기게 되는데, 얼마 뒤 사마씨의 또 한 일족은 서쪽땅 섬서성(陝西省)으로 들어가 신흥세력인 진(秦)을 섬기게 되며, 사마천은 결국 이 갈래의 일족에 속하는 것으로 전해진다.

　사마천은 섬서성 한성현(韓城縣)에서 출생했다. 옛부터 하양(夏陽)이라 불려졌던 황하(黃河)의 나루터인, 그 유명한 용문(龍門)이 가까이 있었기로 사마천도 바로 용문에서 태어났다고 말하게 된 것이다. 어린 시절의 사마천은 용문의 산간벽지에서 목가적인 생활을 하며 자랐다. 거기서 부친으로부터 한문을 배우기 시작한다. 부친 사마담(司馬談)은 천체의 운행을 관측하고 사관이 가져오는 문서나 기타 기록들을 정리 보

＊＊＊

존하는 태사령(太史令)이라는 직책에 있었기 때문에 사마천도 글과 관계있는 영향을 입었을 것이 분명해진다.

한(漢)의 효무제는 B. C. 138년 수도 장안(長安)에서 북서쪽 40킬로미터쯤 떨어진 무릉(武陵)에다 자신의 능묘터를 정했다. 그로 인해 많은 백성들이 그쪽으로 이주하게 되는데, 사마천도 가족들과 함께 그 바람을 타고 수도의 위성도시인 무릉으로 이주하게 됐다. 무릉은 관중(關中)의 대하(大河)인 위수(渭水) 북쪽 기슭이었다. 효무제는 수도 장안과 교통상 거리를 가깝게 하기 위해서 위수에다 편문교(便門橋)라는 다리를 놓았다. 그로 인해 무릉은 수도 장안과 지척의 거리가 되어버렸다.

감수성이 예민하고 재능 또한 비범한 사마천이 문화적 분위기가 물씬한 수도에서 청소년기를 보냄으로써, 그가 어떤 인격으로 형성돼 갔던가를 짐작하기란 그리 어렵지가 않다.

당대의 석학 중에 동중서(董仲舒)란 인물이 있었다. 공자가 편찬한 『춘추』의 해석학으로 유명했으며, 공자의 역사에 대한 날카로운 비판을 통해 미래의 한(漢)왕조가 어떤 식의 이상국가로 건설되어야 한다는 점을 기조로 효무제에게 새로운 정책을 헌책하는 사상가이기도 했다. 결국 효무제에게 중용된 동중서는 공자의 권위를 등에 업고 『춘추』를 국가 통치의 근본원리로 삼게 했다. 그즈음에 장안에서 살고 있던 사마천이 효무제에게 등용되는 동시에 유교의 권위자인 동중서의 영향을 강하게 받게 됨은 피치 못할 사정일 것이다. 그러면서도 천재 사마천은 '역사란

＊ ＊ ＊

무엇인가' 라는 질문을 스승 동중서와 자신에게 끊임없이 던지게 된다. 결국 그의 유교란, 경전을 해석하는 하나의 기술적인 학문에 지나지 않는다는 판단을 내린 뒤 동중서의 학설에 엄격한 검토와 문제점 찾기에 골몰한다.

　스무 살이 된 사마천은 자신의 일상적인 안일한 삶에 대한 회의를 느낀다. 드디어 천하주유(天下周遊)의 등정에 오른 것이다. 적어도 3년은 충분히 걸렸으리라는 추측이며, 돌아온 직후 낭중(郎中) 벼슬에 오르는 것으로 돼 있다. 『사기』의 전말마다 붙어 있는 '나는 이렇게 생각한다' 라는 「태사공자서(太史公自序)」를 보면, 그가 주유천하하는 동안에 느낀 감상을 잘 적어놓고 있다.
　그가 처음부터 역사를 서술한다는 결심을 하고 있었다고는 볼 수 없다. 그러나 젊어서부터 역사적 운명에 깊은 관심을 가지고 살았던 점은 가히 운명적이랄 수 있다. 역사적 문헌을 탐독할 수밖에 없던 인연이나, 역사적 사건이 일어난 장소 혹은 위인들의 고향을 찾아 그 곳의 인정·풍속을 접하게 되는 천하주유의 대장정 감행 또한 역사가로서 그의 숙명성이 되는 것이다. 그런 전력 없이는 중국 역사학의 최고 걸작인 『사기』는 탄생될 수가 없는 일이다.

　효무제는 국가적인 행사로 산동성(山東省)의 태산에 올라 봉선 의식

**\* \* \***

을 단행코자 했다. 봉선이란 태산의 산정에 올라 토단을 쌓고 천신(天神)인 태일신(太一神)에게 제사를 지내고[封], 태산의 구릉인 양보(梁父)로 내려와 지신(地神)에게 제사지내는[禪] 의식을 말한다. 그 행사는 성전(盛典)이었다. 개인에게는 일생에 단 한 번 있을까말까하여 봉선의식 참가는 그지없는 영광이었다. 봉선에 참가코자 하는 고관들이 하도 많아 정부로서는 인원을 제한할 수밖에 없었다. 중이천석(中二千石)의 봉록을 받는 삼공(三公)과 9경(九卿)들은 어쩔 수 없었다치더라도 기타의 하급관리들은 지극한 제한을 받게 되었다.

6백 석의 봉록을 받는 사마담은 불행히도 봉선 참례자 명단에 들지 못했다. 더구나 기록관인 태사령으로서도 참례 못 하게 된 사실이 못내 억울할 수밖에 없었다. 그것이 병이 되었다. 동도(東都) 낙양에 잔류하면서 실의와 낙담으로 세월을 보내다가 병이 더욱 위중해지면서 어느날 갑자기 죽음을 직감했다. 병석에 누운 채 사람을 시켜서 아들 사마천을 급히 낙양으로 불렀다.

"주공(周公) 단(旦)이 사거한 지 5백 년 만에 공자가 『춘추』를 저술해 끊어졌던 기록의 전통이 되살아났다. 공자 또한 사거한 지 5백 년 만인 오늘에 이르렀다. 그동안 명주(明主)와 현군(賢君)과 충신(忠臣)과 의사(義士) 등의 수효가 수없이 많았다. 나는 사관(史官)의 자리에 있으면서 그들의 족적을 기록할 작정이었다. 그러나 급병이 들어 세상을 뜨니 못다한 일 때문에 한이 많구나. 나를 대신하여 네가 그 기록들을 남겨

**＊＊＊**

내 한을 풀어주면 어떻겠느냐."

아들 천은 고개를 숙인 채 눈물을 흘리며 대답할 수밖에 없었다.

"불민한 자식이오나 삼가 아버지의 유지를 모시겠습니다. 맹세합니다. 구래(舊來)의 기록들을 잘 정리해 결코 빠짐이 없도록 하겠습니다."

그런 약속이 사마천의 운명이 되고 말았다. 그 때 그의 나이 36세였다.

그 후 3년이 지나 사마천은 부친의 뒤를 이어 태사령에 임명된다. 그는 우선 황실도서관에 비장되는 책으로 일컬어지는 석실(石室)·금궤의 서(書)들을 열람하기 시작했다. 진(秦)제국의 연대기를 읽었다. 한(漢)제국의 조칙(詔勅)과 대신들의 상주문(上奏文) 따위들도 섭렵했다. 오경(五經)인 『역경』『시경』『서경』『예기』『춘추』도 다시 정독했다. 『좌씨전』『국어』『세본』『초한춘추』 등도 열심히 탐독했다.

드디어 『사기』 저술에 착수했다. 거기에 몰두한 지 7년 뒤 어느날, 사마천에게는 청천의 벽력과도 같은 뜻밖의 사건이 발생한다. 장군 이능(李陵)이 5천의 정예병을 거느리고 북방 원정길에 올랐다가 흉노군 1만의 적을 베고도 8만 대군에 포위되어 항복한 사건이 일어난 것이다. 격노한 효무제는 이능을 문책하는 어전회의를 열었다. 순수한 열정을 지닌 사마천이 단신 이능을 변명하고 나섰다.

"이능만큼 충직무쌍한 장군이 또 어디에 있겠습니까. 고금의 어떤 명장도 5천의 소수병력으로 8만 대군을 이길 수는 없습니다. 칼은 꺾이고 화살은 다했지만 그는 맨주먹으로 죽을 각오로 적진에 뛰어들기까지 했습니다. 비록 그가 적에게 묶인 바 되었지만 차라리 그의 용맹함은 천하에 과시되었습니다. 그가 이번에 죽지 않고 적에게 항복한 것은 폐하를 욕되게 하려한 짓이 아니라 후일 나라에 보답할 기회를 얻기 위함일 뿐입니다. 전날의 혁혁한 전공은 잊으시고 어찌 한 번 패한 일을 가지고 벌 주시려 합니까. 차라리 구원군을 보내주지 않은 총사령관 이광리(李廣利)를 벌주십시오."

오히려 그런 식의 비호가 화근이었다. 이광리는 무제가 총애하는 후궁의 오빠였던 것이다.

사마천은 투옥당했다. 궁형(宮刑)에 선고된 것이다. 생식기를 제거당하는 남성의 가장 치욕적인 형벌이며 다행히 목숨을 건진다해도 그 쪽이 악취나게 썩기 때문에 부형(腐刑)이라고도 했다. 어처구니가 없었다. 차라리 자살하는 편이 옳았다. 사형죄를 범한 자라도 50만 전만 있으면 속죄되지만 가난한 사마천에게 그만한 돈이 있을 턱이 없었다.

"어떻게든 살아남아야 한다. 중국의 통사를 쓰겠다고 아버지와 약속한 일이 있지 않은가!"

죽을래야 죽을 수도 없어 사마천은 생식기를 제거당한 인간 이하의 인간으로서나마 살아남기로 작정했다.

후한(後漢)의 역사가인 반고(班固)가 저술한 『한서(漢書)』의 「사마천전」을 보면 사마천이 그의 친구인 임소경(任少卿)에게 보낸 편지를 통해 그 때의 심경을 잘 표현하고 있다.

＊＊＊

    ——나는 지금 그 누구도 원망하지 않소. 다만 내가 심혈을 기울인 이 저술이 완성되면 명산(名山)에 감추어 영원히 전하게 하고 또 한 벌은 대도(大都)에 사는 뜻있는 인사들에게 전할 참이오. 그럼으로써 나의 치욕은 씻겨질 것이며, 그때 일만 번 사형을 받을지라도 나에겐 아무 한이 남지 않을 것이오.

    사마천은 과연 그런 각오로 『사기』 집필에 온갖 심혈을 기울였다. 효무제 역시 영민한 군주였기로 역린(逆鱗)을 건드린 사마천에게 일시적으로 극형에 처하긴 했으나 곧 그의 비범한 재능과 충성심을 인정하고 봉록 5천 석인 중서령(中書令)에 임명했다. 사마천은 공무 처리 외의 모든 시간과 정력을 오로지 『사기』 저술에만 바친다. 드디어 그의 나이 55세 때인, 집필을 시작한 지 19년째 되던 해에 1백 30권의 대작 52만 6천 5백 자, 대 『사기』는 완성되었다. 그 때의 책 이름은 『태사공서(太史公書)』였다.

    그의 사기 연대에 관해서는 입증할 만한 자료가 없다. 반고 역시 『한서』에서도 사마천의 생몰연대를 기록하지 못했다. 다만 전기학자들은 효무제가 사거한 얼마 후 사마천도 60세를 전후하여 죽었을 것이라는 추측만 하고 있다.

    사마천의 시대에는 '역사' 라는 말이 없었다. '사(史)' 라는 말은 사관 즉 기록을 주관하는 관리라는 단순한 뜻일 뿐이었다. '사기(史記)' 라는 말도 진의 시황제가 천하의 패자가 되었을 때 진 외의 6국에서 진나라에

＊＊＊

대한 부정적 기록들이 많이 나온 것을 보고 사기를 폐기처분했다는 기록에서 처음 엿보인다. 역시 이 때의 ‘사기’도 사관의 기록 이상의 의미는 없었다.

그로부터 약 5백 년 후인 남북조 시대에 『태사공서』를 본받은 많은 저서들이 나타나면서 비로소 ‘역사(歷史)’라는 독립된 항목이 생겨나게 된다. 그 때의 분류법은 유교의 경전(經典)을 ‘경(經)’이라 했고, 역사를 ‘사(史)’라 했으며, 제자백가 등의 사상을 ‘자(子)’라 하고, 문학작품을 ‘집(集)’으로 표현했다. 그러니까 여기서 처음으로 ‘역사’라는 개념이 일반인에게 인식되기 시작한 것이다. 결국 『사기』는 후세인에 의해 불려진 타칭(他稱)인데, 사마천이야말로 사관으로서의 기록 외에도 여러 종류의 자료를 수집·분석·종합해 시대사나 단대사가 아닌 통사(通史)를 처음 완성·성공시켰기 때문에 그렇게 불러도 하등 거부반응을 느끼지 않게 되었을 것이다.

『사기』는 전술한 대로 『표(表)』·『서(書)』·『본기(本紀)』·『세가(世家)』·『열전(列傳)』으로 구성돼 있다.

『표』는 연표 즉 연대표이다. 역사 기록의 시간과 공간적 관계를 동시에 알아볼 수 있도록 짠 글자 그대로 표(表)이며 역사의 달력이다. 저자의 과학적 정신을 보여주는 획기적인 역사방법론이라 할 것이다.

『서』는 8권으로 돼 있다. 인간의 예의를 다룬 「예서(禮書)」, 음악에

***

대한 「악서(樂書)」, 군사문제를 다룬 「율서(律書)」, 계절변화와 우주·
인생에 대한 성찰을 다룬 「역서(曆書)」, 천문을 논하는 「천관서(天官
書)」, 제사의식 문제를 다루고 있는 「봉선서(封禪書)」, 수리(水利)문제
를 논한 「하거서(河渠書)」, 경제문제를 다룬 「평준서(平準書)」가 그것들
이다.

『본기』는 태고로부터 한의 효무제에 이르는 2천 5백 년 동안 왕자(王
者)들의 흥망성쇠를 기술한 일종의 정치사(政治史)이다. 『사기』의 근간
을 이루고 있는 개설서로 보면 된다. 왕이 아닌 항우(項羽)가 「본기」에
묶여 있는 점은 특이하다.

『세가』는 열국사(列國史)라고도 할 만한 제후들의 정치사이다. 선진
(先秦) 시대의 제후 및 한대(漢代)의 제후들 또 공자들을 다루었다. 왕
이라 칭한 지 반 년 만에 망한 진섭(陳涉)을 『세가』에서 다루고 있음도
흥미롭다.

『열전』은 『본기』나 『세가』에 등장하는 인물들의 전기로, 나름의 일기
일예(一技一藝)로써 일세를 풍미했던 개인의 사적을 적은 것이다. 혈연
과 문벌에 기초를 둔 주(周)의 봉건제도가 무너지고 오로지 실력만을 제
일로 치던 약육강식의 전국시대(戰國時代)로 돌입하자 개인의 재능에
따라 부귀공명을 천하에 떨치게 되는 자가 속속 나타난다. 고로 개인의
활동을 무시하고는 역사를 생각할 수 없다는 사마천의 사상이 잘 드러
나는 대목이다. 심혈을 가장 많이 기울인 부분이기도 하며 『사기』 전체

***

의 절반 가량을 차지한다.

『열전』의 '전(傳)'은 원래 경전의 주석이라는 뜻으로 사용되었다. 경전을 해석함에 있어 대개 스승과 제자 사이에 구두로 전달했기에 입으로 전한다는 뜻의 '전'이 본래 의미이다. 사마천은 개인의 생애에 관한 '전'을 확대 해석해 많은 '전'들을 모았으므로 『열전』이라 했다. 그가 중국사서의 전통적인 서술형식인 연대기 즉 사건을 연대순으로 배열해 가는 이른바 편년사(編年史)체를 지양하고 독창적으로 특히 『열전』에서 기전체(紀傳體)로 기술한 점은 괄목할 만한 일이다.

『사기』를 읽어보면 그 글자 한 자 한 자가 마치 살아 있는 것처럼 생동감에 넘친다. 그의 천재적인 표현의 재능도 뒤따랐지만 천하를 주유하면서 그 지방의 인정·지세·풍속에 밝게 탐문한 결과 때문일 것이다. 사료(史料)를 취사선택하는 경우에서도 이성으로 판단되어 상식적이면서도 또 이해되는 사실(史實)에만 기초를 두었기 때문에 『사기』는 더욱 역사서로서의 냉철한 객관성이 높이 평가되는 터이다.

동양에서는 말할 것도 없고 서양에서조차 『사기』를 불후의 명저로 관심을 끄는 이유는 있다. 그것은 세계에서 최초로 나타난 종합적인 통사(通史)라는 점에 있을 것이다. 그동안 기껏 단대사가 고작이었고, 서양의 헤로도토스의 『히스토리에』조차도 개설 형식만을 취하고 있음에 비한다면 『사기』의 사마천이 단연 '역사의 아버지'로 존중되는 점에 이의

***

는 없을 것이다. 또 당시에 순문학으로서 부(賦)와 악부(樂府)가 성행했다. 그러나 문학적 가치에 있어서도 『사기』를 따르지 못하고 있다.

인생의 목적을 현세에서 누리는 부귀영화에만 있다고 그는 보지 않았다. 육체가 썩어 없어진 후에라도 명예로운 이름이 영원히 남게 되는 그 '불후의 명성'에서 그는 구원을 찾았다. 오늘날 중국의 문화나 중국인의 행동지침에서 '인고(忍苦)의 정신구조'가 많이 나타남은 사마천에서 본받은 바가 클 것이다.

『소설 사기』는 사마천의 방대한 저술 중에서 극히 일부분이라고 해도 과언이 아니다. 그러나 그 중에서도 가장 재미있고 유익할 뿐더러 황량한 이 시대를 벗어나는 데에 도움이 될 만한 부분만 추려 소설로 꾸민 셈이다.

출판을 떠맡은 문예출판사의 용단에 깊이 감사드린다.

1998년 晩秋에

김 병 총

**①**
춘추전국

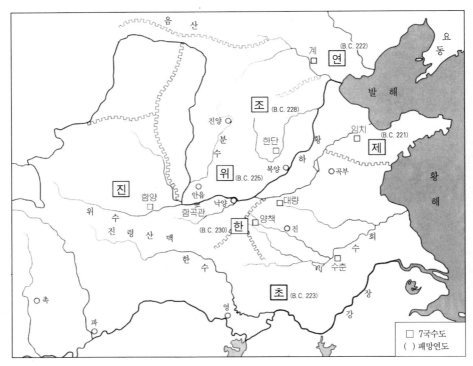

전국(戰國)시대 열국도

# 1. 여불위의 기화

서기 전 261년.

조(趙)나라 수도 한단(邯鄲)의 여름은 유난히 더웠다.

상수리 나무에서는 매미들이 쉬엄쉬엄 울었다.

"잠깐 이리 오게······"

누군가가 부르고 있었다.

한가롭게 길을 걷던 서른 중반의 사내 하나가 멈칫하면서 사방을 두리번거렸다.

"어딜 보나, 여길세."

왼쪽으로는 숲이었고 오른쪽으로는 맑은 시냇물이 흘렀다.

칠순의 자그마한 노인이었다. 그는 수풀 속 그늘에 오도카니 앉아 반짝이는 눈빛으로 이쪽을 유심히 쏘아보았다.

사내는 노인을 알 턱이 없었다.

"저를 부르셨습니까?"

"자네말고는 근처에 아무도 없지 않은가."

"……그렇군요……"

"가까이 오게."

사내는 때마침 쉬어갈 요량을 하고 있었던 터라 머뭇거리며 노인 앞으로 다가갔다.

자리를 잡아 앉을 때까지 노인이 잠시도 눈길을 떼지 않는 게 기분 나빴지만 사내는 개의치 않기로 했다.

노인은 한동안 입을 꼭 다물고 있다 갑자기 제 무릎을 탁 쳤다.

"좋다!"

"예에?"

"괜찮다구."

"뭐가요?"

"자네 관상이."

사내도 덩달아 감탄했다.

"아, 관상을 보십니까!"

"부자로군. 젊은 나이에."

"운이 좀 따랐을 뿐이지요."

"겸손 떨 건 없어. 그렇대서 시건방 떨 것도 없구. 왜냐하면 아직은 보따리장수 신세일 테니까. 하지만 자네는 지금 재산의 만 배 이익을 한몫에 챙기는 장사를 하게 될 걸세."

사내는 고개를 갸우뚱했다.

"세상에 그런 장사가 어딨습니까. 가짜를 진짜로 속여 팔고 사재기로 떼돈을 번다 해도 만 배는……"

"내가 된다면 되는 거야."

"장삿속은 어느 곳이든 빤합니다. 여러 곳을 돌아다니며 특산물을 싸게 사서 다른 곳으로 가져다 비싸게 팔아 이문을 챙기는 식이지요. 그나마도 저처럼 눈썰미도 있고 시세에 민감한 장사꾼이라야……"

노인은 미간을 찌푸렸다.

그렇지만 사내는 노인의 기분 따위는 아랑곳 않고 떠들기 시작했다.

"연나라에 가면 대추와 밤이 흔하고, 초나라로 가면 금과 귤이 무진장이고, 한나라엘 가면 옥과 강궁(强弓)이 특산이고, 조나라로 오면 말〔馬〕과 모직이 좋습니다."

"이놈 봐라 이거……!"

"피혁은 위나라 것이 좋고, 진에 가서 단청 재료나 명검을 구하면 몇 곱절 이익을 남길 수가 있으며, 제나라로 가서 소금을 실어오면 재미가 짭잘하지요."

"전국칠웅(戰國七雄 : 한韓·위魏·조趙·연燕·초楚·진秦·제齊)을 제집 문지방 넘듯 넘나들었구먼."

"그까짓 국경수비대놈들 구워삶는 것쯤이야 식은 죽 먹기죠. 떡고물 한웅큼만 입에다 털어넣어 줘도 모른 척 눈 딱 감고 돌아서지요."

노인은 기어코 참지 못하겠는지 완강하게 손을 내저었다.

"내 얘기인즉슨, 자네가 그토록 사타구니에서 요령소리가 나도록 바쁘게 돌아다니지 않아도 부자될 방도를 귀띔할 참이었단 말일세!"

사내도 지지 않고 발끈했다.

"그만 두세요! 허공에 삿대질하듯 허망한 날강도 장삿법 또 늘어 놓으실려구요."

"그놈 입심 하나 더럽네. 그래두 이 늙은이가 참아야겠지. 그래, 자넨 어디 사람인가."

"양책(陽翟)이 고향이죠."

"이곳엔 무슨 일로 왔나. 부자라면 응당 여기다 첩살림 차렸을테고, 한데 자네같은 부자라면 시종배 달린 말이라도 타고 나다닐 일이지 이런 땡볕 속을 혼자서 허우적거리며 돌아다닐 건 뭔가."

"그러게 말입니다. 좋은 말이 있다기에 마장엘 들려 명마 사타고 단숨에 집으로 달려갈까 했는데 결국 허탕치고 허망하게 걸어서 돌아가던 신세 아니겠습니까."

"그러니까 땡볕 쏘여가며 다리품 팔지 말고 손쉬운 사람장사 하라는 얘기 아닌가."

"사람장사요?"

"그래, 사람장사."

"농담 그만 두십시오. 왕년에 전들 어디 사람장사 안 해본 줄 아십니까. 대체로 노비장사 기생장사란 성가시기만 하고 이문이 적습니다. 더구나 국경수비대 놈들 사람장사만큼은 뇌물로 통하지 않거든요."

"그런 사람장사가 아니라……"

"그만 가 볼랍니다. 관상 봐 주셔서 감사합니다."

"잠깐!"

노인은 일어서려는 사내의 팔을 잡아챘다.

"집에 손님이 기다리고 있거든요."

"상경(上卿)의 상(相)이야."

"어쨌건……"

"거부(巨富)에다 공후(公侯)의 인(印)까지 겹장으로 찼어."

"제가요?"

"태공망(太公望)의 이름을 들어본 적이 있나?"

"위수(渭水)가에서 낚시질이나 해먹으며 간신히 입에 풀칠이나 하던 늙은이였는데, 주(周)나라 태자 서백(西伯)에게 발탁되어 나중에 제왕(齊王)에 올랐지요."

"자네가 바로 태공망의 관상이네."

"우하하하……웃기지 마십시오. 강태공이야 참을성이 좋아 수십 년을 빈 낚시대 드리우며 졸고 있다가 우연히 월척을 건져올렸는지 몰라도 저는 성질이 급해서 그렇게는 못합니다. 그물로 훑든가 작살로 찍는 일이라면 또 모를까 기다려서 낚아올리는 짓은 딱 질색입니다."

노인은 심기가 불편한지 한동안 입술만 심하게 씰룩거렸다. 그러다가 갑자기 고함을 질렀다.

"어서 꺼지고 싶으면 네놈의 이름이나 내놓고 가게."

사내도 노인과의 대거리가 귀찮았다.

"여불위(呂不韋)라 합니다."

"나중에라도 네놈의 마음이 움직이거든 꼭 한단으로 들어가 보게."

"여기 조나라 수도엘 말입니까?"

"네놈이 온 재산을 투자해서라도 꼭 사두어야 할 인물이 있네."

대꾸가 없자 노인은 다시 소리쳤다.

"조나라에 볼모로 잡혀 있는 진나라 공자 자초야."

"오늘 여러 말씀 고맙습니다. 나중에 정작 벼슬자리라도 따게 되면 다시 찾아뵙지요."

여불위가 귀가했을 즈음에는 관상쟁이 노인의 이상한 권유 따위는 까맣게 잊고 있었다.

"주희(朱姬)야, 오늘은 내가 더위를 먹었는지 머리가 아프구나. 일찌감치 잠자리에 들도록 하자."

초나라는 천하의 색향(色鄕)이었다. 그러니까 주희는 여불위가 초나라로 장사하러 갔다가 적당한 값에 사서 조나라로 데려온 무희(舞姬)였다. 그녀는 인물 또한 절색이었다.

"주희야, 너야말로 볼수록 절색이로구나!"

"얼만큼요?"

"그 옛날 하(夏)나라의 말회(妹喜)나 은(殷)나라의 달기(妲己)나 주(周)나라의 포사(褒姒)도 너의 미모에는 감히 못 미쳤을 게다!"

"아이, 주인님도. 주인님이 아무리 저의 미모를 칭찬하려 하시지만……"

"내가 너의 용색을 기껏 그녀들에게 비교한 게 잘못이라는 뜻이로구나."

"아닙니다. 그런 독부(毒婦)들에게 소녀를 비교하시는 게 싫어서 그럽니다."

여불위가 주희를 그토록 유별나게 이뻐하는 데에는 그 미모 말고도 사랑할 수밖에 없는 비밀스런 이유가 있었다. 즉, 천하의 오입쟁이라도 아주 재수가 좋아야 한 번 만날까 말까 하는 그런 명기(名器)를 주희는 가지고 있었다.

"그렇지! 역시 사람장사가 제일이야. 삼백 금에 널 사왔지만 진짜 값어치는 삼만 금도 더 나가지!"

주희는 여불위가 뭔가에 혼자 신나서 떠벌리는 소리에 갑자기 신경을 곤두세웠다.

"주인님, 지금 하신 말씀에 무슨 뜻이 있습니까?"

"굳이 알 거 없다. 오늘 낮에 어떤 돌팔이 관상쟁이 노인을 만났는데 날더러 사람장사를 하면 큰 돈을 벌 거라고 하지 않더냐. 문득 그 말이 생각나서 그냥 해본 소리다. 신경 쓸 거 없고, 우리 다시 새 기분으로 즐겨보자꾸나······"

그날 따라 과도한 방사(房事)를 치루었기 때문인지도 모른다. 어쨌건 여불위는 주희를 품에 안고 곤히 자는데 이상한 꿈과 만나게 된 것이다.

시커먼 용 한 마리가 장지문을 치뚫고 방으로 날아들더니 공중을 빙빙 돌다말고 왕방울 같은 눈으로 여불위를 번쩍번쩍 노려보았다.

"앗, 저놈 봐라!"

흑룡에게 소리질렀지만 물러가지 않고 흑룡은 계속 여불위를 노렸다. 화가 치민 여불위는 벌떡 일어나 벽에 걸린 장검을 빼들었다. 그러나 흑룡이 한 발 먼저 여불위가 품고있던 홍옥(紅玉)을 덥석 채어가는 것이었다.

"내 귀중한 보석을!"

장검으로 기어코 흑룡을 내려치는데 성난 흑룡은 입에 물고있던 여의주로 여불위의 이마를 향해 빠른 속도로 사정없이 날려보냈다.

"아야얏!"

거의 동시에 사방의 어둠 속에서 쩡쩡 웃어제치는 듯한 호통소리가 들려왔다.

"어리석긴! 건방지고 한심한 놈! 네놈이 어디 내 말을 듣지 않고 베겨내는가 보자!"

"주인님 주인님 어서 일어나십시오. 끔찍한 악몽을 꾸셨나 봅니다!"

주희가 깨우고 있었다. 벌써 온몸은 땀으로 흥건히 젖어 있었다.

"휴우······ 그래 이런 가위눌림은 평생 처음이다. 한데······?"

여불위가 정신을 차리고 보니 발가벗은 주희의 아름다운 육체만이 등촉 아래에서 뽀얗게 빛나고 있었다.

"악몽치고는 괴이쩍다. 무엇보다 그 목소리가, 귀에 익은 목소리가!"

어둠을 흔들어 제치던 그 목소리는 낮에 만났던 괴상한 관상쟁이 노인의 것이 분명했다.

"어떤 꿈을 꾸셨습니까? 소녀가 전날 초나라에 있을 적에 우연히 꿈 해몽법을 배운 바가 있습니다. 꾸신 꿈을 자세히 말씀해 보십시오."

여불위는 반쯤 혼빠진 목소리로 띄엄띄엄 꿈속에서 만났던 사건들을 늘어놓았다.

'홍옥은 빼앗기고 여의주에 얻어맞는다!'

주희는 깜짝 놀랐다. 여불위한테는 용꿈이겠지만 자신은 속절없이 팔려갈 수밖에 없는 꿈이었다. 그러나 주희는 그렇게 늘어놓을 수가 없어 뺏기는 부분만 쏙 빼놓고 말해 주었다.

"기막히게 좋은 꿈입니다. 주인님께서 고귀한 신분이 되실 꿈입니다."

주희가 그런 식으로 달래고는 있었지만 여불위는 속으로 찜찜했다.

"주희야, 기회를 보아 너를 정부인으로 들여앉힐까 한다."

"주인님으로부터 받은 지금까지의 사랑만으로도 몸둘 바를 모르는데 어디 정부인 자리까지 바라겠습니까."

"기특도 해라. 너는 마음 씀씀이까지도 선량하구나. 그럴수록 나는 네가 더욱 사랑스럽다."

"부디 버리지나 말아주십시오. 길거리에서 춤이나 추던 하찮은 계집을 이토록 고이 거두어 길러주신 것만도 감읍할 따름입니다."

주희는 눈물을 글썽이며 여불위의 품속으로 다시 파고 들었다.

여불위는 주희의 눈물의 깊은 뜻을 알 까닭이 없었다. 기껏 자신에 대한 감사의 눈물로만 이해했다.

그리고 여불위로서 주희에 대해 우려되는 바가 한 가지 있다면 그것은 주희의 색정(色情)이 지나치게 강하다는 사실이었다.

열린 창 밖으로 보름달이 휘영청 밝았다. 사방은 고요했다.

자초(子楚)는 진작 부실한 저녁상을 먹는둥 마는둥 물려버렸다.

그런 후에도 딱히 할 일이 아무것도 없었다. 설사 일거리가 있었다 할지라도 이토록 심란하고서는 일이 손에 잡힐 리도 없을 것이었다.

자초는 방 구석쪽에 자리잡고 있는 침상으로 올라가 하릴없이 팔베게를 하고는 웅크리고 누웠다.

"자초는 우리 진나라를 위하여 조나라에 볼모로 보낸다."

오래전에 할아버지 소왕(昭王)의 명령에 따라 일이 그렇게 되었다.

진나라 대군이 조나라로 쳐들어올 것이라는 소문이 꼬리를 잇고 있었다. 소문이 사실로 나타나는 순간 인질 자초는 조나라 조정으로 끌려나가 댕강 목이 잘리게 되는 것이다.

'아, 내 목숨도 부질없이 끝나는구나!'

자초가 몸을 뒤척이다 돌아눕는 순간이었다.

"주무십니까?"

진나라에서 데리고 온 사인이 장지문 밖에서 부르고 있었다.

자초는 못들은 척하다 부질없는 짓이다 싶어 한숨섞인 목소리로 대꾸했다.

"잠깐 쉬고 있을 뿐이다."

"손님이 찾아왔는데 만나보시겠습니까?"

"손님이라면…… 저승사자더냐."

"공(公)께서는 지금 부질없이 마음 약한 말씀을 하고 계십니다. 어서 일어나 의관을 갖추시지요."

"대체 이런 야음에 누가 나를 찾아왔다는 얘기냐?"

"여불위라는 사람입니다."

"그런 사람 나는 모른다. 그리고 지금은 심란해서 사람만나기가 귀찮구나."

"하오나 만나보는 것이 좋을 듯합니다."

"어째서?"

"확실치는 않지만……"

"너는 그자가 누구인지 알고 있느냐?"

"모릅니다."

"너도 모르는 사람을 무엇 때문에 만나라 보채느냐?"

"예사로운 인물이 아닌 듯합니다. 많은 용인들을 거느린데다 비단옷 차림에 네 마리의 백마가 끄는 사를 타고 왔사옵니다. 더구나 그는 매우 겸양스런 예(禮)까지 갖추며 공을 뵙자고 합니다."

"변(駢 : 두 마리)도 아니고 참(驂 : 세 마리)도 아니고 사마수레를 타고 왔다고?"

"필시 경공의 마차인 듯합니다."

"괴이한 생각은 드나 내 목을 베러온 무리들은 아닌 듯하니 일단 안으로 정중하게 모셔라."

여불위는 자루코[袋鼻]에 약간 불거진 눈을 하고 있었다. 두터운 입술에 풍성한 턱을 가지고 웃을 때는 큰 입이 귀 밑까지 찢어졌다. 비록 책(幘)으로 머리를 쌌지만 두의(頭衣)의 군데군데를 옥(玉)으로 장식하고 의상이 귀한 비단인 점으로 미루어 부자인 것만은 분명했다.

"우선 저를 소개하지요. 양책땅 출신의 장사꾼 여불위입니다."

자초는 여불위가 상인이라는 사실에 몹시 당황했다.

"공을 놓고 큰 장사를 하러 왔습니다."

"예에?"

"자세히 저를 소개해 올리자면 여러 나라를 오가며 이쪽 물건을 싸게 사서 저쪽에다 비싸게 팔며 저쪽의 싼 물건을 이쪽에다 비싸게 팔지요."

"그야 상인이라면 당연히 ……"

"그리하여 천금의 재산을 모았지요. 그런데 제 자랑 같습니다만 여러 곳을 왕래하면서 많은 사람들을 만나다 보니 어느덧 사람을 알아보는 남다른 눈이 생겼다는 겁니다."

"그럴 테지요. 만인을 대하다 보면 누구나 인물에 대한 감식안이 생기는 게 아니겠습니까."

"물론 제가 여기 온 것은 장사 때문입니다. 그런데 간밤에 꾼 꿈이 하도 신통하더니 기어코 기화(奇貨)를 발견해지 뭡니까."

"기화요?"

"진기한 보배 말입니다."

"신통한 꿈이니 진기한 보배니 도대체 저로선 알아들을 수가 없습니다."

"바로 귀공을 일컬어 기화라 합니다."

"제가 기화?"

"충분히 사둘 만한 가치가 있지요."

"저를 사신다구요?"

"보통사람들은 공을 예사롭게 보아넘길지 모르지만 물건의 가치를 제대로 볼 줄 아는 저같은 전문가의 눈은 다르지요. 귀공이야말로 나중에 엄청난 고가(高價)가 됩니다."

맹랑한 여불위의 주장에 자초는 화를 냈다.

"농담이 지나치십니다!"

"아닙니다. 지금 공의 처지가 고단하다 하여 말을 희롱해 공을 두고 놀치는 짓이야 하겠습니까. 한마디로 공의 문호를 크게 해드리려고 왔을 뿐입니다."

"내 집을 크게 만들어 주신다고요? 아서요. 저엉 그렇게 해 주시고 싶거든 먼저 여대상의 집부터 크게 지으신 다음에 제 집도 크게 만들어 주시지요!"

"일이 그렇지가 않습니다. 제 집은 공의 집이 커져야 덩달아 커지게 돼 있습니다."

여불위의 진지한 태도에 자초는 그제서야 상대가 의미심장한 말을 하고 있다는 사실을 깨달았다.

"문호(門戶)를 넓힌다는 것은 부자가 된다는 뜻입니까?"

여불위는 직답을 피한 채 자초에게 가득 술을 따르어 올렸다.

"저는 이제사 공의 어려운 사정을 듣게 되었지요. 정말 딱한 처지에 계십디다."

"그렇습니다. 인질의 몸이다 보니 한단은 물론 벗어날 수가 없고, 가까운 곳으로나마 외출하고자 하나 가난해서 수레 한 대 살 수가 없으며, 천하의 빈객들과 교제는 고사하고 목숨 부지를 위해 조나라 공경(公卿)들에게 바칠 뇌물자금 한 푼 마련할 길 없습니다. 이토록 맹랑한 제 처지를 보고서도 제 문호를 넓히시겠다는 겁니까?"

"그렇지만 저의 계산법은 보통사람들의 그것과는 많이 다릅니다."

"어떻게 다르지요?"

"귀공이 처해 있는 가장 참담한 현실부터 조목조목 따져서 출발하는 방법이 남들과 틀린 점입니다. 우선 볼모란 어떤 뜻을 가지고 있습니까."

"작금의 관습으로 약한 나라에서 강한 나라로 보내는 인질은 태자라
든가 그에 버금하는 중요 인물을 보내고 있으며, 약한 나라로 보내는 인
질은 왕족이긴 하나 언제 희생되어도 좋을 미미한 인물이지요."

"진나라는 강국이니 그럼 조나라로 보내어진 공께서는 미미한 인물이
겠습니다."

"부끄럽습니다. 언제 희생되어도 괜찮은 보잘것없는 왕손자입니다."

"가히 풍전등화이겠습니다."

"할아버지 소왕께선 제 목숨 따윈 안중에도 없으신가 봅니다."

"과연 시간이 촉박하군요. 그럴수록 계략은 빨리 실천하는 게 좋습니
다."

"제가 살아남을 방도가 있겠습니까?"

"태자가 되십시오."

자초는 화들짝 놀랐다.

"지금의 태자는 아버지 안국군(安國君)이시잖습니까!"

"할아버지께서 돌아가시면 아버지 안국군께서 왕위에 오르십니다."

"그렇더라도 저는 장남이 아닙니다. 스무 명이 넘는 아버지의 숱한 아
들들 중 그 역시 미미한 하나의 아들일 뿐이니 제가 태자가 될 턱이 없겠
지요."

"지금의 태자이신 안국군께서도 전날 태자가 먼저 사몰하심으로 해서
졸지에 태자로 승계되셨다는 사실을 기억하십시오."

자초는 그제서야 흥미를 느끼는지 고개를 여불위 쪽으로 기웃했다.

"설마 제 형님들이 줄줄이 먼저 타계하실 거라는 뜻은 아니겠지요?"

"천만에요. 저는 바로 그 별다른 묘책에다 투자를 하겠다는 겁니다.

지금 진나라 왕실을 잘 살펴보십시오. 태자 안국군께서 가장 총애하시는 부인은 누구십니까."

"그야 희(姬)를 총애하시어 정부인으로 삼고 화양부인(華陽夫人)이라 부르지요."

"화양부인께 아드님이 계십니까."

"불행히도 없습니다. 아버지께선 그 점을 몹시 아쉬워하고 계십니다."

"귀공의 생모이신 하희(夏姬)부인의 경우는 어떻습니까."

"아버지의 총애를 잃다 보니 그 아들인 저마저 조나라 볼모로 떨어져 나와 있는 게 아니겠습니까. 이토록 모든 면에서 조건이 가당찮은 저한테 무엇을 어떻게 믿고 투자를 하시겠다는 겁니까?"

"적사(嫡嗣)를 세울 수 있는 힘을 가지신 분은 화양부인뿐이니까요."

여불위의 대꾸에 자초는 다시 놀랐다.

"무슨 뜻입니까?"

"화양부인의 양아들이 되십시오."

"무슨 말씀인지 이해가 되지 않습니다."

"왕께서 승하하시면 안국군께서 왕이 되십니다. 그 때 가서 일을 꾸미고 태자가 되려 발버둥 쳐봐야 도무지 일이 되지 않습니다. 그러니 공께서 태자가 되실 수 있는 방법은 일찌감치 화양부인의 아들이 되어 있는 길뿐입니다."

"절묘하다! 한데, 어떻게 해야 제가 화양부인의 아들이 되지요?"

"바로 그것이 지금부터 이 여불위가 해야 될 몫입니다. 공을 위하여 천금을 던져 공이 태자가 되도록 하겠습니다. 진나라로 향해 서쪽으로 출발하기 전에 공께 우선 오백 금을 드리겠습니다."

"저한테 그런 거금을 주신다고요?"

"아끼지 마시고 천하의 빈객들과 교제하는 데에 쓰십시오. 귀공에 대한 평판이 틀림없이 좋아질 것입니다."

"아, 여대상!"

자초가 벌떡 일어나 여불위에게 넙죽 절을 올리자 여불위는 황급히 말렸다.

"이러지 마십시오. 귀공께 그냥 드리는 자금이 아니라 귀공의 미래에 제 운명을 걸고 투자하는 겁니다. 장사꾼의 생리일 뿐입니다."

"오, 만일 여대상의 계획이 성공만 한다면……!"

목이 메인 자초는 말을 더 잇지 못했다.

결국 자초는 만류하는 여불위를 뿌리치며 잔에다 술을 따르어 바친 뒤 큰 절을 올렸다.

"여대상께 굳은 약속을 드리지요. 제가 여대상의 덕으로 나라를 얻게 된다면 반드시 반씩 나눠 갖도록 하겠습니다!"


진나라 수도 함양(咸陽)으로 들어선 여불위는 우선 화양부인의 언니부터 찾았다.

여불위가 넌지시 내미는 진귀한 보석들을 들여다보던 화양부인의 언니는 깜짝 놀랐다.

"아, 이토록 아름다운 보석들을!"

"부인께 드리는 선물입니다."

한동안 넋을 잃고 보석함을 들여다보던 화양부인의 언니는 한참만에야 정신을 차렸다.

"한데, 무슨 연유로 여대상께선 저한테 이런 선물을 하십니까?"

"부탁이 있어서 그렇습니다."

"참으로 해괴한 일도 다 있군요. 저는 가난한 과부입니다. 여대상같이 큰 부자가 아무 힘도 없는 저한테 부탁을 다 하시다니요. 당치 않는 일입니다. 도무지 저로선 받아들일 처지가 못됩니다."

"동생 화양부인이 계시지 않습니까."

"동생이 안국군의 부인이긴 하나 군께서는 아직 태자이시니, 희(姬) 역시 누구의 부탁 같은 걸 들어줄 처지가 못됩니다."

"크게 부담스러운 부탁도 아닙니다. 한 번 만나뵐 수 있게만 해주십시오."

"사양하겠습니다. 더더구나 희는 매관매직같은 건 딱 질색입니다."

"저로선 화양부인을 통해 관직을 사려는 의도는 전연 없습니다. 차라리 화양부인의 처지가 몹시 안타까워 큰 도움을 드리려는 생각뿐입니다."

"부탁이 아니라 도움을?"

"그렇습니다. 세상에서 화양부인의 용색(容色)이 매우 아름다우시다고 말하는 걸 듣고 왔습니다."

"태자의 사랑을 듬뿍 받고 있는 이유도 그 때문이지요. 어디 그게 잘못된 일이기라도 하답디까?"

"하지만 얼굴의 아름다움만으로 남편을 섬기는 여자는 그 미색이 쇠했을 땐 자연히 버림을 받지요."

"그야……"

"더구나 화양부인께선 출산도 하시지 못하였습니다."

"그 역시 팔자 소관이겠지요."

"팔자만 탓하고 계실 게 아니라, 화를 복으로 바꾸는 방도를 찾아야 될 일이 아니겠습니까."

"세상에 어디 그런 묘책이 있기라도 하답디까?"

"그 묘책을 헌상하겠다는 것이 저의 부탁입니다."

"묘책이 부탁이라?"

화양부인의 언니는 그제서야 여불위의 말에 기웃했다.

"꽃다운 젊은 시절에 기초를 세워놓지 않으면, 시든 다음에는 왕후라도 남편의 마음을 움직일 수가 없지요."

"소견있는 설득인 것 같습니다. 있다면 계책을 주십시오."

"이럴 때 태자의 아들들 중에서 한 공자(公子)를 택해 양자를 삼으라 하십시오."

"그게 어떻게 계책이 되지요?"

"화양부인께선 부군이 생존해 계실 땐 부군한테서 사랑을 받으실 것이고, 부군이 돌아가시더라도 기왕의 양자로 인해 부인께선 존중받는 위치에 계시게 됩니다. 덧붙여 말씀드리면 만일 양자가 왕위에 오르시기라도 한다면 금상첨화지요. 화양부인께선 끝내 양자아들로 인해 세력을 잃지 않으실 테니까요. 그러하니 이게 어째서 큰 계책이 아니겠습니까."

"그럴듯한 계교이기는 하나…… 한데, 누구를 양자로 지명하도록 권하지요?"

"제 소견으로는 자초왕자가 가장 나을 것입니다."

"아니, 자초왕자라면 조나라에 인질로 묶여있는 몸이 아닙니까! 뿐만 아니라 그 많은 안국군의 아들들 중에서 하필 자초지요?"

"현명하고 덕망 높은 데다가, 화양부인한테는 효성이 지극한 아들이니까요."

"효성이 지극해?"

"놀라지 마십시오. 제가 한단으로 갔을 때 자초왕자를 만난 적이 있습니다. 그 때 그 분은 화양부인을 일컬어, '나는 부인을 하늘처럼 존경하며 그리워하고 있소이다' 하시며 밤낮으로 한숨짓고 계시던 걸 보았습니다."

"설마 그렇게까지……"

"더구나 지혜로우시고 유덕하신 자초왕자께서는 천하 제후들의 빈객들과 빈번한 교제를 즐기시니 그로인해 그 은덕이 사방으로 미쳐, 칭송을 자자하게 받고 계신 인물이라는 사실을 알려드립니다."

"그토록 훌륭한 자초를 두고 저로선 금시초문인 게 부끄럽습니다. 그렇지만 자초는 지금 진나라로 돌아올 수 없는 처지가 아니겠습니까."

"오히려 잘 된 일이지요. 그 분이 진나라에 계시지 않음으로써 적사가 되려는 야심이 드러나지 않으며, 장남이 아니기에 어떤 모사(某事)를 하더라도 경계하지 않으며, 생모가 태자의 총애를 못받고 있다는 사실을 천하가 모두 알기로 그분은 안전하며, 화양부인께선 보잘것없는 그를 양자로 선택함으로써 감지덕지 자초공자께선 양모를 더욱 사모할 것이고, 진나라에서는 화양부인의 그런 처사를 듣고 더욱 존경할 것입니다. 그러니 자초를 멀리 둠으로써 화양부인께서는 차라리 유리한 겁니다."

"그럴 것 같습니다."

"그렇지만 화양부인께선 절호의 기회를 선택해 자초공자의 입지가 나중에라도 흔들리지 않도록 이런저런 책략들을 세워야 합니다. 자초공자의 안위가 곧 화양부인의 안위와 직결되니까요……"

여불위의 계책은 화양부인의 언니에 의해 화양부인에게 즉각 전달되었다.

언니로부터 은밀한 계교를 전해 들은 화양부인은 깜짝 놀랐다.

"제가 왜 그 생각을 미쳐 못했는지를 모르겠네요!"

어느날 화양부인은 남편의 기분이 한껏 좋은 때를 골라 넌지시 물었다.

"드릴 말씀이 있습니다."

"무슨 일이오, 부인?"

안국군의 입가에는 미소부터 떠올랐다.

"군께서는 불민한 저를 택하시어 부인이 될 수 있게 해주셨습니다. 그 은혜의 크기는 이루 헤아릴 길이 없습니다."

"새삼스럽게 그 무슨 말이오?"

"그 영화와 행복이 그로 인해 지극하게 되었사오나 불행히도 저에게는 아들이 없습니다."

"부인, 그건 인간의 의지로 되는 일이 아니지 않소. 없는 아들을 있게 할 수는 없는 일이니 무자식을 너무 괘념치 마시오."

"그러나 저의 처지에서는 그렇지가 못합니다. 허락하신다면 군의 자식 하나를 양자로 얻어서 노후를 의탁코자 하오니 깊이 양찰해 주십시오."

"내 아들들 중에서 양자로 삼는다?"

"허락하시렵니까?"

"그대의 소견이 나쁘지만은 않은 것 같구려. 한데, 누구를 양자로 들이겠다는 얘기요?"

"조나라에 볼모로 가 있는 자초를 주십시오."

안국군은 다시 놀랐다.

"많은 아이들 중에서 하필 자초요?"

"군의 자식들 중에서 저에 대한 효심이 자초가 가장 지극하니까요."

"자초가 그러하오?"

"게다가 현명한데다 덕망 또한 있어 자초와 교제하는 사람들은 누구든지 그를 칭찬한답니다."

"나로선 금시초문인 게 아쉽소."

"비밀리에 사람을 풀어 그를 탐문해 보십시오. 어쨌건 기왕에 양자를 주실 바에야 자초를 주십시오. 그렇게만 되면 저는 아무 근심 걱정이 없겠습니다."

곰곰 생각에 잠겼던 안국군이 드디어 입을 열었다.

"그대의 소원이라면 그렇게 하오."

그 순간 화양부인의 머리 속으로는 여불위가 다짐하던 말이 떠올랐다.

"감읍할 따름입니다. 그러하오나 말씀만으로는 아니되니 옥(玉)으로 된 할부(割符)를 주십시오."

안국군은 의아스런 표정을 지었다.

"그건 또 왜 그렇소?"

"나중에라도 저의 양자가 조정 공경들에 의해 시비의 대상이 되지 않도록 하기 위함입니다."

"그 역시 좋을 대로 하오."

안국군은 화양부인에게 할부를 나누어 주었다.

이렇듯 자초는 간단하게 화양부인의 양자가 되었다. 화양부인이 받아둔 할부가 나중에 어떤 힘을 발휘하게 될 부신(符信)인지를 감지하고 있는 사람은 당시로서는 여불위와 화양부인밖에 없었다.

그런 과정에서도 안국군은 신중했다. 사람을 풀어 자초의 근황을 염탐했다.

"이토록 놀라운 일이! 버린자식이라 생각했는데 그를 아는 천하의 빈객들은 하나같이 자초를 칭찬하고 있으니 도대체 어떻게 된 일이오. 이는 보석인 줄 모르고 진흙 속에다 돌처럼 던져버린 양상이 아니겠소. 정작 큰 실수를 할 뻔 했구려. 만일 나한테 호운(好運)이 있다면 자초를 잊지는 않겠소……"

그를 적사로 삼겠다는 은근한 암시이기도 했다.

"자초가 생활하는 데 어려움이 없도록 황금을 넉넉하게 보내주어라."

그뿐만 아니었다. 화양부인으로부터 일의 자초지종을 전해 들은 안국군은 즉시 여불위를 불렀다.

"자초가 자중자애하도록 곁에서 잘 도와주시오. 그럴 게 아니라 그대가 아예 자초의 태부(太傅 : 왕자의 스승)가 되시오."

여불위는 회심의 미소를 지었다. 처음 세웠던 계획이 한 점 차질없이 성공적으로 진행되고 있었기 때문이었다.

여불위는 서둘러 다시 한단으로 돌아왔다.

그런데 어느날 밤이었다. 예고도 없이 자초가 여불위의 집으로 들이닥쳤다.

"공께서는 이 야심에 무슨 일로 오셨습니까?"

여불위는 얼굴에 불만스러움을 노골적으로 나타내었다. 주희와 한참 즐기고 있던 순간에 자초가 나타났으니 고울 리가 없었던 것이다.

"태부, 큰일 났습니다! 대왕께서 왕장군을 시켜 한단을 포위한다는 정보를 입수했습니다!"

"저도 들었습니다."

여불위는 심드렁하게 대꾸했다.

"걱정되지 않습니까?"

"그러나 미구에 그렇게 되는 것이지 당장은 아닙니다."

"믿어도 될까요?"

"물론 진나라 왕께서 손자의 목숨 따위는 안중에도 없노라 주장하신 다면 저로서도 도리가 없습니다. 그것이 또한 제 능력의 한계입니다."

여불위의 심드렁한 대꾸에 자초는 사색이었다.

"무슨 방법이 없겠습니까?"

여불위는 나름대로 도모해 둔 계책을 발설하기로 했다.

"지금 상황으로는 조나라를 탈출할 계제는 도무지 아닙니다. 차라리 진나라의 버림받은 자식으로 조나라에 눌러앉아 버리십시오."

"무슨 뜻입니까?"

"한단의 여자를 취하셔서 혼례를 올리십시오."

"그렇게 되면?"

"저들의 눈을 속이는 하나의 방책이지요. 탈출할 생각이 전연 없는 것 처럼 저들을 안심시키자는 계략입니다. 그러다가 기회를 마련해 조나라 를 감쪽같이 빠져나가는 겁니다. 물론 기책을 마련해 안국군께 은밀한 연락은 해두겠습니다."

"태부만 믿습니다."

"너무 심려 마십시오. 귀공께선 이미 빈객들의 활약에 힘입어 그 덕망 과 명성이 사해에 뻗치고 있거늘, 저들도 공께 섣부른 가해는 할 수 없 을 줄 압니다. 강국 진나라가 겁나서라도 함부로 귀공께 손대기야 하겠 습니까."

"그럼 혼례를 올리는 일은 언제가 좋겠습니까?"

"가급적 빠를수록 좋습니다."

"제가 보아둔 여인이 있긴 합니다만."

"원칙적으로는 귀공께선 조나라 공경의 딸과 결혼하시는 게 최선입니다. 그렇게 하셔야만 조나라 조정에서도 귀공이 탈출할 의사가 확실히 없다는 사실을 확신시키는 게 되니까요."

그러자 한동안 묵묵히 앉아 있던 자초가 뜻밖의 말을 뱉아내는 것이었다.

"번거롭습니다."

"무어가요?"

"차라리 태부의 가솔을 주십시오."

"제 가솔?"

"태부의 입지는 적어도 조나라에서는 단단합니다. 그러하니 여인을 구하기 위해 번거로운 소문을 냄으로써 불편한 의심을 살 게 아니라 차라리 태부의 가솔과 혼례를 올림으로써 저의 탈출이 불가항력이라는 점을 확신시키는 게 좋겠습니다."

"그럴듯한 소견이긴 합니다. 한데 공께서 진작부터 제 가솔을 말씀하시는데 대체 누구를 지칭하고 하시는 말씀입니까?"

"그 왜 제 앞에서 춤추던 소녀 있지 않습니까. 조실부모한 친구의 딸이라 양녀로 거두고 계신다고 하셨지요?"

여불위는 대경실색했다.

"주희를!"

상상조차 못하고 있던 자초의 요구였다.

여불위가 정신을 차리기까지에는 오랜 시간이 걸렸다.

"하필 주희를 달라 하십니까!"

자초는 여불위 탄식의 뜻을 알아듣지 못했는지, 아니면 알고서도 모르는 척하는지 여불위로서는 알 수가 없었다.

"저한테는 주희밖에 없습니다. 제 문전을 드나드는 수천의 빈객들이 조나라 제일의 미녀라 칭송하는 여대상댁 무희 주희에게 저는 오래 전부터 완전히 빠져 있습니다."

"귀공의 요구가 무겁습니다."

"요구가 아니라 배려지요. 태부에 대한 은혜에 보답하는 약속의 의미도 있습니다."

"희한한 약속도 다 있군요."

"제가 나중에 뜻을 펴게 되면 주희의 양아버지인 태부와 저와의 관계는 더욱 확실히 돈독해지는 것이 됩니다."

자초의 요구는 단호했다. 그래서 여불위는 더욱 화가 났다. 그렇지만 그런 내색을 할 수가 없었다. 생명의 위협을 무릅쓰고 모든 가산을 기울여 자초에게 투자한 처지였기 때문이었다.

'억울하다는 감정 하나로 일개 여자 때문에 막바지에 와서 대사(大事)를 그르치는 무모를 저지를 수는 없지 않은가!'

결국 발상의 전환이 필요했다.

"공의 뜻이 저엉 그러하시다면……그러나 제 친딸이 아니라 양녀이니 결혼문제에 관해서만은 본인의 의사도 얼마간 존중되어야 할 것 같습니다. 여기서 잠깐 기다려 주십시오."

회랑(回廊)으로 돌아 작은 연못 위로 걸쳐진 돌다리를 건너는 여불위의 가슴은 찢어질 듯했다. 주희는 이미 자초에게 빼앗긴 게 분명했다.

정원 수풀 사이로 등촉이 일렁거리고 있었다. 방에서 주희는 지금 멋 모르고 주인이 돌아오기만을 기다리고 있을 것이다. 아니나 다를까 벌

써 발걸음 소리로 주인의 내방을 알아차렸는지 주희는 문앞에까지 달려
나와 있었다.

"손님께선 다녀가셨습니까……"

여불위는 대꾸없이 상(牀)으로 가서 털썩 주저앉았다. 주희는 주인의
불편한 심기를 얼른 간파했다.

"걱정스러운 일이라도 있사옵니까. 소녀에게 말씀해 주십시오. 주인
님의 아픔 하나는 소녀의 아픔 열이옵니다."

밤마다 더욱 빛을 뿜는 아름다운 주희의 자태가 억울했다.

"기왕에 해야 될 이야기라 서둘러 꺼내놓겠다만…… 손님께서 너를
간곡히 달라 하신다!"

한동안 침묵이 흘렀다. 그러나 전연 충격받은 기색 없이 눈빛만 초롱
초롱 빛내고 있는 주희가 의아스러웠다.

"저를 달라시는 그 손님은 누구십니까?"

"진나라 공자 자초님이시다."

여불위는 억울한 감정을 누르며 대답했다.

"피할 길은 없겠습니까?"

"피할 길은 없다. 피해서도 아니되며 그럴 처지도 아니다."

"그분은 소녀가 주인님의 아이를 잉태한 사실을 모르고 계시겠지요."

"무어라!"

여불위는 놀라 상에서 벌떡 일어났다.

"물론 모르고 계실 테지요. 주인님도 처음 들으시는 소식일 테니까요.
그러나 주인님께서는 저의 잉태 사실을 결코 입밖에 내지 마십시오."

"무슨 뜻이냐?"

"소녀는 자초님이 어떤 신분이라는 걸 눈치로 조금은 알고 있습니다."

"그래서?"

"주인님이 저를 끔찍이 사랑하신다는 사실도 알고 있습니다."

"그건 사실이다."

"소녀 역시 주인님을 위해서라면 목숨을 기꺼이 버릴 수가 있습니다. 그런데 주인님의 뜻이 크게 계셔 자초님께 가산을 투자하고 생명의 위협까지 받아가며 오늘에 이르렀던 사실도 소녀는 적게나마 느끼고 있습니다. 이런 차제에 일개 비천한 여자 하나 아껴서 그토록 오랫동안 공들여 쌓아오신 탑을 하루아침에 무너뜨리시려는 건 아니겠지요."

여불위는 넋을 잃은 채 앉아 있었고, 어느새 주희의 눈가에는 이슬이 맺혀있었다.

"주인님, 저를 보내십시오. 태연히 보내십시오. 이것은 운명입니다."

"그래, 가거라!"

여불위의 목소리에도 속절없는 비감이 서려 있었다.

"그대신 주인님은 그 밝은 눈을 들어 멀리 바라보십시오. 머잖아 아름다운 미래가 다가와 보일 것입니다. 소녀도 주인님의 당당하신 그런 모습을 멀리서 지켜보며 애초에 주인님이 소원했던 모든 꿈이 뜻대로 이루어진 사실을 함께 기뻐하며 살겠습니다."

말을 끝낸 주희는 마침내 통곡했다.

여불위가 자초 앞으로 돌아온 것은 한참 후였다. 자초는 혼자 술을 마시고 있었다.

"주희의 승낙을 받아왔습니다."

"아아…… 태부, 만수무강을 빕니다!"

그렇지만 여불위는 시침을 뚝 떼고 딴 표정으로 말했다.

"혼례는 성대하게 하십시오. 가급적 많은 사람들이 귀공의 혼례사실을 알 수 있도록 청첩장을 내놓고 돌리겠습니다."

　"다시 다짐해서 드리는 말씀이지만 태부의 은혜는 잊지 않겠습니다."

## 2. 원교근공

한편 본국 진(秦)나라에서는 ──.

"음, 이쯤이면 천하를 말아먹을 수 있겠구나!"

소왕(昭王)은 범수(范雎)라는 비상한 인물과 용병술 구사가 귀신같은 백기(白起)라는 무장을 수하에 두고 의기양양해 하고 있었다. 행정과 군사에서 이들 두 인물이면 천하를 충분히 평정하고도 남음이 있겠다는 계산이었다.

범수는 원래 위(魏)나라 사람이며 자(字)는 숙(叔)이다. 위나라 왕을 섬기고자 했으나 권력에 닿는 줄이 없어 우선 위나라 중대부(中大夫) 수가(須賈)를 섬기고 있었다.

수가가 마침 제(齊)나라로 사신을 가게 되었는데 범수도 그 때 우연히 동행하게 되었다.

수가가 제나라에 체류한 지 여덟 달이나 되었으나 그 때까지도 제나라로부터 쓸 만한 대답을 듣지 못하고 있었다. 수가는 애가 탔다. 이런 상태로 귀국했다가는 필시 책임추궁을 당할 게 틀림없었다.

그 사이 제나라에서는 양왕(襄王)이 범수가 대단한 인물이라는 귀띔을 받고 그를 회유하기 위해 숙소로 금 10근과 쇠고기와 술을 보내왔다.

'이것은 위험하다. 나는 위나라 사신의 수종자로 왔기 때문에 나중에 이런 뇌물성 금품들이 필시 큰 문제를 일으킬 것이다!'

그렇게 판단한 범수는 쇠고기와 술만 예의상 받고 금은 되돌려보냈다.

그러나 소득없이 허송세월하던 수가로서는 이런 정보를 입수한 이상 가만히 있을 리가 없었다.

'무어? 범수 따위가 그런 대접을 받았다고? 음, 마침 잘됐다. 소득없이 다녀왔다는 책임을 면하려면 누군가에게 죄를 뒤집어씌워야 한다. 그 희생양은 범수다!'

위나라로 귀국한 수가는 위나라 실력자인 재상 위제(魏齊)에게 범수를 모함했다.

"글쎄, 범수가 위나라의 비밀을 제나라에 팔아넘겼기 때문에 일을 망치고 말았습니다!"

위제는 불같이 노했다. 범수를 잡아다가 매질하고 이를 뽑고 갈비뼈를 꺾었다. 목숨이 결딴나는 지경에 이르러서 범수가 살아남기 위해 취할 수 있는 행동은 죽은 척하고 누워 있는 일뿐이었다.

위제의 사인(舍人)들은 그런 범수가 죽은 줄 알고 멍석에 둘둘 말아 측간 구석에 버렸다.

그래도 범수에 대해 분이 풀리지 않은 위제는 손님들에게 범수의 시체에다 오줌을 누도록 했다.

"잘 봐 두어라! 국가기밀을 누설하는 자는 죽어서까지도 저런 욕을 당한다!"

그래도 범수의 생명은 끊어지지 않고 있었다.

멍석 속에 누워 있던 범수는 마침 소피를 보러온 손님에게 안간힘을 다한 목소리로 간청했다.

"여보시오, 나를 살려주시오!"

"뭣? 아, 이자가 아직도 죽지 않고 있었구먼!"

"제발 나를 살려만 주시오!"

"살려달라고? 내가 무슨 힘으로?"

"여기서 나를 탈출만 시켜준다면 훗날 반드시 큰 은혜로 보답하리다."

"글쎄, 보상 때문은 아니고, 다만 그대의 처지가 참으로 딱하게 여겨지길래 …… 아무튼 기회나 봅시다."

위제한테로 돌아간 손님은 이렇게 보고했다.

"이미 죽었습니다. 더구나 그자의 시체에서 나는 지린내 때문에 측간에 가기가 어렵다며 저뿐만 아니라 많은 손님들이 투덜거리는데요."

위제는 취한 김에 쉽게 내뱉았다.

"시체가 더 썩기 전에 멀리 갖다 내버려라."

어쨌건 그렇게 되어 범수는 일단 목숨을 부지할 수 있게 되었다.

위나라에 정안평(鄭安平)이라는 사람이 있었다. 그는 평소에 범수의 인물됨을 잘 알고 있어 요로에 그를 여러번 추천했으나 웬일인지 받아들여지지가 않았다. 그런 범수가 기어코 일을 당했고, 죽은 줄 알았는데 어느날 밤 정작 거의 죽은 몸으로 찾아든 것이다.

"안 되오! 나하고 친하다는 사실 하나 만으로도 필시 이쪽으로 포리(捕吏)를 풀 것이오! 당분간 숨어서 기회를 엿봅시다."

정안평은 범수의 이름을 장록(張祿)으로 바꾸게 하고 더욱 번잡한 도심 속으로 밀어넣었다.

얼마 지나지 않아서였다. 진(秦)나라로부터 사신 왕계(王稽)가 위나라로 왔다. 정안평과 왕계는 국록은 달리 먹으나 의기투합되는 바가 있어 오래 전부터 사신으로 왕래하는 사이에 무척 친밀해져 있던 사이였다.

왕계가 위나라를 떠날 때가 되었을 때 그는 지나가는 소리처럼 중얼거렸다.

"서쪽[秦]으로 갈 때 데리고 갈 만한 인물이 혹시 없을까……"

정안평은 무릎을 쳤다.

"딱 한 사람이 있지요!"

"있다고요?"

"가까운 곳에 장록선생이란 분이 계시는데 천하의 현인(賢人)이십니다."

"그렇다면 그를 데려와 보시지요."

"아니 됩니다. 그분 역시 사군(使君 : 사신의 존칭)을 찾아뵙고 천하형세를 더불어 논하는 즐거움을 가지고자 하나 그를 죽이겠다는 자가 있어 이곳으로 모실 수가 없습니다."

"그렇다면 깊은 밤을 택해 우리가 가서 뵙지요."

그렇게 되어 왕계는 정안평의 안내를 받아 범수를 만날 수가 있었다.

왕계는 미처 범수와의 담론이 끝나기도 전에 그가 비범한 인물이라는 것을 알아채고는 깜짝 놀랐다.

"선생께선 곧바로 삼정(三亭 : 위나라 국경의 정자 이름)으로 숨으시고 저희 일행을 기다려 주시겠습니까?"

"여부가 있겠습니까. 탈출이 화급한 터에."

범수는 왕계의 요청이 떨어지자마자 곧장 자리에서 일어나 어둠 속으로 사라져갔다.

며칠 뒤 왕계는 위나라를 떠나 삼정으로 가서 범수를 찾아 수레에 태웠다.

그런데 범수와 함께 진나라로 들어섰을 때였다. 그곳이 호관(湖關 : 함양 동쪽)이었는데, 규모가 큰 수레와 한 떼의 기마대가 다가오고 있는 것이 보였다.

"누구의 행차입니까?"

범수가 물었다.

"재상 양후(穰侯), 그러니까 위염(魏冉)께서 동쪽의 현읍들을 순찰하고 계시는 거지요."

"양후라면 국정의 실권을 한 손아귀에 쥐고 계신 분 아닙니까."

"인사시켜 드릴까요?"

"천만에요. 저분은 특히 제후국에서 들어오는 세객(說客)이라면 유난히 질색하는 성격이라 들었습니다. 저를 발견하는 순간 틀림없이 망신을 주든가 크게 욕보일 것입니다. 수레 속에 숨어있겠습니다."

얼마 지나지 않아 위염이 다가와 왕계의 사신수레를 멈추게 했다.

"수고가 많네. 그래 관동(關東 : 함곡관 동쪽)에는 별일 없던가?"

"없습니다."

"그대는 제후국에서 세객같은 자들을 데려오지는 않았겠지?"

노려보는 위염의 눈길에 왕계는 모골이 송연했다. 쩔쩔 매면서도 왕계는 거짓말을 해야 했다.

"구태여 데려올 필요를 느끼지 않았습니다."

"잘 했네. 그런 자들이야말로 남의 나라를 하릴없이 어지럽히는 백해무익한 자들이란 말일세."

위염이 멀리 떠난 뒤 범수는 수레에서 풀쩍 뛰어내렸다. 그러자 놀란 왕계가 황급히 물었다.

"아니, 어딜 가시게요?"

"위염께선 곧 후회하고는 반드시 되돌아옵니다."

"설마?"

"수레 속에 사람이 있다는 의심을 하면서도 가까스로 지나쳐 갔거든요. 저런 성격은 지혜는 있지만 결단력이 부족한 사람이지요."

"이미 멀리 떠나버렸는데……"

"두고 보십시오. 그는 반드시 옵니다. 낭패보기 전에 멀찌감치 도망쳐 가서 기다리고 있겠습니다."

범수는 그대로 달아나버렸다.

왕계는 긴가민가하면서도 10리쯤 더 갔을 때였다. 아니나 다를까 말발굽 소리가 요란하더니 기병들을 거느린 위염이 되돌아왔다.

"게 섰거라!"

왕계는 감탄했다.

'장록은 무서운 인물이다!'

위염은 다짜고짜 난폭하게 수레 속을 뒤지더니 왕계를 다시 한번 무섭게 노려본 후 기병들을 데리고 돌아갔다.

범수를 다시 찾은 왕계는 수레 안으로 오르게 한 뒤 보물단지 모시듯 서둘러 함양으로 들어갔다.

사신갔던 일을 진왕에게 보고한 왕계는 곧장 범수 얘기를 꺼냈다.

"위나라에 장록이라는 훌륭한 인물이 있기에 마침 수레에 태워 데리고 왔습니다."

무언가를 곰곰 생각하던 진왕은 갑자기 큰 목소리로 말했다.

"그만두어라! 과인은 세객 따위의 말을 믿지 않아. 게다가 유세를 들을 처지도 아니거든!"

당시는 진의 소왕 36년이었는데, 그동안 진나라는 남쪽 초나라 땅 언(鄢)·영(郢)을 빼앗은데다, 초나라 회왕을 억류해 진나라에서 객사시켰고, 동쪽의 제나라 민왕마저 깨뜨렸으며, 그 힘을 믿고 한때 제(帝)라 칭하며 거들먹거리기도 한데다가, 막강한 군사력으로 삼진(三晋 : 韓·魏·趙)까지 괴롭히고 있던 터라, 왕계로서는 진왕의 '세객 불필요' 주장은 한창 세력을 떨치고 있는 나라 왕으로서의 기고만장이라 생각할 수밖에 없었다.

그런 한편으로 '들을 처지 역시 못된다'고 소리친 것은 위염과 화양군(華陽君)이 왕의 외삼촌이요, 경양군(涇陽君)과 고릉군(高陵君)은 왕의 친동생으로 그들끼리 똘똘뭉친 진나라의 세력가들이라 아무리 장록이라는 인물의 경륜이 훌륭하더라도 저들이 있는 한 쓸모없는 짓이라는 진왕의 한탄어린 고백으로 왕계는 들어야 했다.

진왕이 자리를 떠버렸으므로 왕계는 할말을 잃고 말았다. 그렇게 되자 범수는 속절없이 초라한 숙소에서 부실한 음식을 들며 하는 일 없이 지내는 신세가 될 수밖에 없었다.

그토록 따분한 세월을 보내고 있을 때 간혹 얼굴을 디밀던 왕계가 더욱 송구스런 표정을 띠고는 찾아왔다.

"벌써 한 해가 후딱 지났구려."

범수가 비꼬자 왕계는 더욱 몸둘 바를 몰라했다.

"죄송합니다. 국내사정이 그러하니 왕께서 장선생의 유세를 들을 겨를이 있겠습니까."

"아, 그들 네 명의 군(君)들이 권력을 멋대로 좌지우지하는 진나라 사정 말씀이오?"

범수의 큰 목소리에 왕계는 질겁했다.

"쉿, 누가 듣겠습니다! 잘 아시지 않습니까. 위염은 재상 자리를 차지해 있고, 나머지 세사람은 번갈아가며 장군 자리를 독점하고, 게다가 엄청난 봉읍(封邑)들을 받고 있는 재력가들이라 누가 그들의 세력을 꺾겠습니까? 결국 태후와의 개인적 친분과 연분 때문에 그들 사가(私家)의 부유함은 왕실을 무색케 하고 있지요. 그런 사군(四君)과 태후의 위세가 무서워서라도 왕께서는 장선생의 유세는 믿으려 들지를 않을 겁니다."

"믿지 않으시는 게 아니라 듣지 않으시는 거요. 한데, 위염은 권력과 부가 그나마도 모자라 스스로 장군이 되어 한(韓)·위(魏)땅을 건너뛰며 강수(綱壽 : 산동성)를 쳐서 자신의 봉읍인 도(陶)땅을 확장할 계획을 세우고 있다는데 소문은 들으셨습니까?"

"아니, 누추한 지붕 밑에 엎드려 어떻게 그런 소문까지 듣고 계십니까?"

"높이 나는 새가 멀리 보지만, 날 수 없는 이 두더지는 궁중 지밀한 곳의 진동을 느끼는 재주정도는 있지요. 한 가지 부탁을 해도 될까요?"

"제가 들어드릴 수 있는 일이라면."

"면전에서 유세를 할 수가 없으니 대신 글로써 대신할까 합니다."

"그나마도 괜찮은 방법이겠습니다. 장선생의 상소문은 제가 전해올리지요."

범수는 이때다 싶어 진의 소왕에게 글을 올렸다.

──저는 '현명한 군주는 정치를 할 때, 공이 있는 자에게는 상을 주고, 능력있는 자에게는 관직을 주며, 노고가 큰 자에게는 봉록을 후하게

하고, 공적이 많은 자에게는 작위를 높이고, 많은 사람을 능히 다스릴 수 있는 자는 그 지위를 높인다. 고로 능력이 없는 자는 감히 직을 맡지 않아야 하며, 능력있는 자는 또한 그 재능을 스스로 감출 수가 없다'고 들었습니다. 만일 제 말이 옳다고 생각되시면 원컨대 그것을 실행하시어 그 길에서 더욱 큰 이익을 얻으시고, 제 말이 옳지 않다고 생각되시면 그토록 저를 이곳에 오래 머무르게 해도 전연 유익될 일이 없다는 사실에 동의해 주시기 바랍니다.

"이게 뭐냐? 또 어떤 논객의 같잖은 상소문이겠지."

── 옛말에 '용렬한 군주는 사랑하는 자를 상주고 미워하는 자를 벌주나, 현명한 군주는 상을 반드시 공 있는 자에게만 주고 형벌은 반드시 죄 있는 자에게만 내린다'고 했습니다. 그런데 제 가슴은 침질(椹質 : 도끼받침 혹은 죄인을 참살하는 대)에 댈 만한 가치도 없고, 허리는 부월(斧鉞 : 큰 도끼, 무거운 형벌)을 기다릴 자격도 없는 천한 몸입니다.

범수의 상소문은 계속된다.

── 그런 처지에 대왕께 글을 올리고 있으니 물론 대왕께서는 저를 경멸하다가 묵살하고 마시겠지요. 그러나 그토록 천한 저같은 인간일지라도 최소한 저를 대왕께 추천한 왕계만은 대왕을 배신할 인물이 아니라고 믿으신다면 저에게 한 번쯤 관심을 기울여 주심도 나쁘지만은 않을 줄 압니다.

"무어? 왕계가 추천하였다고? 그런 일이 있었던가?"

── 제가 듣기로는 주(周)나라에는 지액(砥砨), 송(宋)에는 결록(結綠), 양(梁)에는 현려(縣藜), 초(楚)에는 화박(和朴)이라는 아름다운 옥(玉)이 있었답니다. 그런데 이 네 개의 보옥 모두 처음 흙으로부터 나왔을 땐 어떤 명공도 그것이 명옥이라는 사실을 알아내지 못했습니다. 결

국 명장의 손끝으로 갈고 닦고 다듬어서 천하의 명기가 되었던 것입니다. 그렇다면 대왕께서 무능하다 하여 내버린 자라 하더라도 반드시 그가 국가를 위해 공명을 세우는 일을 이룩할 수 없을 것이라는 속단은 할 수 없지 않겠습니까.

"요것 봐라! 그래서?"

——저는 또 '집을 번창하게 하는 인재는 나라 안에서 구하고, 나라를 부강케 하는 인물은 천하에서 구한다'고 들었습니다…… 명의(名醫)는 환자의 생사를 미리 짐작하고, 성군(聖君)은 일의 성패를 일찌감치 밝게 합니다. 이로우면 이것을 행하고 해로우면 버리며, 의심스러우면 이것을 좀더 시험해 봅니다. 그러나 대왕께서는 그 어떤 시도도 하지 않으셨으니 우매한 제가 대왕의 마음을 움직이게 할 만한 행위나 말씀도 드릴 겨를이 없게 되었던 바입니다. 이제 저를 추천한 왕계를 그나마 신용하시는 작은 믿음이라도 주십시오. 존안을 우러러뵐 수 있는 기회까지 마련해 주신다면 저에게는 이상 더 큰 영광이 없겠습니다. 그리하여 제가 드리는 말씀 중에서 한 마디라도 쓸 만한 것이 없다면 대왕의 심기를 어지럽힌 죄로 어떤 벌이든 달게 받을 뿐입니다.

"범상치가 않다! 가장 빠른 마차를 보내어 그를 급히 모셔오도록 해라!"

범수는 별궁에서 왕을 알현하도록 되어 있었다. 그러나 별궁 입구에서 내린 범수는 슬며시 정문을 통과해 본궁으로 슬금슬금 걸어들어갔다.

긴 회랑을 막 돌아선 범수는 근위병들에게 들키고 말았다.

"서랏! 누군데 감히 본궁으로 들어오느냐!"

범수는 시치미를 뚝 떼고 말했다.

"여기가 어디요?"

"어디라니! 이곳이 대왕께서 계시는 왕궁인줄 정말 몰랐단 말이냐!"

저만치 왕의 행차가 보였다. 그래도 범수는 못본 척 소리질렀다.

"대왕께서 계시는 궁이라고? 웃기지들 말게. 나로선 진나라에 왕이 계시단 소리는 들은 적이 없네."

"무슨 미친 소리냐!"

"진나라에는 왕은 계시지 않고 태후와 양후만 있다던데."

"이리 무엄하고 발칙한 놈을 봤나!"

근위병들이 달려들어 범수를 묶으려 하자 왕은 얼른 손을 내저었다.

"그만두어라!"

진왕은 범수에게 말했다.

"사과하겠소. 과인은 진작 선생의 가르침을 받았어야 했소. 자, 어서 궁으로 들어갑시다. 변명같지만 선생을 그동안 접견 못한 것은 왕실 내부에 곤란한 일이 생겨 그것을 무마하느라 경황이 없었기 때문이오."

범수는 가타부타 없이 고개만 가볍게 끄덕거렸다.

진왕은 범수를 위해 성대한 잔치를 베풀고 나서, 밤이 이슥해서야 좌우를 물리쳤다.

"그래 선생은 과인에게 어떤 가르침을 줄 작정이었소?"

그런데 진왕을 대하는 범수의 태도는 심드렁했다.

"글쎄요……"

"선생은 나에게 무언가를 가르쳐주기 위해 상소문을 올리지 않았겠소!"

"그러하긴 했지만 이제와서 별로 드릴 말씀이……"

"불쾌하구려! 그대는 과인에게 가르쳐줄 것도 없으면서 속임수로 나를 만나자고 했던 거요?"

"반드시 그렇지만은 않습니다."

진왕은 눈치가 빨랐다. 무릎을 꿇고는 정중한 목소리로 물었다.

"그렇다면 가르쳐주실 수 없는 이유라도 가르쳐주시오."

그제서야 범수도 진지한 표정으로 돌아왔다.

"대왕께선 이런 얘길 들으신 적이 있습니까."

"어떤?"

"옛날 주나라 문왕(文王)이 태공망 여상(呂尙)을 만난 것은 그가 위수 근처에서 고기잡이를 하고 있을 때입니다. 그 때 두 사람은 서로 모르는 사이였지요."

"그러나 문왕이 여상에게 심원한 데까지 말할 수 있는 기회를 주지 않았다면 그들의 관계는 성립되지 않았을 것입니다."

"그랬을 테지요."

"결국 문왕도 여상의 힘을 빌려 공업(功業)을 성취하지 못했을 것이며 천하의 왕자(王者)가 되지도 못했을 것입니다. 어디 그뿐이겠습니까. 주(周)나라는 천자(天子)로서의 덕을 갖추지 못했을 것이고, 문왕과 무왕 역시 왕업을 달성하지 못했을 테지요."

"그러니까 지금 선생께 말할 수 있는 기회를 드리고 있지 않소!"

왕이 짜증을 냈지만 범수는 태연했다.

"옳습니다. 그러나 저는 지금 외국에서 떠돌다가 온 나그네입니다. 대왕과의 교분도 전혀 없고, 더군다나 지금 제가 드리고자 하는 말씀의 내용 대부분이 왕의 잘못을 지적해야 하는 데다 특히 대왕께서 유달리 하실 수밖에 없는 대왕과의 혈연관계 문제에 관한 것입니다."

"짐작은 했소이다."

"그래서 제가 충성스런 말을 다하려 하나 아직 대왕의 마음을 짐작할수가 없기로 세 차례에 걸친 하문에도 불구하고 저는 선뜻 대답을 할 수가 없었던 것입니다. 그러나 어전에서 말씀드리고 전각(殿閣) 뒤에서복죄(伏罪)될 수도 있다는 걸 알지만 구태여 피하려 들지 않겠습니다.대왕께서 진실로 제 의견을 실행해 주시기만 한다면 사형을 받아도 근심할 일이 못되며, 다시 떠도는 신세로 전락해도 후회하지 않겠으며, 나병환자처럼 몸에 옻칠을 하고 머리털이 흐트러져 미친 자처럼 보여진다해도 저는 그것을 부끄럽게 여기지는 않겠습니다."

"충직스런 말씀뿐이구려. 그토록 과격한 말씀은 굳이 필요없겠소이다."

"아닙니다. 제가 실상 두려워하는 바는 제가 죽은 후 천하 인사들이제가 충성을 다하고서도 결국 몸이 주살되는 것을 보고 그들의 입을 틀어막아 그들이 진나라로부터 발길을 돌리게 되지 않을까 하는 바로 그점입니다."

"좋소이다. 어떤 죄도 묻지 않겠소. 굳게 약속하지요!"

그런 약속을 진왕한테서 받아낸 범수는 그제서야 속마음을 열었다.

"그렇다면 바로 말씀드리지요. 대왕께서는 지금 태후(太后)의 위엄을두려워하고 계시지요."

"……사실 그렇소."

"게다가 대왕께서는 간신들의 아첨에 미혹되어 계시며, 궁중 깊숙이아이처럼 들어앉아 그나마도 여인들의 치마폭에서 벗어나지 못하며, 정치는 진작 간신들의 손으로 넘어가 동시에 국가의 기강이 해이해지면서대왕 자신의 생명까지 위태롭게 되어있다는 사실도 알고 계십니까."

"알고서도 헤쳐날 방법을 모르니 이렇게 고통스러워하고 있지 않겠소."

"자칫 종묘가 멸할지도 모른다는 위기감도 느끼고 계시지요."

"실상은 그렇소."

"그렇다면 사고무친의 고립에 빠져 계시다는 사실도 느끼고 계시겠지
요."

범수의 공격에 진왕의 얼굴은 더욱 일그러졌다.

"그렇소이다. 위세는 부리지만 내심은 전전긍긍이오. 우리 진나라는
먼 벽지에 있는데다 과인 또한 어리석고 불초하니 위기를 감지했다 하
더라도 분별력이 없어 좋은 대안을 도무지 찾지 못하고 있는 게 아니겠
소. 차제에 선생께서 찾아와 묘책을 주시고자 하니 이는 종묘사직을 무
사히 지키라는 선왕들의 음덕인 듯하오. 앞으로는 선생의 가르침에만
따를 터이니 결코 과인을 두고 의심하지는 말아 주시오!"

진왕의 말투에는 진심이 담겨 있었다. 그래서 범수는 일어나 다시 절
을 올리는데 진왕도 황급히 일어나 맞절을 하는 것이었다.

"서로를 믿고 의지하자는 표시요!"

절을 마친 범수는 그제서야 심중에 있던 계략을 달변으로 토하기 시
작했다.

"대왕의 나라는 사방이 산천으로 둘러싸인 천연의 요새입니다. 북에
는 감천산(甘泉山)과 곡구(谷口)가 솟아 있고, 남으로는 경수(涇水)와
위수가 띠를 두르듯 누웠으며, 서쪽에는 농(隴)과 촉(蜀)이라는 험지가
가로놓였고, 동쪽에는 함곡관과 상판(商阪)이 막고 있습니다. 정예군이
백만이며 전차가 수천 승(乘); 유리하면 나가 싸우고 불리하면 안에서
지킬 수 있습니다. 백성들 또한 사사로운 싸움에는 법이 두려워 피하고
있으나 공전(公戰)에는 용감무쌍하니 이런 것들이 바로 왕자(王者)의

땅이며 백성이 아니겠습니까?"

그러자 진왕도 덩달아 상기됐다.

"맞소. 진나라 병사의 용기와 수많은 거마(車馬)만 가지고 평가한다면 그까짓 제후국들 평정하는 일쯤은 마치 한로(韓盧 : 전국시대 한나라의 전설적인 명견)같은 명견을 달리게 해서 다리저는 토끼를 쓰러뜨리는 일만큼이나 간단한 일이 아니겠소. 그런데도 불구하고 진나라가 무엇 때문에 천하 패권을 아직 잡지 못하고 있는지 그 이유를 모르겠단 말씀이오!"

"한 마디로 말씀 드리자면 대왕의 신하들이 자기 책임을 감당하고 있지 못한데다 함곡관을 15년 동안이나 닫아둔 쇄국정책에도 그 원인이 있습니다."

"무슨 말씀이오! 지금 위염이 제(齊)나라 강수(綱壽)를 치려고 준비 중인데."

"그렇지만 그것은 어리석은 대원정입니다."

"어째서 그렇소?"

범수는 주위의 동정을 살핀 후 엿듣는 자가 없는 사실을 확인하고서야 진왕을 바라보았다.

"차제에 진나라가 소수병력을 동원해 보았자 제나라는 미동도 않을 것이고, 대군을 출병시킬 경우 본국에 이롭지 못할 일이 일어날 사태를 고려하지 않으면 안 됩니다. 혹시 자국의 병력을 아끼면서 한나라 위나라의 군사를 끌어내고자 하시겠지만 전례로 보아 저들 동맹국들도 유사시에는 항상 배반했었다는 사실도 유념해 두셔야 할 것입니다. 이런 처지에 그래도 대왕께서는 내 나라를 비우고 남의 나라를 훌쩍 건너 먼 나라를 공격하시겠다는 겁니까. 그것은 마치 옛적 제나라 민왕이 남쪽 초나라를 쳐서 사방 천 리의 땅을 넓혔습니다만 결국 한 치의 땅도 차지할 수 없었던 경우와 꼭 같습니다."

"그게 왜 그렇게 된 거요?"

"제나라가 총동원령으로 진격했기 때문에 승리는 할 수 있었지만 지킬 수가 없었기 때문에 힘들여 얻은 영토를 버리게 된 것입니다. 어디 그뿐이겠습니까. 국력이 피폐해지니 내분이 일고 동시에 연합군이 공격해 왔기 때문에 본토는 철저하게 유린당했던 것입니다. 결국 제나라는 초를 공격하는 동안 이웃나라 위(魏)가 강대해졌습니다. 이를 두고 '역적에게 무기주고 도둑에게 양식준다'는 속담 꼴이라 합니다."

"글쎄요…… 그렇다면 우리 진나라가 어떻게 처신하는 게 유리하겠소?"

"원교근공(遠交近攻)."

"강수를 칠 게 아니라 먼 나라와는 교제하고 이웃나라를 공격하란 얘기요?"

"그렇게 하시면 한 치의 땅을 얻어도 대왕의 땅이 됩니다. 머나먼 제나라를 공격한다는 건 착각도 이만저만한 착각이 아닙니다. 이제 한나라나 위나라는 천하의 중추라는 중원에 위치해 있으니 앞으로 대왕께서 천하를 호령하시려면 이들부터 먹어들어가야 합니다. 덧붙여 말씀드리자면 초나라가 강하면 조나라를, 조나라가 강하면 초나라를 우선 이편으로 만들어야 합니다. 그리하여 초·조 두 나라를 내편으로 만들면 제나라는 두려워하며 자진해서 우호관계를 맺자고 할 것입니다."

"좋소! 원교근공. 이를 진나라 외교전략의 기본으로 삼겠소."

진왕은 느낀 바가 컸다. 그 때부터 왕은 범수를 객경(客卿)에 임명하고 군사(軍事)에 관한 일을 계획하게 했다.

범수의 계략은 자유자재였다. 계책은 받아들여지고 행하면 대부분 성공했으니 왕으로부터의 신임은 두터워질 수밖에 없었다.

그제서야 범수는 진왕에게 전부터 하고싶었던 심중의 생각을 꺼냈다.

"제가 산동(山東 : 여기서는 魏)에 있을 때 제나라에는 맹상군이 있다는 소리는 들었습니다만 대왕의 존재는 불행히도 듣지 못했습니다."

"무슨 뜻이오?"

"진나라의 경우도 마찬가지라는 얘깁니다. 태후와 위염과 화양군 고릉군 경양군의 명성은 들었습니다만 대왕의 존재는 불행히도 미미했습니다."

"언젠가 그대가 비슷한 얘기를 꺼냈던 걸 기억하오."

"국정을 마음대로 처리하는 자를 왕이라 하고, 인간의 이해를 마음대로 좌우할 수 있는 권능의 소유자를 왕이라 하며, 생사여탈권을 가진 자를 왕이라 부릅니다. 그런데 지금 대왕의 형편은 그렇지가 못합니다. 태후께서는 당신 마음대로 국정을 행사하시고, 양후 위염은 외국으로 사신을 갔다와도 왕께 보고조차 하지 않으며, 생사여탈권이 있을 수가 없는 고릉군은 두려움도 없이 백성들을 처단하고 있으며, 인사권이 있을 수가 없는 화양군 경양군은 왕의 재가를 청하지도 않고 관리들을 마음대로 진퇴시키고 있습니다. 이토록 진나라에는 존귀한 다섯 분이 버티고 있으니 왕은 없는 것과 마찬가지가 아니겠습니까. 왕의 권력이 기우니 그 명령 역시 왕으로부터 나올 턱이 없지요."

왕은 한숨을 크게 쉬며 고개를 푹 떨구었다.

"나라를 잘 다스리는 자는 국내에서는 그 권위를 굳게 하고 국외로는 그 권위를 무겁게 한다고 저는 들었습니다. 그런데도 양후 위염은 왕의 무거운 권위를 대신 쥐고 흔듭니다. 제후들을 제재하고 땅을 갈라 부절

(符節)을 마음대로 보내며, 적국을 기분대로 정복하고 타국을 마음대로 치는 등 진나라 국정을 전단하고 있습니다. 또한 전쟁에 이겼으면 빼앗은 땅과 전리품은 응당 국가에 돌리는 것이 당연한데 그는 그 이익을 자신의 봉읍인 도국(陶國)으로 거두어가고 그 손해는 제후들에게 뒤집어 씌웁니다. 이는 결국 전쟁에 지면 그 원한은 백성들에게 돌아가고 그 화는 사직(社稷)으로 돌아오게 하는 행동입니다. 고시(古詩)에도 '나무열매가 너무 커지면 그 가지를 꺾고 가지가 꺾이면 그 나무의 정기가 상하네' 라고 되어 있습니다. 국내의 대읍(大邑)이 지나치게 커지면 그 나라는 위태롭고, 그 신하를 지나치게 존중하면 그는 군주를 멸시하게 마련입니다."

진왕은 대꾸가 없었고, 범수는 사정없이 왕의 가장 아픈 곳을 찔렀다.

"지금 진나라는 고급관리에서 왕의 좌우 근신에까지 상국(相國 : 위염)의 사람 아닌 자가 없으니 결국 대왕께선 조정에서 완전 고립되어 계시며, 끔찍한 가정일지는 모르나 대왕께서 천수를 누리신 후에라도 이 나라 왕은 대왕의 자손이 아닐 가능성이 훨씬 많습니다."

진왕은 화들짝 깨어나는 듯하더니 몸을 부르르 떨었다.

"듣고 보니 더욱 두렵소. 이를 어떻게 조처해야 좋겠소?"

이 때 범수는 단호한 표정을 지었다.

"일을 처리하시려거든 과단성있게 하십시오. 미적거리시다가는 소문부터 납니다. 소문이 먼저 나면 대왕께서 위험합니다."

진왕은 범수의 권고를 이해했다.

"언제가 좋겠소?"

"오늘 밤."

"당장 말이오?"

"태후는 폐하고, 양후와 고릉군과 화양군과 경양군은 함곡관 밖으로 추방하십시오."

"그들의 반격이 만만찮을 텐데?"

"손 쓸 시간이 없도록 직위를 전격적으로 박탈해 버리십시오."

진왕 역시 긴장한 표정이 되어 어딘가로 바쁘게 달려나갔다.

과연 그날 밤 진왕은 범수의 계략대로 일을 단행했다. 그들 일당들도 손쓸 수가 없게되어 꼼짝없이 권좌에서 쫓겨나갔다.

진왕은 양후 위염한테서 인수(印綬)를 거두어 범수에게 재상 벼슬을 내렸다. 응(應 : 하남성)에 봉하니 응후(應侯)라 불렀다.

그런데 범수가 진에서 재상의 자리에는 올랐지만 그를 장록이라 부르고 있었기 때문에 아무도 그의 정체를 깨닫지 못하고 있었다.

즈음에 위나라는 진나라가 한·위를 정벌하려 한다는 소문을 듣고 있었다. 다급해진 위나라는 진나라를 달래는 사신을 보냈는데 그가 바로 수가였다.

수가가 도착했다는 소식을 들은 범수는 피가 치솟는 듯했지만 일단 침착하기로 했다.

범수는 아무도 모르게 남루한 옷차림을 하고는 수가가 묵고 있는 숙사를 찾아가 기웃거렸다.

범수를 알아본 수가는 깜짝 놀랐다.

"어! 자네는 바로 범숙(范叔 : 叔은 범수의 字)이 아닌가! 그대가 살아 있었다니! 그동안 어찌 지냈는가?"

"죽지 못해 살아 있을 뿐이지요."

"진나라에서 만나다니 정말 뜻밖이야. 그래, 진으로 와서 어디 유세라도 해보았는가?"

"전날 위나라 재상에게 죄를 짓고 간신히 도망해 숨어 살고 있는 주제에 유세는 무슨 유셉니까."

"아니라면 살기 위해서 무슨 일이든 하고 있을 게 아닌가."

범수는 수가에게 아무렇게나 대답했다.

"품팔이로 입에 풀칠하고 살지요."

"몹시 곤궁해 보이는군."

범수는 쓸쓸한 표정으로 웃어보였다.

수가는 범수가 불쌍해 보였던지 자기의 솜옷 한 벌을 꺼내주었다.

"가져가 입게."

"고맙습니다."

"한데, 진나라에서는 장군(張君 : 범수 · 장록)이 재상이라고 들었는데 혹시 자네 그분에 대해서 뭐 좀 알고 있는 게 있는가?"

"물론 알고 있지요. 참으로 훌륭하신 분입니다."

"그분은 왕의 총애를 한몸에 받는 재상이기 때문에 혼자 손으로 국정을 결재한다고 들었는데 그게 사실인가?"

"사실입니다."

"좀 도와주게!"

수가는 범수의 손을 덥석 잡았다.

"다급하긴 다급한 모양입니다. 저같은 사람에게 다 부탁하시다니!"

"이번에 내가 지고 온 사명의 승패가 장재상의 손에 달렸다고 해도 과언이 아니네. 누가 나를 재상에게 다리놓아 줄 수 있는 그런 사람이 혹시 없을까?"

"있습니다."

"있어? 그가 누구인데?"

"제 주인이십니다. 주인님은 재상과 매일 만날 정도로 절친한 사이시
거든요."

"아, 마침 잘 됐네! 일이 이렇게 쉽게 풀리다니! 내가 재상에게 좋은
인상으로 만나뵐 수 있도록 자네가 중간에서 다리 좀 놓아주게."

"해보지요."

"한데, 걱정거리가 하나 있네. 불행히도 내 말이 원로에 지쳐서 병든
데다 한쪽 마차 바퀴까지 부러졌거든. 어디 사(馬四 : 네 마리 말이 끄는
수레)라도 하루쯤 전세낼 수가 없을까?"

"그까짓거야 문제 없습니다. 우리 주인께선 너그러우시니 간청하면
공짜로라도 빌려주실 겁니다. 잠깐만 기다려 보십시오."

달려나갔던 범수는 얼마 지나지 않아 정말 네 필 말의 호화로운 사수
레 한 대를 끌고 왔다.

"오, 너의 주인께서는 대단히 어지신 분이로구나!"

"타십시오."

"지금 어디로 가자는 건가?"

"어딘 어디겠습니까. 재상 관저지요."

"무어라고?"

"저희 주인님도 재상과 함께 거기 계시니 수가님이 그 분을 만나시면
고맙다는 인사나 하십시오."

범수는 수가를 태워 재상 관저쪽으로 수레를 몰았다. 길가의 사람들
모두가 서둘러 땅에 엎드리든가 혹은 바쁘게 골목으로 숨고 있었다.

수가는 의아해 할 수밖에 없었다.

"왜들 사람들이 우리를 보고 황망스럽게 인사를 하는가?"

"저희 주인님의 마차를 보고 올리는 인사올시다."

"그대 주인님도 대단히 존경받는 분이신가 보다."

"재상께서도 어려워하는 분이시니까 그럴만도 하지요."

"호오!"

"여기서 잠시 기다려 주십시오. 제가 들어가 대신 재상께 면회신청을 해놓고 돌아오겠습니다."

범수는 재상 관저 앞에서 뛰어내려 안으로 혼자 들어가버렸다.

수가는 혼자 기다렸다. 기분이 좋았다. 말조차도 인사를 받을 정도로 백성들한테서 존경을 받는 분의 마차를 타고 왔으니 심지어 의기양양해지기까지 했다. 위나라 사신으로서 진나라와의 협상은 이미 다된 것이나 마찬가지라고 생각되었다.

그런데 꽤 오랜 시간이 지났는데도 안으로부터는 아무 소식이 없었다. 답답함을 견디지 못한 수가는 기어코 문지기한테 물었다.

"여보시게, 꽤 오랜 시간이 지났는데도 범숙은 왜 나오지를 않소?"

그러자 문지기들은 어리둥절한 표정을 지었다.

"범숙이 누구요?"

"아, 나와 함께 수레를 타고 왔다가 먼저 들어간 사람 있지 않소."

"이사람 사뭇 미쳤군! 당신 차림을 보니 위나라 사신이 맞겠네. 글쎄, 남의 나라 재상보고 이사람 저사람이라고 들먹거려도 되는 거요?"

"지금 뭐랬소? 아까 그 남루한 차림의 범숙이 이 나라 재상이란 말이오?"

"맞아죽고 싶지 않거든 그 주둥아리나 닥치고 있어!"

수가는 기절할 정도로 놀랐다. 문지기의 명령대로 파랗게 질린 채 꼼짝없이 마차 위에서 떨고 서 있으려니까 안으로부터 사인 하나가 걸어나왔다.

"들어오시랍니다."

기가 막혔다. 도망치고 싶었지만 그렇게도 못할 사정이었다. 생각 끝에 웃통을 벗고 무릎으로 기어서 안으로 들어가기로 했다. 물론 사죄하는 표시였다.

한 곳에 이르자 갑자기 장막이 걷히더니 수많은 시종들을 거느린 범수가 당당한 재상의 정장 차림으로 나타났다.

"죽을 죄를 지었습니다!"

수가는 먼저 땅에다 머리를 찧었다.

"죽을 죄?"

억제된 범수의 목소리가 되돌아왔다.

"당신께서 이토록 높은 청운에 오르리라고는 꿈에도 짐작 못했습니다."

수가는 계속 이마를 찧었지만 범수는 눈 한 번 깜박이지 않았다.

"네깐 놈의 까막눈이 그것을 알 턱이 없지."

"당신을 보는 눈이 없었으니 앞으로는 천하의 서적을 읽지 않을 것이며 천하사에 관여하지도 않겠습니다. 가마솥에 끓여 죽어도 마땅한 죄를 지었지만 한 번만 용서하시어 저 북쪽 오랑캐 땅으로나마 추방해 주십시오."

"그건 네놈이 결정할 일이 아니다. 그런데 너는 스스로 죽을 죄를 지었노라 제 입으로 떠들고 있는데 그렇다면 그 죄상은 무엇이며 얼마나 된다고 생각하느냐."

"머리털을 모두 뽑아 헤아린다 해도 속죄를 다 못할 만큼 많습니다."

"너스레 떨지 마라. 네가 지은 죄는 딱 세 가지가 있을 뿐이다."

"하지만……"

"옛날 초나라 소왕 때의 신포서(申包胥)는 초나라를 위해 열성을 다해 싸워 오나라 군사를 물리쳤다. 그러자 초왕은 그에게 형(荊 : 초의 다른 이름)땅 5천호에 봉하려 했지만 포서는 받지 않았다. 왜 받지 않았는지를 알겠느냐. 그가 오군을 물리친 것은 새삼스레 초나라를 위해서가 아니라 조상의 무덤이 초에 있었기 때문이었다. 나 역시 조상의 무덤이 위나라에 있거늘 내가 과연 위나라를 배반할 것 같은가. 그런데도 너는 전날 내가 제나라에 내통했다고 나를 위제에게 중상했다. 이것이 네 죄의 하나이다."

"죽여주십시오!"

"위제가 나를 욕보이기 위해 측간에다 걸레가 다 된 내 몸을 던졌을 때 너는 그것을 전연 말리지 않았다. 이것이 네 죄의 둘이다."

"죽을 죄를 지었습니다!"

"위제의 빈객들이 술에 취해 돌아가며 내 몸에다 소피를 볼 적에 너마저 내게다 오줌을 쌌다. 어찌 그럴 수가 있는가!"

"죽여주십시오!"

"죽여줘?"

"용서하십시오!"

"벌레같은 놈! 그렇지만 네 목숨만은 살려준다. 무엇 때문인지 아느냐."

"그 모두 하늘같은 당신의……"

"아니다. 아까 초라한 내 모습을 보고 옛 친구를 생각하는 은은한 정으로 솜옷을 주었기 때문이다. 그 솜옷 한 벌이 너를 살린 것이다. 꼴도 보기 싫으니 어서 물러가거라!"

사과받고 용서하는 과정은 거기서 대충 끝났다. 그러나 범수는 심란했다. 그길로 곧장 왕궁으로 들어가 소왕에게 사신 수가와의 사이에 있었던 사건의 전후 사정을 낱낱이 고했다.

"그토록 원통한 과거가 있었구려! 그러나 과인도 생각하는 바가 있으니 적당히 모욕만 준 뒤 일단 그를 귀국시키는 게 좋겠소. 위나라를 칠 수 있는 충분한 트집거리가 생겼으니까."

왕이 달래니 범수는 참을 수밖에 없었다.

범수는 제후의 사신들을 모두 초청해 성대한 잔치를 베풀 때 수가 역시 참석시켰다.

그러나 수가만은 당상에 앉히지 않고 굳이 당하에 앉힌 뒤 말죽을 그의 앞에다 놓고 이마에 먹물 들인 죄수 둘을 수가의 양 옆에 앉혀 음식을 말처럼 먹게 했다.

그런 후 범수는 수가한테 다가가 지나가는 말투로 속삭였다.

"아무리 그렇더라도 네가 떠날 때 귀국 선물을 하나쯤은 주지 않을 수가 없지. 그래서 귀띔하는 건데, 가거든 위왕을 잘 설득해라. 지체없이 위제의 목을 베어 보내지 않으면 위나라를 쑥밭으로 만들어놓겠다더라고!"

수가는 걸음아 날 살려라 하고 도망쳤다.

귀국한 수가는 진나라에서 있었던 일들을 빠짐없이 위왕에게 고했다.

"결국 위나라가 살아남기 위해서는 위제의 목이 필요하단 말이지?"

한편 위제는 위제대로 왕과 수가 사이에 있었던 논의들을 소문으로 듣고 있었다. 불안해서 견딜 수가 없었다.

할 수 없이 위제는 조(趙)나라로 도망쳐 들어가 평원군(平原君) 밑에 숨어버렸다.

진나라 소왕도 위제가 평원군 집에 숨어 있다는 소식을 들었다. 어떻게 해서든지 범수의 원수를 갚아주고 싶어했던 진의 소왕은 우선 평원군에게 우호 친선하자는 거짓 초청장을 보냈다.

——과인은 전부터 귀공의 고귀하신 명성을 익히 듣고 있습니다. 그래서 신분을 초월해 선비끼리로서의 교제를 원하오니 공께서는 꼭 한번 왕림해 주십시오. 귀공과 열흘 동안 술자리를 함께 하는 잔치를 열겠습니다.

평원군은 진나라의 무서움을 잘 알고 있었다. 다분히 거짓 초청이라는 사실을 알고는 있었으나 그렇다고 안갈 수도 없었다. 결국 조나라를 위하여 평원군은 즉시 진나라로 들어갔다.

소왕과 평원군은 수일 동안 계속해서 잔치를 열며 다정하게 지냈다. 그러던 어느날 소왕은 얼굴빛을 고치더니 평원군에게 본색을 드러냈다.

"옛날 주나라 문왕은 여상을 얻어 태공(太公 : 조부)이라 존칭하였고, 제나라 환공은 관중(管仲)을 얻어 중부(仲父 : 숙부)로 존경했습니다. 범군(范君 : 범수) 역시 과인에게는 숙부와 같은 존재입니다. 그런데 범군의 원수가 바로 당신의 집에 숨어 있습니다. 제발 사람을 보내 그 원수의 머리를 가져오도록 해주십시오."

조나라 평원군도 만만치 않았다. 진의 소왕한테 정면으로 대들었다.

"그것은 불가합니다."

"과인의 청을 거절하시면 귀공이 함곡관 밖으로 나가기 어려울 텐데요."

"맘대로 하십시오. 존귀할 때 교제하여 벗을 만드는 것은 비천하게 되었을 때 도움을 받자는 것이며, 부유할 때 교제하여 벗을 만드는 것은 가난하게 되었을 때 도움을 받자는 것입니다. 위제는 제 벗입니다. 설사 제 집에 있다 하더라도 내놓을 수는 없으며, 게다가 위제는 제 집에 있지 않습니다."

딱 잡아떼므로 소왕은 할 수 없이 조나라 왕에게 직접 편지를 썼다.

——왕의 아우 평원군은 지금 진나라에 와 있고, 나와 범군의 원수 위
제는 지금 평원군의 집에 숨어 있습니다. 왕께선 속히 위제의 목을 진나
라로 보내주시오. 청을 거절하실 경우 우리는 군사를 일으켜 조나라를
칠 수밖에 없으며, 무엇보다 왕의 아우 또한 함곡관 밖으로 나가기는 어
려울 것입니다.

조왕은 겁이 더럭 났다.

"누구의 목을 택한다?"

결국 평원군을 살리기로 했다. 그래서 몰래 병사들을 평원군의 집으
로 보내 포위하도록 했다.

그러나 소문을 먼저 들은 위제는 평원군의 집에서 도망쳐 나와 이번
에는 조나라 재상 우경(虞卿)한테로 달려갔다.

"살려주시오!"

우경은 곰곰 생각했다. 위제를 살리기 위해 조왕을 어떤 방법으로 설
득해도 들어줄 것 같지가 않았다.

"일단 함께 도망이나 치고 봅시다."

우경은 돌연 재상의 인수를 풀어놓고 위제와 함께 조나라를 벗어나갔
다.

"어디로 가지요?"

"글쎄요, 의탁할 만한 인물이 생각나지 않습니다. 우선 신릉군(信陵
君)의 도움을 받아 초나라로 들어가는 발판을 마련하는 게 좋겠습니
다."

둘은 숨고 숨어서 천신만고 끝에 신릉군한테 도착했다.

그러나 신릉군은 차일피일하고 둘을 만나주려 하지 않았다.

"진나라가 두려운 모양이지요."

우경이 중얼거리자 위제는 그제서야 탄식했다.

"아아, 그렇다면 다 틀렸다!"

신릉군은 신릉군대로 마음이 편안치가 않았다. 우경과 위제를 만나자니 진나라가 두려웠고, 만나주지 않자니 선비의 양심에 꺼려 불편했다. 그래서 그는 빈객들이 있는데서 지나가는 말투로 투덜거렸다.

"도대체 우경이란 어떤 인물이길래 저토록 골치 아픈 위제를 데려왔단 말인가?"

"우경이 누구시냐구요?"

마침 후영(侯嬴)이 곁에 있다가 득달같이 나선 것이다

"아, 난 그저……"

"대체로 남이 나를 이해한다는 것은 여간 힘든 일이 아닙니다. 내가 남을 이해하는 것 또한 예삿일이 아닙니다. 저 우경이란 인물은 짚신 신고 낡은 삿갓에 너절한 차림으로 조왕과 처음으로 만났습니다. 그런데 그는 한 번 뵙고 흰 도리옥 한 쌍과 황금 백일(百鎰)을 받았고, 두번째 뵐 때는 상경에 임명되었으며, 세번째 뵈올 때는 재상의 인수에다 만호후(萬戶侯)에 봉해졌습니다. 그 때 천하 사람들이 그와 사귀려고 앞다투어 몰려갔습니다. 그러나 그런 우경에게 곤궁해진 위제가 매달리자, 풍성한 작록도 고귀한 재상의 인수도, 존귀한 만호후의 신분도 내버린 채 위제를 데리고 몰래 숨어 들어왔습니다. 그는 그런 인물입니다. 다른 선비의 곤궁함이 더욱 위급하다 하여 자신을 돌보지 않고 귀공을 찾아왔는데 공께선 그런 우경을 두고 '도대체 우경이 누구냐'고 물으시니 저로서도 대답할 말이 없습니다. 과연 남이 나를 알아주는 일이 쉬운 일은 아닙니다만 내가 남을 알아주는 일 또한 쉽지는 않더군요."

"아, 됐습니다! 당신의 질책을 들으니 많이 부끄럽습니다!"

신릉군은 수레를 끌고 서둘러 두 사람을 맞으러 나갔다. 그러나 그 때는 이미 위제가 신릉군이 만나주기를 꺼려한다는 소문을 듣고 절망과 분노로 목을 찌르고 난 뒤였다.

어쨌건 위제의 목을 얻은 조왕은 그것을 진나라로 보냄으로써 평원군을 귀국시킬 수가 있었다.


백기(白起)는 미(郿 : 섬서성)땅 사람이다. 용병을 잘해서 진의 소왕한테 단단한 신임을 얻고 있었다.

그러나 승승장구하던 백기도 소왕 48년 조나라 공격 때에는 그 잘나가던 용병술조차 먹혀들지가 않았다. 그것은 조나라에 염파(廉頗)라는 명장이 있었기 때문이었다.

염파는 더욱 견고하게 누벽을 쌓고는 전군에게 명하고 있었다.

"진나라 군사가 지치고 방심해질 때를 기다린다."

그러나 조왕은 진군에게 도전하지 않는 염파를 자주 꾸짖었다. 그런 차제에 진의 재상 범수는 첩자를 풀어 천금을 뿌려가며 이간책을 썼다.

"진나라가 사실 두려워하는 것은 마복군(馬服君 : 조나라의 명장 조사)의 아들 조괄(趙括)이 장군이 되는 것이지, 비겁하고 무능한 염파 따위는 안중에도 없다. 머잖아 염파는 항복하고 말걸……"

조왕은 견딜 수가 없었다. 병사자가 많고 도망병이 속출하는데도 또 누벽만 쌓고 출격하지 않아 염파의 용병이 도무지 마음에 들지 않았다.

그래서 조왕은 덜컥 염파를 자르고 조괄을 장군으로 임명했다. 결국 진나라 첩자의 이간술에 놀아난 결과였다.

진에서도 조괄이 장군이 되었다는 소식을 들었다. 그래서 때맞추어 백기를 상장군으로 임명했다.

백기는 전군에 명령을 내렸다.

"내가 진나라 장군에 임명되었다는 말을 입밖으로 낸 자는 누구든 벤다!"

"그건 왜 그렇습니까?"

부관이 물었다.

"나의 용병술과 실력을 이해하는 조괄이 알게 되면 좋지 않아."

한편 조괄은 보루에 도착하자마자 군사를 몰아 진군에 도진했다. 진군은 패해서 도망쳤다.

"이것 별거 아니잖아?"

조군은 승세를 몰아 누벽이 있는 데까지 진격해 들어갔다.

"누벽을 뚫고 들어가 진군을 박살내 버리자!"

그러나 진군의 방어벽은 워낙 견고해 무너지지 않았다.

조군이 그곳에서 어물어물하기를 열흘째였다. 후방으로부터 전령이 달려들었다.

"이상합니다. 우리 조군은 후속부대와 연락이 두절돼 있습니다."

"무슨 소리냐?"

"진의 복병 2만5천 명이 후군과 우리 조군의 누벽 사이를 차단해 버렸다는 소문입니다."

"그 무슨 잠꼬대같은 소리냐! 그렇다면 우리 보급부대와 연락이 끊겼다는 얘기 아니냐."

"바로 그렇습니다."

"무어라고?"

조괄은 대경실색했다. 바로 그때 다른 전령이 달려들어왔다.

"진의 경장병(輕裝兵) 5천이 우리 후방을 날렵하게 끊어버렸습니다!"

"그렇다면 우리 군대는 세 동강이로 갈라졌다는 얘기냐?"

"양도(糧道)도 끊어지고 후군과도 두절되었다는 뜻이지요."

그래도 조괄은 낙담하지 않았다. 조나라 대병력을 믿었던 것이다.

"서두를 건 없다. 누벽을 굳게 쌓고 여기서 일단 기다린다."

"누구를 기다리는 겁니까?"

"구원군이 올 것이다. 그리고 우리는 군사가 많다."

진나라 소왕은 한편으로 백기의 용병을 보고받고 있었다.

"사기란 이럴 때 진작시켜야 되는 것이지!"

하내(河內)까지 달려간 진왕은 백성들에게 작(爵) 1급씩을 내린 뒤 15세 이상의 남자를 징발해 전선으로 보냈다.

"너희들의 임무는 다만 조나라 본진으로 양식이 가지 못하도록 굳게 차단하는 일이다!"

그렇게 되니 9월이 되어도 조군의 본진에서는 양식이 보급되지 않았다.

46일 동안 굶게 되어 아사자가 속출하고 그 때부터 서로를 죽여 그 살을 베어 먹는 일이 다반사로 일어났다.

조괄은 결단을 내리지 않을 수가 없었다.

"굶어죽느니 차라리 탈출이라도 시도하자! 자, 나를 따르라. 최후의 일전을 각오하고 탈출로를 뚫는다!"

조괄은 정예병을 이끌고 선두에 나섰다. 4개 대로 편성해 다섯 차례나 탈출을 시도했다. 그러나 진의 포위망은 워낙 단단해 정예병 대부분이 죽고 조괄 자신도 진병에게 사로잡히고 말았다.

대장이 포로가 되자 이미 사기를 잃은 조군 40만은 고스란히 진군에게 항복하고 말았다.

　그런데 진으로서도 포로들을 두고 고민이 이만저만이 아니었다.

　"싸움에 이긴 건 좋지만 대군 40만은 어떻게 처리하지요?"

　부장 왕흘(王齕)이 상장군 백기에게 물었다.

　"우리 진군이 앞서 상당(上黨)을 점령했을 때의 상황을 기억하나?"

　"항복을 하면서도 진나라 백성이 될 것을 거부하고 조나라로 도망쳤지요."

　"바로 그거야. 저자들도 항복을 했지만 속마음은 불복하고 있어."

　"그렇다면 어떻게 처리하지요?"

　"묻어버려."

　"예에?"

　"어린 병사 240명만 조나라로 돌려보내고 나머진 모두 묻어버려."

　"생매장하란 말씀입니까?"

　"이봐! 우리 군사보다 포로 숫자가 더 많을 경우의 위험을 자네는 한 번도 생각해보지 않았나? 반드시 반란을 일으키게 돼!"

　백기는 직접 나서서 포로들에게 땅을 파게 한 뒤 나오지 못하게 하고서는 속임수로 삽시에 묻어버렸다. 그것은 아수라장이었다. 포로를 묻는 진의 군사들까지도 그 참담함에 몸서리를 쳤다.

　전투를 전후해 참수된 자와 생매장된 조군의 숫자는 45만이었다.

　한나라와 조나라는 진나라의 살벌함에 두려움을 금치 못했다. 그래서 세객 소대(蘇代 : 합종가 소진의 동생)를 사서 후한 예물을 들려 진의 재상 범수를 만나보도록 했다.

　소대는 은밀히 범수를 만났다.

"무안군(武安君) 백기장군께서 조괄을 사로잡아 죽이셨다지요."

"그렇소."

"축하드립니다. 그럼 이번에는 조나라 수도 한단을 포위합니까?"

"물론."

"조나라가 멸망하면 진나라 왕께선 천하의 제왕(帝王)이 되십니까."

소대의 질문에 범수는 화가 났다.

"그대가 실상 궁금해 하는 건 뭐요?"

"조나라를 정벌한 백기장군께선 삼공(三公) 지위에 오르시게 되는지 궁금해서요."

"그것까지 내가 어떻게 알겠소?"

"백기장군께선 진나라를 위해 싸울 때마다 계속 승리했기 때문에 탈취한 성만 해도 70여 성이 되거든요."

"공적이 많다 해서 반드시 벼슬이 높아지는 건 아니오."

"하지만 백기장군께선 남쪽으로 언·영·한중을 평정하고, 북으로는 조괄의 군사를 40만 명이나 사로잡아 죽였습지요. 아마도 주공(周公) 단(旦)이나 소공(召公) 석(奭)이나 태공망 여상의 공적도 무안군 백기장군의 공적에는 미치지 못할 것입니다."

그제서야 범수는 소대의 말에 긴장됐다.

"대체 무슨 말을 하실 참이오?"

"이제 조나라가 멸망하고 진왕께서 패왕(覇王)이 되시면 무안군은 틀림없이 삼공의 지위에 오릅니다. 그땐 승상께서는 싫으시더라도 무안군의 밑자리에 계시게 되는데 저는 그게 싫어서 그럽니다."

"글쎄 그게……!"

"진나라 군대가 한나라 형구(邢丘 : 하남성)를 포위해 상당을 괴롭히기 시작하자 상당 백성들은 모조리 조나라로 귀속해 버렸습니다. 이는 진나라 백성이 되지 않겠다는 하나의 본보기가 아니겠습니까. 그러니 지금 진나라가 조나라를 멸망시켜도 북쪽에 살고 있는 백성은 연나라로, 동쪽 백성들은 제나라로, 남쪽 백성들은 한이나 위로 도망칩니다. 그러니 승상께서 지배할 수 있는 인구는 아주 조금이지요.”

범수는 소대의 말을 듣자, 결국 땅을 얻는다 해도 진나라에는 실리도 없이 백기의 공적만 키우는 꼴이라 생각됐다.

“이런 상황에서 그대는 어떻게 하는 게 좋을 것 같소?”

“그야 한·조에게 땅을 되돌려줌으로써 무안군의 공적이 되지 않도록 하는 것이지요.”

범수는 곧장 진왕한테로 달려갔다.

“우리 군사가 많이 지쳐 있습니다. 군사들에게 휴식을 취하게 하기 위해서는 한나라와 조나라로 원정간 대군은 돌아오도록 하는 게 좋을 듯합니다.”

“승상, 그렇다면 우리가 무엇 때문에 그토록 피흘려 싸웠소?”

“조나라 군사 45만 명의 목을 베고 생매장한 것으로 충분합니다. 더구나 한나라가 원옹(垣雍 : 하남성)땅을, 조나라가 무작위로 여섯 개 성시(城市)를 진나라에 할양하는 조건으로 강화를 맺겠다고 하지 않습니까.”

진왕이 허락하자 범수는 회신의 미소를 지었다. 그러나 그 소식을 들은 백기는 펄쩍 뛰었다.

“누가 그따위 강화조약을 맺자고 주장했다더냐!”

곁에 있던 부관 하나가 대꾸했다.

“승상께서 그렇게 하도록 대왕께 요청했답니다.”

그로 인해 백기는 범수에게 짙은 앙심을 품었지만 오히려 병이 들었다.

　그래서 할 수 없이 진왕은 백기 대신 왕릉(王陵)을 시켜 조나라 한단을 공격하게 했다. 그러나 왕릉은 소득없이 돌아왔다. 이듬해 정월에도 다시 한단을 쳤으나 전황은 진나라에 그토록 유리하지 않았다.

　진에서는 더욱 많은 군사를 보냈는데, 왕릉은 수하 장수 다섯 명의 목이 날아갈 정도로 대패만 하고 있었다.

　"야단났다! 그래, 무안군의 병세는 요즘 어떻다더냐?"

　진왕은 전전긍긍했다.

　"차도가 있다고는 합니다만……"

　"차도가 있다는 건 나았다는 뜻이 아닌가. 어서 입조토록 해라."

　불려온 백기는 고개만 저었다.

　"한단은 어렵습니다. 더구나 인근 제후국들이 계속 조나라로 군사를 보내 돕고 있지 않습니까."

　"방법이 없겠소?"

　"출병하지 않는 게 최선입니다."

　"천하통일의 내 꿈을 그런 식으로 무참하게 깰 참이오?"

　"현실을 직시하십시오. 우선 제후국들 모두가 진나라를 원망하고 있습니다. 또 전날 진나라가 장평 싸움에서 조의 대군을 격파하긴 했습니다만 우리 군사도 반은 전사했습니다. 그러니 국내에서 차출하려 해도 장정들이 부족하니 방법이 없습니다. 더구나 산 넘고 물 건너 남의 나라 수도를 공격하라 하시니 더욱 난감할 뿐입니다."

　"한마디로 출정 못하겠다는 얘기요?"

　"한단을 공격해 봐야 실패한다는 말씀을 드리는 겁니다. 더구나 조군이 안에서 응전하고 제후국들이 바깥에서 포위 공격해 오면 우리는 속절없이 격파당할 수밖에 없지요."

"좋소! 다른 장수를 보내어 기어코 한단을 점령해 보이겠소. 그 때 그대는 자신의 주장에 대해 책임을 져야 할 거요!"

진왕의 집념은 대단했다. 기어코 왕흘을 장군으로 삼아 한단으로 쳐들어가게 했다.

그러나 초나라에서는 춘신군이, 위나라에서는 신릉군이 10만의 대병을 이끌고 와서 진의 원정군을 습격했으므로 진군은 패하지 않을 수가 없었다.

그렇지만 진왕은 끈질겼다. 범수를 불러 말했다.

"역시 제후국들을 상대해 싸울 만한 장군은 백기밖에 없구려. 과인이 불러도 병이라 핑계대고 오지 않으니 아무래도 그대가 가서 달래는 길밖에 없겠구려."

내키지 않았지만 범수도 어쩔 수가 없었다. 왕의 부탁을 받고는 백기한테로 갔다.

"어쩌겠소. 왕의 간청이 저토록 간절하시니."

"아니오. 지금은 정말 몸이 불편하오. 그리고 지금은 누가 나서더라도 승산이 없다는 걸 당신도 잘 알고 있지 않소. 난 절대로 출정하지 않을 거요."

범수로서는 백기가 출정해 공을 세운다는 사실도 기분 좋은 일이 아니지만, 전날 백기를 무고해 조나라를 멸망시킬 수 있는 기회를 무산시킨 자신의 잘못이 들통나는 일도 두려웠다.

범수는 왕에게로 달려갔다.

"백기의 무엄이 이만저만이 아닙니다. 아프다는 건 핑계이고 전날 대왕께서 자기 말을 듣지않고 우리 군사를 출병시킨 사실을 두고 지금도 대왕을 비방하고 있습니다."

"무엇이! 그자를 당장 장군에서 파면시켜 일개 병졸로 떨어뜨려라!"

"아닙니다. 차제에 아예 변방으로 내치십시오. 원한을 가지게 되면 딴 마음을 먹을지도 모릅니다."

"좋소. 당장 음밀(陰密 : 감숙성)로 떠나게 하시오!"

3개월 후였다. 진나라는 동쪽으로의 진출은 커녕 오히려 제후국 연합 군대의 공격을 받았다. 위급을 알리는 전령들이 매일같이 수도 함양으로 잇달자 진왕은 급했다.

"역시 안 되겠다! 무안군을 불러라!"

그런데 실상 즈음에 백기는 정작 병이 나서 함양을 떠나 음밀로 아직 가지 못하고 누워 있었다. 그런 백기에게 범수가 찾아와 분부와는 정반 대되는 내용을 전했다.

"아직도 여기서 꾸물거리고 있소! 대왕의 진노하심이 크오. 어서 함양 을 떠나시오."

"병이 깊은데……"

"그대는 항명할 작정이오?"

백기는 별 수 없이 병구를 이끌고 음밀로 향해 떠났다.

백기가 함양 서문을 나와 10리쯤 거리인 두우(杜郵)까지 간신히 갔을 때였다. 즈음에는 범수의 참언이 이미 진행되고 있었다.

"대왕, 이토록 발칙한 일이 있겠습니까! 백기는 대왕께 죄를 짓고 귀 양가는 주제에도 심복하는 기색이 전연 없이 여전히 대왕을 원망하는 언사만 토하고 있습니다. 차라리 죽었으면 죽었지 돌아올 생각은 전연 없답니다!"

"무어야! 그렇다면 그자의 소원을 들어주어야 되겠다. 칼을 내릴 테니 서둘러 사람을 보내 자결토록 조처하시오!"

칼을 받아든 백기는 어이가 없었다.

"무어라고? 대왕께서 내리신 칼이란 말이지?"

"그렇습니다."

칼을 들고 온 사자가 대답했다.

"알 수 없는 일이로다. 내가 과연 무슨 죄를 지었기에 이 지경에 이르렀는가!"

"마지막 말씀이 그러하였다고 대왕께 아뢰지요."

칼을 들어 목을 찌르려던 백기는 무슨 생각에서인지 문득 멈췄다.

"가만 있거라."

"예에?"

"생각해 보니 역시 나는 죽어야 될 목숨이었구나."

"그건 어째서 그렇습니까?"

"장평 전투에서 항복한 조나라 군사 40만이 있었지. 그들을 속임수로 생매장하고서도 내가 온전한 죽음을 바랐었다니! 역시 나는 비명에 죽어 마땅하다!"

진의 소왕 50년 가을이었다.

범수는 명장 백기를 모함해 죽여놓고서도 마음이 편안치 않았다. 마냥 심란해 하고 있는데 사인 하나가 달려들어왔다.

"어떤 자가 주인님을 욕하고 다닙니다. 잡아올까요?"

"나를 욕해? 어떻게?"

"그자 말이 '나는 연나라 세객 채택(蔡澤)이다. 천하의 걸물이며 박학다식하고 지혜로운 선비지. 내가 딱 한 번만 진왕을 뵙기만 하면 응후

(應侯 : 범수) 따위는 단번에 몰아내고 내가 재상자리를 차지할 텐데' 하면서 떠들고 다닙니다. 미친 놈이지요?"

한동안 생각에 잠겨있던 범수는 사인에게 불쑥 말했다.

"의도적으로 떠들고 다니는 것 같다. 선비라면 그렇게 대해서는 안 되지. 짐짓 모셔오너라."

얼마 후 불려온 채택은 범수에게 인사도 제대로 하지 않았다.

"그대가 나를 비방했는가?"

"그렇습니다."

"나를 대신해 진나라 재상이 된다고 떠들고 다녔다면서."

"들으셨군요."

"게다가 나를 궁지로 몰아넣어?"

"그쯤이야 너무도 간단하지요."

"어떻게?"

"화내지 마십시오. 제가 드리는 말씀의 핵심은 재상께서 임무를 끝내셨으면 물러가시라는 뜻입니다."

"내가 벌써?"

"인간이 부귀하고 명예스럽고 영화로운 몸이 되어 천하를 잘 다스려 각각 제 위치를 찾게 만들고, 본인은 수명 장수하여 요절하지 않고, 자기 사업을 완성해 후세에 영화로운 이름을 전하고, 명실상부 잡된 것 없이 그 덕택이 천리에 퍼져 칭송된다면 이야말로 인간의 경사요 상서로운 일이 아니겠습니까."

"누가 아니래?"

범수는 채택의 말을 맞받아쳤다. 그러나 채택도 지지 않고 되받았다.

"무릇 계절에는 봄 여름 가을 겨울 사계절이 있어 싫더라도 어쩔 수

없이 바뀌어 갑니다. 마치 그 계절이 자신이 이룬 공(功)의 임무를 끝내고 가듯이 말입니다."

"내가 왕을 섬길 때 곤고(困苦)나 치욕을 당하지 않도록 충성을 게을리하지 않았고, 왕이 위기에 직면했을 때 나는 재능을 다하여 신명이 안전하도록 경계심을 늦추지 않았고, 나 또한 적은 공적이나마 성취했을 때도 자랑하지 않았으며, 부귀한 몸이지만 교만하지 않았거늘 어째서 나더러 물러나라는 거냐?"

"저 상군(商君 : 공손앙)을 보십시오. 진의 효공(孝公)을 위해 법령을 밝혀 부정의 근원을 막고, 공이 있으면 작위를 높여 상을 주고, 죄가 있으면 반드시 벌을 주며, 저울을 공평하게 하고, 길이 재는 일과 부피 헤아리는 것을 바르게 하는 등 도량형을 바로잡았으며, 물가를 조절하고 밭고랑을 안정시켜 풍속을 통일하고, 농업을 권장해 생산력을 증대시켰으며, 군사훈련을 실시해 그 군대가 출동하면 영토가 확장되고, 휴전하면 국가의 부력이 증대되어 진나라를 천하 무적의 국가로 키워놨습니다. 그러나 그런 대업을 모두 이룬 후 상앙 자신은 거열형(車裂刑)을 받고 죽었습니다."

"아예 협박이로군!"

"또 오기(吳起)를 보십시오. 초나라의 도왕(悼王)을 도와 법률을 세우고, 대신들의 지나친 권위를 삭감하며, 무능한 자를 파면시키고, 불필요한 행사를 없앴으며, 중요하지 않다고 생각되는 관직을 줄이고, 왕실의 사사로운 청탁을 막고, 초나라 풍속을 통일하며, 놀면서 돌아다니는 백성들이 없게 하고, 병사를 정예화하여 땅을 병합하고, 연횡책을 깨뜨리고 합종책을 흐트러뜨리며, 유세자가 입을 열 기회를 주지않고, 파당 맺는 것을 금하고, 백성들을 신바람나게 격려하고, 초나라의 정사를 확

고부동하게 세우자 그 군대는 천하를 떨게 하여 제후들을 복종케 하였습니다. 그러나 그의 공이 모두 이루어진 다음에 그는 화살을 맞고 칼에 베이고 창에 찔리며 고슴도치처럼 되어 죽었습니다."

범수가 무슨 말인가를 중얼거렸지만 채택은 못들은 척했다.

"대부(大夫) 종(種)은 월왕 구천(句踐)을 위해 계획을 깊이하고 원대한 꾀를 짜내어 회계산에서의 위기를 모면케 했으며, 망할 뻔한 나라를 존속시키고 오욕을 영광으로 뒤바꾸어 놓았습니다."

채택의 범수에 대한 신랄한 공격은 계속된다.

"초야를 개간해 성읍(城邑)으로 만들고 토지를 개척해 곡식을 심었습니다. 사방의 선비들을 이끌고 상하의 힘을 모아 구천의 현명함을 보좌해 오왕 부차(夫差)에게 원수를 갚고 월나라의 패업을 성취시켰습니다. 그런데도 월왕 구천은 대부 종을 죽이고 말았습니다."

그쯤 되어서 범수는 고개를 끄덕거리게 되었다.

"제가 듣기로는 '물을 거울로 삼는 자는 제 용모를 볼 수 있고, 사람을 거울로 삼는 자는 자신의 길흉을 알 수 있다' 고 했습니다. 『일서(逸書)』에도 '성공했으면 그 자리에 오래 있지 말라' 고 했습니다. 이 기회에 재상의 인수를 돌려 현자에게 물려주시고, 냇가로 산보나 하며 백이(伯夷)같이 청렴하다는 칭송을 들을 생각은 어째서 아니하는지 모르겠습니다."

"쓸 만하니 기억해 두겠네."

"끝으로 한 말씀만 더 드리겠습니다. 바로 승상께서 모함해 죽이신 백기장군에 대해서 말입니다."

"내가?"

"변명 마십시오. 초나라는 사방이 수천 리, 정예병사가 백만이나 되는 대국입니다. 그러나 명장 백기는 수만 명의 군사만 이끌고 초군과 싸워 한 번 싸움에 언·영을 공략하고, 이릉을 불태우고, 두 번 싸움에 촉·한을 병합하고 또한 한·위를 넘어 강대한 조나라까지 공격해 마복군 조괄을 묻어죽이니 장평성 밑에서 울부짖는 40만 명의 아우성소리는 우뢰와 같았습니다. 초나 조가 강국이면서도 원수인 진을 감히 넘보지 못한 것은 의심의 여지도 없이 백기장군 때문입니다. 그런데 그런 그를 승상께선 모함해 죽였습니다. 승상 역시 모함 당하여 말씀드린 상앙이나 오기나 대부 종처럼 비참한 최후를 당하지 말라는 법은 없습니다."

"느끼는 바가 크오."

범수는 갑자기 공손해졌다.

"진의 욕망은 달성되고 승상의 공적은 극도에 달했습니다. 이젠 더 가질 것도 바랄 것도 없습니다. 백기장군의 죽음으로 진나라 천하통일의 꿈도 끝장났습니다. 승상께선 제발 물러나십시오!"

범수는 채택의 설득에 느끼는 바가 컸다.

'그래 나의 시대는 지나갔는지도 모른다!'

범수는 소왕에게 채택을 추천해 재상이 되게 하고 자신은 초야에 묻혀 살았다.

그런데 진나라가 천하통일의 패업을 이룰 수 없었던 이유는 백기의 죽음 때문만은 아니었다.

## 3. 맹상군의 식객

인근 강대국들에는 사공자(四公子)라는 영특한 인물들이 왕을 보필하고 있었다. 그들은 곧 제나라의 맹상군 전문(田文), 위나라의 신릉군 무기(無忌), 초나라 춘신군(春申君) 황헐(黃歇), 그리고 조나라 평원군 조승(趙勝)이었다.

이들은 하나같이 지혜로운 데다 덕망도 있어 집안에는 3천여 명씩이나 되는 식객들이 들끓었다.

맹상군 전문의 부친은 설(薛)땅의 영주인 정곽군(靖郭君) 전영(田嬰)이다. 제나라 위왕(威王)의 막내아들이며 선왕(宣王)의 이복동생이기도 하다.

그래서 전영은 제나라 위왕 시대부터 요직에 등용되어 국정을 휘두르고 있었다.

"대왕, 외교는 제가 맡겠습니다만 군사문제는 전기(田忌)와 손빈(孫臏)에게 맡기십시오."

전영의 말에 제의 위왕은 고개를 갸우뚱했다.

"그들이 그토록 능력이 있는가?"

"전기는 덕장(德將)이며 손빈은 그 재능이 심상찮은 지장(智將)인데다 바로 손무(孫武 : 손자)의 후손입니다."

제의 위왕은 깜짝 놀랐다.

"손빈이 바로 그렇단 말이지!"

손빈이 손무의 재능을 얼마간이라도 물려받았다면 등용은 말할 필요도 없는 것이다.

손빈의 고조할아버지 손무 역시 제나라 사람이었다. 그는 자신의 특기인 병법을 유세하기 위해 오왕(吳王) 합려(闔廬)를 찾아갔다.

"제 병법을 한 번 시험해 보시겠습니까?"

"그대에게 관심이 많소. 나는 그대가 저술한 13편의 병서까지 벌써 다 읽었을 정도거든. 그런데 말이오. 그대의 병법이론이 실제와 얼마나 근사하게 맞아떨어질 것인지 그게 궁금하단 말씀이야."

"그야 이론과 실제는 꼭 같습니다."

"오호, 그래요? 그렇다면 시험삼아 그대가 군을 지휘하는 것을 내가 볼 수 있겠소?"

"어렵지 않지요. 그러면 어떻게 보여드릴까요?"

합려는 장난끼가 동했다.

"글쎄, 훈련된 군인이 아니라 군사훈련이라곤 한 번도 받아본 일이 없는 아녀자들을 가지고도 지휘가 가능할는지."

손무는 합려의 속마음을 알아챘다.

"물론입니다. 대왕의 후궁들을 데리고서도 가능합니다."

"후궁들을?"

"허락만 내려주십시오."

합려는 호기심에 불탔다. 180명의 후궁들을 연병장으로 곧장 불러냈다.

손무는 그녀들을 두 대(隊)로 나누더니 왕이 가장 총애하는 두 후궁을 각 대의 대장으로 임명했다.

"대왕, 우선 저에게 대장군의 부월(斧鉞)을 내려주십시오."

"그건 부하들의 생살권(生殺權)을 상징하는 물건 아니오?"

"그렇습니다."

"장난으로 한 번 시험해 보는 건데 무어 부월까지……"

"군문(軍門)에는 장난이 없습니다. 그리고 왕께서 대장검을 내리시지 않으면 군령(軍令)이 서지 않습니다."

"……좋도록 해 보오."

오왕은 찜찜해 하면서도 마지못해 손무에게 부월을 내렸다.

손무는 그제서야 후궁들 앞으로 갔다.

"자, 잘 듣거라. 너희들은 자기의 가슴과 뒷잔등과 오른손과 왼손을 알고 있는가"

"그것도 모르는 바보가 어디 있겠어요."

후궁 하나가 그렇게 대꾸하자 전체가 까르르 웃었다.

"모두들 알고 있다니 다행이다. 그럼 내가 '앞으로' 하고 호령하면 가슴쪽 방향으로 바라보고 '뒤로' 하면 등쪽으로 돌아서서 앞으로 바라보고 '우로' 하면 오른쪽을 바라보고 '좌로' 하면 왼쪽을 바라본다. 잘 들었는가"

"알아요."

손무는 똑같은 내용을 세 번 되풀이하고 다섯 번 설명했다. 그런 후 군고(軍鼓)를 치면서 '우로' 했다.

그러나 후궁들은 까르르 웃기만 할 뿐 아무도 명령을 따르려 하지 않았다.

손무는 그녀들에게 다시 말했다.

"약속이 분명하지 않고 호령에 익숙해지지 않아 군령이 서지 않는 것은 장수의 책임이다."

그러면서 손무는 다시 명령을 세 번 되풀이하고 다섯 차례나 똑같은 내용을 설명하고 나서 군고를 치며 '좌로' 하고 호령했다.

역시 후궁들은 웃기만 할 뿐 아무도 손무의 명령을 따르려 하지 않았다. 누대 위의 오왕도 빙글빙글 웃고 있었다.

손무는 다시 정색을 하고 말했다.

"약속이 분명치 않고 호령이 철저하지 못해 군령이 서지 않는 것은 장수의 책임이다. 그러나 군령이 정확하게 전달되었는데도 병사들이 움직이지 않는 것은 대장의 책임이다. 응분의 벌을 받아야 한다."

손무는 부월을 들어 좌우 두 대장의 목을 치려 했다.

누대 위에서 구경하고 있던 오왕은 깜짝 놀랐다.

"잠깐만! 그대는 지금 그 부월로 무얼 어떻게 하겠다는 거요?"

"군령을 어겼기로 목을 베려는 중입니다."

"무슨 그런 끔찍한 짓을! 과인은 장군의 용병술이 탁월하다는 것을 알았으니 그들 두 후궁을 살려주시오. 나의 총희라 그녀들이 없으면 내 식욕까지 떨어질 거요."

그러나 손무는 오왕의 요구를 냉정하게 잘라버렸다.

"아니 됩니다. 저는 이미 대왕의 명령을 받아 장수가 되었습니다. 장수란 군영에 있을 때에는 왕의 명령이라도 듣지 않을 수가 있습니다."

손무는 말이 떨어지기가 무섭게 두 후궁 대장들의 목을 도끼로 날려

버렸다. 눈 깜짝할 순간이었다.

"아뿔사 !"

혼비백산한 것은 오왕뿐만 아니었다. 누대에서 아래를 굽어보던 대부들은 말할 것도 없고, 살아남은 연병장의 후궁들도 사색이었다.

"자, 다시. 이번에는 차석 후궁들이 대장을 해라."

손무는 다시 북을 치며 호령했다.

이번에는 일사불란했다. 앞으로 뒤로 오른쪽 왼쪽, 서고 앉고까지 한 치 빈틈없이 명령대로 이행되었다. 자로 재고 먹줄을 친 것처럼 대오가 질서정연해지면서 군소리 하나 들리지 않았다.

얼마 후 손무가 누대를 바라보니 오왕은 이미 거기에 있지 않았다.

"군대의 기강이 완전히 잡히고 군령도 확실히 정돈되었으니 대왕께서 친림하시어 직접 시험해 보라 하십시오. 왕께서 용병하고 싶으신 대로 저들은 물불 가리지 않고 뛰어들 것입니다."

오왕의 전갈이 왔다.

"장군께선 어서 훈련을 끝내시고 숙사로 돌아가서 휴식하라 하십니다. 대왕께선 친림하실 의향이 없다 하십니다."

손무는 외쳤다.

"아, 이제사 알겠소! 대왕께선 한갓 용병의 이론만 좋아하실 뿐 실제의 용병술로 천하를 제패하겠다는 데에는 관심이 없으시다는 걸!"

신하가 오왕을 달랬다.

"대왕, 고정하십시오. 손무의 능력은 탁월합니다. 천하의 귀재입니다. 천하의 패자가 되시려거든 손무의 힘을 빌려야 합니다!"

결국 오왕은 신하의 건의를 받아들였다. 손무를 장군에 기용했다.

그 후 오왕은 서쪽의 강국 초나라를 꺾고 도성인 영(郢)에 돌입했으며, 북쪽의 제나라와 진(晉)을 위협함으로써 합려는 제후들 사이에서 이름을 떨쳤다. 물론 손무의 힘을 빌렸기 때문이다.

손빈은 손무가 죽은 후 약 일백 년 후에 태어난 셈이다.

일찍이 손빈은 방연(龐涓)과 함께 병법을 배웠다.

방연은 즈음에 위(魏)의 혜왕(惠王)을 섬기며 장군이 되어 있었다.

'어쩐다? 손빈이 살아있는 한 내가 위왕을 천하의 패자로 만들 수가 없다. 내 능력이 손빈에게는 도무지 미치지를 못하거든. 그를 제거할 방법이 없을까……'

방연은 가만히 손빈을 불렀다.

친구의 정중한 초대라 손빈은 좋아라 하고 위나라로 달려갔다. 그러나 손빈은 방연을 만나보기도 전에 결박되어 투옥되었다.

"무슨 짓이냐! 방연장군의 초대를 받고 찾아온 손님이닷!"

"어리석기는! 바로 그 방장군께서 너를 이런 식으로 대접하라 하셨다!"

옥리의 냉소적인 대꾸였다.

손빈은 두 다리를 잘리우고 얼굴에는 먹물이 쳐졌다.

'얼마 뒤엔 옥사(獄死)할 테지. 설사 살아남는다 해도 저런 몰골로 세상에 어떻게 나서겠는가.'

방연은 회심의 미소를 짓고 있었다.

옥에 갇힌 손빈은 어느날 옥문 밖으로 요란하게 달려가는 수레소리를 들었다.

"사마(駟馬)인 것 같소. 누구의 행차요?"

손빈은 옥리한테 무심코 물었다.

"제나라에서 온 사신인 듯하오."

"그분을 가만히 좀 만나게 해줄 수 없겠소?"

"무엇 때문에?"

"박봉인 당신한테는 황금 백 금이면 큰 돈이오."

"사실이오. 하지만 당신한테 그런 거금이 있겠소?"

"내가 죽었기 때문에 위나라 도성 대량(大梁)의 다리 밑에다 버렸노라 소문내면 당신한테는 큰 탈 없을 거요. 일백 금은 사신이 가지고 있소. 밑져야 본전 아니겠소?"

옥리는 손빈에게 제나라 사신을 다리놓아 주었다. 손빈은 사신에게 자신의 처지를 말하고 포부 또한 설파했다. 사신은 손빈의 기재(奇才)를 알아보았다.

"그대라면 2백 금이라도 조금도 아깝지가 않소!"

그렇게 되어 손빈은 제나라 사신의 귀국마차를 타고 제나라로 탈출해 들어갔다.

"나를 제나라 장군 전기(田忌)에게 소개시켜 주시오."

손빈은 전기의 식객으로 있게 되었는데, 하루는 전기가 투덜거리면서 손빈이 있는 객실로 들어왔다.

"장군, 무슨 불쾌한 일이라도 있습니까?"

"있지요. 마차 내기경주를 했는데 오늘도 지는 바람에 많은 돈을 잃었소!"

"내기는 어떤 분들과 합니까!"

"대체로 공자(公子)들이랑 장수들 대신들이지요."

"다음 시합 때에는 저를 꼭 데려가십시오. 장군께서 거금을 따도록 해 드리겠습니다."

전기는 긴가민가하면서도 손빈이 큰소리쳤기 때문에 이튿날 마차 경

주장으로 데리고 나갔다.

포장마차 속에 숨어 바깥을 유심히 살피던 손빈은 전기를 불러 작전을 지시했다.

"주력에 큰 차이는 없다 해도 어차피 상·중·하 등급의 말은 있게 마련입니다. 세 번의 경주 중 두 번을 이기면 장군이 승리하는 것이 됩니까?"

"그렇소이다."

"그렇다면 저쪽에 있는 상등마에다 장군의 하등마를 겨루게 하십시오."

"그렇게 하면 내 말이 질 게 뻔하지 않소?"

"대신 장군의 상등마는 저쪽의 중등마에게 이깁니다."

전기는 그제서야 손빈의 말뜻을 깨달았다.

"옳거니! 내 중등마는 저편의 하등마에게 이길 테고!"

"잘 보셨습니다. 오늘은 거금을 거십시오."

과연 손빈의 지시대로 한 결과 전기는 통쾌하게 이길 수가 있었다.

손빈이 범상한 인물이 아니라고 생각한 전기는 우선 정곽군 전영에게 소개했다. 손빈과 병법문답을 해본 전영도 그 기량이 뛰어남을 알고 손빈을 제왕에게 천거했던 것이다.

제왕은 즉각 손빈을 장군에 임명하려 했다.

"아닙니다. 이런 몸으로는 군령이 서지 않습니다."

그래서 제왕은 손빈을 전기장군의 군사(軍師)로 삼아 치거(輜車 : 포장마차) 속에서 군략을 세우게 했다.

때마침 조나라로부터 제나라로 구원을 요청해 왔다. 위나라가 쳐들어와서 위태롭게 되었다는 것이다.

"조나라는 우리 제나라와 동맹국이오. 달려가서 도와주어야 하오!"

전기의 주장에 손빈은 단호하게 말렸다.

"군대를 끌고가선 안 됩니다."

"군사 없이 어떻게 그들을 도운단 말이오?"

"엉킨 실을 풀 때 마구잡이로 손을 놀려서는 안 된다는 논리입니다. 맞붙고 있는 싸움을 말려야 할 때도 한쪽의 빈틈을 노려 급소를 쳐야 싸움이 풀리는 이유와도 같지요. 지금 조와 위는 사생 결단으로 맞붙어 싸우고 있습니다. 이런 경우란 양국의 정예병들이 모조리 일선으로 나가 있고 국내에는 늙고 병든 자들만 남아 있으니 이 때 우리가 해야 할 일은 자명해집니다. 위나라 수도 대량으로 쳐들어가는 일입니다."

"위나라 수도로?"

"대경실색한 위나라는 조나라 포위군을 풀고 서둘러 회군하겠지요. 자국이 위험하게 됐으니까요. 이런 전법이란 우리가 한 번 움직여 조나라를 구하고 위나라를 피폐케하는 일거양득 전술이지요."

"기묘한 전술이오!"

전기가 손빈의 계략을 따랐더니 위군은 과연 조의 수도 한단의 포위를 풀고는 즉시 철수해 가버렸다.

몇 년이 지났다.

이번에는 한(韓)나라가 제나라로 위급함을 고해왔다. 위나라가 침공해 왔다는 급보였다.

"이번에도 위나라 대량으로 쳐들어갑니까?"

전기가 손빈의 눈치를 살폈다.

"그렇습니다. 그러나 저번과 똑같은 전술로는 불가합니다."

그런데 제나라 군사가 위나라로 움직임으로써 위군이 한나라를 포기하고 본국으로 군사를 돌리게 한 것까지는 좋았는데, 점차 기고만장해진 전기가 군사를 위나라 너무 깊숙이 몰아넣은 일이 생겼다.

"안 됩니다. 군사를 뒤로 물리시오!"

"아니, 군사(軍師)! 대량이 코앞인데 방연과 싸워보지도 않고 도망치잔 말이오?"

"전쟁을 잘하는 자는 적의 세력을 이용해 이쪽이 유리해지도록 이끄는 법입니다."

"모르겠소. 글쎄, 우리가 도망침으로써 어떤 이득이 있는 거요?"

"병법에, 눈앞의 이익에 팔려 백 리 밖을 달려나가면 그 군대는 상장군(上將軍)을 죽게 만들고, 오십 리 밖을 달려나가면 그 군대는 절반만 돌아온다고 했습니다. 원래가 저들 삼진(三晉 : 韓·魏·趙는 원래 晉의 鄕이었는데 앞의 세 집안이 晉을 멸망시키고 나눠 가진 후로 三晉이라 불렀음)의 병사들은 사납고 용맹스럽지요. 이 때 우리가 뒤로 슬금슬금 물러가면 겁쟁이라 얕보며 사정없이 뒤쫓아오는 습성이 있습니다."

"추적해 오면?"

"첫날에는 10만 개의 아궁이를 만들어 물러가고 이튿날에는 5만 개, 사흘째는 3만 개로 줄이는 겁니다."

"우리 군사들이 도망쳐서 아궁이 숫자가 줄어든 것으로 착각하게 만들자는 얘기요?"

"다음 계략은 그 때 세우겠습니다."

도망치는 전략이 전기에게는 내키지 않았지만 손빈의 설득에는 별 수 없었다.

한편 제나라 군사의 아궁이 숫자가 줄어가는 것을 감지한 방연은 기뻤다.

"흥, 제나라 놈들이 원래 겁쟁이인 줄은 알았지만 글쎄 사흘 만에 절반 이상이나 도망칠 줄은 몰랐네. 주제에 남의 땅에는 왜 들어와. 자, 이젠 보병까지 따라올 건 없다. 정예기병만 추격해 간다!"

한편 손빈은 방연의 행군 속도를 계산하고 있었다.

"오늘 저녁 때쯤이면 방연이 마릉(馬陵 : 하북성)에 도착합니다."

"그렇게도 빨리?"

전기는 놀라 눈을 치떴다.

"기마병만 질타해 오니까요. 방연의 교만하고 주의력이 부족한 성격 탓이지요."

그래도 전기는 손빈의 주장이 믿기지 않았다.

"마릉은 길이 좁고 양 옆의 산이 험조(險阻)한데 방연이 과연 그 길을 택할까요?"

"그자의 성격으로 봐서 분명 옵니다. 복병을 두기엔 절묘한 곳이지요."

그래서 제나라 군사 중 활 잘 쏘는 병사들을 골라 일만장의 쇠뇌〔弩〕를 준비시켜 산 기슭 양편에 매복시켰다.

"나머지 군사들은 언덕 아래로 돌더미를 굴린다. 해가 까맣게 진 뒤 어둠 속에서 불빛이 반짝 보이기 전에는 결코 공격을 해서는 안 된다!"

손빈은 군사를 시켜 큰 회나무를 잘라 깎아오게 했다.

"무엇하시게?"

전기가 물었다.

"방연을 마중하는 인사장이지요."

손빈은 몸소 붓을 들어 하얀 나무기둥판에다 이렇게 썼다.

── 방연, 이 나무 밑에서 죽다. 손빈.

"이 팻말을 좁은 길 복판에다 세워두어라."

손빈의 예측대로 어둑어둑해졌을 때 방연은 마릉의 협로를 통과해 가고 있었다.

"심상치가 않다. 갈길을 서둘러라!"

"어두워서 속력을 낼 수가 없습니다. 횃불을 밝혀들고 달리는 게 어떻겠습니까?"

"미친놈!"

그 때 선두의 기마대로부터 전갈이 왔다.

"장군님, 길 복판에 요상한 나무기둥이 세워져 있다는데요."

"무어야?"

"장군님을 욕하는 내용의 글귀까지 새겨져 있답니다."

"뽑아오너라. 아니다. 내가 가지."

성질 급한 방연은 숙고할 여유도 없이 나무기둥 쪽으로 말을 달렸다.

"어디 보자. 부싯돌을 쳐서 불을 밝혀라."

불씨가 살아나는 순간이었다. 방연이 통나무 나무판의 글자를 간신히 읽었다고 생각되는 순간 사방에서 우뢰같은 함성과 쇠뇌가 쏟아지고 바윗돌이 굴렀다.

"앗! 복병이닷!"

방연의 군사는 피할 길이 없었다. 말들의 처절한 울음소리와 함께 병사들의 비명은 어둠 속으로 하나 둘씩 사라져갔다.

방연은 하늘을 우러러 크게 탄식했다.

"손빈, 이 수자(竪子 : 더벅머리 아이새끼)놈이 아직도 살아 있었더란 말이냐! 내가 저 놈이 천하에 명성을 떨치도록 만들어주었구나!"

방연은 지혜와 운수가 다한 것을 알고는 칼로 목을 찔러 죽었다.

승세를 탄 전기군은 내친 김에 머리를 돌려 위나라를 급습해 태자 신(申)까지 붙잡아 개선했다.

손빈의 인물됨을 알아보았던 정곽군 전영도 처음에는 아들 맹상군 전문의 그릇은 알지 못했다.

전영에게는 40여 명의 아들들이 있었는데 그들 중에서도 전문은 천첩(賤妾)의 소생인 데다가 불행히도 5월 5일에 태어났다.

"불길하다! 내다 버려라."

그러나 전영의 첩은 몰래 아이를 길렀다. 그리고 전문이 청년이 되자 부친 앞에 나서도록 했다.

"내가 버리라고 한 아이를 왜 키웠는가?"

전영이 화를 냈다. 그러자 전문은 기다리고 있었다는 듯이 부친 앞으로 썩 나섰다.

"아버지, 아버지는 무슨 이유로 5월 5일생은 낳아 길러서는 안 된다고 하셨습니까?"

"이놈아, 아버지 아버지 하지 말아라. 나한텐 너같은 아들놈은 없다. 그래 이놈아 5월 5일생은 길러서는 안 된다는 걸 몰라서 묻느냐!"

"모릅니다."

"5월 5일에 태어난 인간은 키가 문설주 키만큼 자라면 제 어버이를 죽인다고 하지 않더냐."

"누가 그렇게 말했습니까?"

"속설이다."

"속설이니 신빙성이 없군요. 아버지께 한 가지 여쭙겠습니다. 인간은 태어날 때 운명은 하늘로부터 받은 것입니까 아니면 문설주로부터 받은 것입니까."

"이놈아, 그걸 말이라고 하고 있느냐!"

"사람의 운명을 하늘에서 받는 것이라면 아버지는 아예 근심하실 필요가 없으며, 문설주로부터 받는 것이라면 그까짓 문이야 제 키가 닿을 수 없도록 높이면 됩니다."

그 말을 들은 전영은 대꾸를 못했다.

그 후 전문은 부친이 한가한 틈을 노려 질문을 던졌다.

"아들의 아들은 무어라 합니까?"

"손자지."

"손자의 손자는 또 무어입니까?"

"그놈 참 귀찮게 물어쌓네. 고손자겠지."

"그러면 고손자의 손자는 무엇입니까?"

"모르겠다 이놈아."

그제서야 전문은 몸가짐을 바로했다.

"참 이상합니다, 아버지. 아버지는 제나라 재상이 되셔서 지금까지 3대의 왕(위왕 · 선왕 · 민왕)을 섬기셨습니다."

"그래서?"

"그동안 진나라 영토는 확장된 바도 없는데 우리 집만 만금의 부(富)가 축적되었거든요. 그로 인해 손님들이 몰려오는 것은 나쁘다고 말할 수는 없지만 불행히도 문하에 어질고 현명한 이가 한 분도 없으니 어찌 된 일입니까."

전문에게서 뜻밖의 말을 들은 전영은 뜨끔했다.

"지금 무얼 말하고 싶은 거냐?"

전영은 아들 전문의 말에 당황했다.

"장군 가문에 장군 나고 재상 가문에 재상 난다고 했습니다만 우리 집

안에는 틀렸습니다. 지금 아버지의 후궁에는 미인들이 비단옷을 지천으로 질질 끌고 다닙니다만 선비들은 짧은 잠방이 하나도 얻어 입지 못하고 있습니다. 종과 첩들은 쌀밥과 고기를 실컷 먹고서도 남아돌아 내다버릴 정도로 풍족합니다만 정신이 고귀한 선비들은 쌀겨나 지게미조차 배불리 먹지 못하고 있으니 이거 어찌된 일입니까."

"핵심을 말하라!"

"지금 아버지께서는 재물을 넘치도록 창고 속에 간직해 두고서 그 '모르신다는' '알 수 없는' 후손에게 남겨주시려고 그토록 아끼시는 겁니까. 재상의 지위에 계신다면 사사로운 재물에 신경을 쓰실 게 아니라 날로 쇠퇴해 가는 국력을 걱정하셔야 할 것입니다."

한참동안 생각에 잠겨있던 전영은 느닷없이 전문에게 명령했다.

"오늘부터 네가 우리 집안일을 맡아 다스리면서 손님 접대하는 일을 감당해 보아라."

이튿날부터 전영의 집안에는 빈객들로 들끓었다. 전문의 명성도 자연히 제후들 사이에 높아졌다.

"문을 후계자로 삼으십시오. 매우 현명 유덕합니다."

제후들이 사신에게 선물을 들여보내면서 전영에게 충고했다.

"지당하신 충고요."

얼마 후 전영은 전문을 후계자로 정한 뒤 죽었다. 시호를 정곽군이라 했다.

설(薛)의 새 영주 맹상군 전문은 설땅에 거주하면서 제후의 손님들을 불러들이자 죄를 짓고 도망했던 자들까지도 맹상군 문하로 몰려들었다.

식객이 수천이나 되었지만 귀천을 가리지 않고 똑같이 대접했다. 특히 새 손님과 대좌할 때에는 병풍 뒤로 시사(侍史 : 비서)를 대기시켜 손님들의 신상명세를 기록하도록 했다.

손님이 떠날 무렵에는 벌써 그 손님의 집으로 사인들을 보내 선물을 전달했을 만큼 빈객들에 대한 배려는 세심하고 철저했다.

그런데도 어림없는 투정을 부리는 손님들도 있었다. 그날 밤에는 손님들에게 밤참을 대접하고 있었는데 불이 어두웠기 때문인지 손님 하나가 불평을 터뜨렸다.

"세상에 이런 놈의 무례한 집구석이 다 있는가! 손님의 밥상이 주인의 밥상보다 이토록 형편없이 나쁘다니! 식탁에 차등을 두려고 일부러 불빛까지 어둡게 해?"

"그럴 리가 있겠습니까. 어디 봅시다."

전문은 일어나 제 소반을 들고 손님 옆으로 갔다.

그러나 주인 전문의 밥상과 손님상의 차림은 똑같았다. 부끄러움을 참지 못한 그 손님은 슬그머니 밖으로 나가 스스로 목을 찔러 죽었다.

그런 사건으로 인해 더욱 많은 인재들이 전문의 문하로 몰려들었다. 또한 전문은 그들을 한결같이 대우해 주었으므로 손님들 누구든 자기가 전문과 제일 친하다고 생각하고 있었다.

즈음에 진나라 소왕은 맹상군 전문이 인물이라는 소문을 듣고 자기 아우 경양군을 제나라에 인질로 보낸 뒤 전문을 초청했다.

"정중한 초청이니 가야겠지요."

그러나 빈객들은 하나같이 말렸다.

"가지 마십시오. 저쪽의 기미가 심상치 않습니다."

"설마 변고야 있겠소. 인질까지 보낸 처지인데."

"진나라 입장에서는 경양군 정도야 소모품으로 생각하고 있을지 모릅니다."

이 때 소대(蘇代)까지 나서서 말렸다.

"들어보십시오. 오늘 아침 제가 이리로 오는 도중에 나무인형과 흙인형이 서로 다투는 소리를 들었습니다. 나무인형이 먼저 '자넨 비가 오면 낭패겠어. 녹아 없어질 테니까' 하자 흙인형이 '나야 뭐 본디 흙에서 나왔으니 녹아 봐야 흙으로밖에 더 돌아가겠어. 문제는 자네야. 비가 와서 떠내려가면 어디로 가서 닿을지 모르잖는가. 더구나 되돌아올 수는 더욱 없을 테고'라고 대꾸하더군요. 실상 진나라는 호랑이나 이리처럼 사납고 믿을 수 없는 나라입니다. 그런데도 당신은 떠나시려 합니까. 만약 되돌아올 수 없어 토우(土偶)의 웃음거리가 되면 어떻게 하지요?"

"그대조차 나를 말리니 내가 떠날 수가 없구려!"

그러나 제나라 민왕 25년에는 전문도 어쩔 수 없이 진나라의 사신으로 가게 되었다.

진의 소왕은 전문이 도착하자 그를 극진히 맞으며 재상으로 앉히려 했다.

"아니 됩니다. 전문이 명민한 걸물인 것만큼은 분명하나 그는 제나라의 왕족입니다."

"재상의 인수를 내리는데도?"

"하지만 진나라보다 제나라 이익을 먼저 챙길 것입니다."

"그럼 그를 어떻게 한다?"

"죽여야지요. 그는 큰 인물입니다."

"죽인다? 그러나 명분이 없잖소."

대신들은 끈질겼다.

"일단 재상 임명은 중지하시고 슬그머니 연금해 두십시오. 계략만 마련되면 얼마든지 죄를 씌워 죽일 수가 있습니다."

전문은 속절없이 연금당하고 말았다.

"이제 어떻게 한다?"

애를 태우던 맹상군 전문은 함께 간 일행들을 돌아보았다.

그 때 함께 간 한 빈객이 나섰다.

"제가 갔다 오지요. 장담할 수는 없지만 궁지에 몰렸으니 좌우지간 부탁어나 해봐야겠지요."

"어디로?"

"진왕이 몹시 총애하는 애희(愛姬)라는 여인이 있습니다. 제가 그녀를 잘 알고 있으니 가서 우리가 석방될 수 있도록 탄원이나 해봅시다."

전문은 달리 묘수가 없었으므로 빈객이 하자는 대로 할 수밖에 없었다.

그런데 애희를 만난 빈객은 뜻밖의 교환조건을 들었다.

"그래요? 한데, 전공(田公)께선 호백구(狐白裘 : 여우 겨드랑이 흰털로 만든 고급 옷)를 가지고 오셨다면서요. 난 그게 몹시 갖고싶은데……"

빈객은 돌아와 맥빠진 목소리로 전문에게 애희의 요구를 전했다.

전문은 절망했다. 값이 천금이나 나가는, 천하에 딱 한 벌밖에 없는 호백구를 진나라에 도착하자마자 진왕의 환심을 사느라고 벌써 바쳐버렸기 때문이다.

"어떻게 한다……?"

한숨만 푹푹 쉬고 있는데, 평소에 말이 없고 항상 빈객들의 말석에나 앉아있던 사내 하나가 조용히 손을 들었다.

"제가 해결하지요."

"그대가 어떻게?"

"좌우지간 호백구를 가져오기만 하면 될 게 아닙니까."

"그야 여부있겠소. 한데……?"

"다녀와서 말씀드리지요……"

그는 휭 하니 숙사를 빠져나갔다.

아무도 그가 호백구를 구해올 것이라고는 믿지 않았다. 천하에 하나밖에 없는 그 호백구는 이미 진나라 구중궁궐 깊숙한 곳으로 숨어버린 것이다.

새벽이었다. 큰소리치고 나갔던 빈객이 돌아왔다. 그의 겨드랑이에는 분명히 호백구가 끼여 있었다.

"이걸 어떻게!"

"공께서 바라시는 대로 되었습니다."

"내가 가져온 바로 그 호백구인데?"

"제 직업이 도둑질입니다. 더구나 특기가 개도둑질이거든요. 여우는 개과(科)입니다. 제 코가 호백구 냄새를 맡을 수밖에요."

"그러나 이 물건은 궁궐 깊은 창고 속에 있었을 텐데?"

"진나라 궁궐이라 다소 걱정하고 갔었지만 막상 시도해 보니 허술하기 이를 데가 없더군요."

어쨌건 전문은 빈객을 시켜 호백구를 애희한테 바쳤다. 애희는 진왕을 어떻게 구워삶았는지 모르지만 전문은 일단 연금상태에서 풀려났다.

"우물쭈물하고 있을 때가 아니다!"

일행들은 말을 구해 서둘러 도망치기 시작했다.

일행 중에 때마침 위조 전문가가 있어 봉전(封傳 : 관내 통행의 부신)을 그려 몇 개의 관문을 무사히 통과해 나갔고, 변성명으로 몇 번의 위기를 넘기면서 천신만고 끝에 한밤중에 함곡관에 도착했다.

그런데 전문 일행은 함곡관만 벗어나면 진군의 추격권에서 완전히 벗어날 수 있는 그 마지막 관문에서 장애에 부닥치고 말았다. 관법(關法)에는 첫 닭이 울어야 내보낼 수 있도록 되어 있었다.

"야단났다! 곧 추격해 올텐데!"

한편 진의 소왕은 맹상군 전문을 석방한 사실을 두고 뒤늦게 후회하고 있었다. 더구나 그가 도망쳤다는 소식을 듣고는 불같이 화를 냈다.

"가서 붙잡아 오너라! 과인의 실수였지만 지금이라도 늦지 않았다. 어차피 새벽까지는 관문이 열리지 않을 테니 추격병을 보내 묶어오너라!"

진에서는 관병을 시켜 맹렬한 속도로 전문 일행을 추격해 가고 있었다.

한편 전문은 관문 앞에서 애가 탔다. 문은 철벽처럼 입을 앙다물고 있었다.

그때였다. 보통 때 식객들 중에서 언제나 말없이 말석을 차지하고 있던 어수룩한 사내 하나가 슬며시 앞으로 나섰다.

"제가 해보지요……"

"어떻게?"

"관문만 열리면 될 거 아닙니까."

"두말 하면 잔소리!"

대꾸가 떨어지자마자 그 식객은 어둔 밤하늘을 향하여 길게 닭울음소리를 뽑아냈다. 영락없는 장닭의 울음소리였다.

"어랍쇼?"

부근의 장닭들이 따라 울어재치기 시작했다.

얼마 있지 않아 관문은 스르르 열렸다. 통행증을 제시한 전문 일행은 무사히 함곡관을 벗어나갈 수가 있었다. 진의 추격병이 관문에 도착한 것은 전문 일행이 빠져나간 지 한 식경(食頃)이 지난 후였다.

평소에 전문이 개도둑이나 위조범이나 닭울음쟁이들을 다른 식객들과 구별 않고 똑같이 대접했을 때 글깨나 읽었다는 빈객들은 속으로 언짢아 하며 그런 패들과 가급적 동석하지 않으려고 했다. 그러나 진나라로부터 천신만고 끝에 살아나온 후로는 그런 패들에게 송구스러워했으며, 그들을 대접한 전문의 안목을 뒤늦게 깨닫고는 더욱 심복하게 되었다.

한편 제나라 민왕은 고민 속에 있었다. 맹상군을 사지(死地)로 몰아넣었기 때문이었다. 점차 맹상군이 두려워진 민왕은 결국 맹상군에게 재상의 인수를 내리고 말았다. 국정 모두를 그에게 일임한 결과가 된 것이다.

맹상군 전문은 제나라 재상으로 있었기 때문에 자신의 봉읍인 설땅으로 갈 여유가 없었다. 그래서 가신인 위자(魏子)를 시켜 봉읍의 조세를 받아오게 했다.

그러나 위자가 설땅으로 세 차례나 왕복하면서도 조세 수입을 한 번도 바치지 않았다. 맹상군 전문으로서는 따지지 않을 수가 없었다.

"어찌된 거냐?"

"조세를 거두긴 했지요. 그런데 거기에 어진 분이 계시기에 슬그머니 빌려주었습니다."

"무어? 그게 자네 돈인가!"

화가 불같이 난 전문은 위자를 해고했다.

얼마 지나지 않아 어떤 자가 전문을 제왕에게 모함했다.

"전문이 반란을 모의하고 있는데 대왕께서는 모르시고 계셨습니까!"

즈음에 전문의 동생 전갑(田甲)이 제의 민왕을 위협한 일이 있었다.

민왕으로서는 이 사건이 전문과 연계된 일이라고 믿어버릴 수밖에 없었다.

"어쩐지! 일단 투옥시켜라!"

위험을 느낀 전문은 일단 도망을 쳤다.

그때였다. 앞서 위자가 맹상군의 조세를 대여해 주었다던 어진이가 나타났다. 그는 맹상군 전문이 망명했다는 소식을 듣고 곧장 제의 민왕에게 글을 올렸다.

── 잘못 아셨습니다. 전문은 반란을 계획하지도, 반심을 품지도 않았습니다. 그러실 인품도 아닙니다. 다시 한 번 조사해 보십시오. 이 한 몸 바쳐 그 분의 결백을 증명합니다.

그러고는 궁궐 문 앞으로 가서 스스로 목을 찔러 죽었다.

깜짝 놀란 민왕은 전문의 종적을 다시 조사케 했다. 도무지 모반의 혐의는 찾을 길이 없었다.

"과인의 실수다!"

제의 민왕은 맹상군을 다시 불렀다. 그러나 그런 사건으로 해서 정사(政事)에 염증을 느낀 그는 사양했다.

── 기왕에 물러난 몸. 건강도 좋지 않으니 이대로 기왕에 내려주신 봉읍지로 내려가 만 년을 의탁토록 해주시면 그지없이 감사하겠습니다.

은퇴 의사가 너무도 완강했으므로 민왕도 허락할 수밖에 없었다.

전문이 빈객을 좋아한다는 소문을 들은 풍환(馮驩)이라는 사내가 짚신을 달달 끌면서 찾아왔다. 전문이 그를 반겼다.

"먼 길 오시느라 고생이 많았소. 선생은 나에게 무엇을 가르쳐주시겠소."

"가르쳐드릴 건 없습니다. 당신이 선비를 좋아한다기에 가난한 내가 당신에게 그냥 의지할까 싶어 찾아왔을 뿐입니다."

전문은 그가 그렇고 그런 인간일 것이라 치부하고 전사(傳舍 : 3등 객사)에 묵게 했다. 열흘쯤 후에 전문은 전사장(長)을 불러 물었다.

"그 걸인같은 손님 요즘 어떻게 지내시더냐?"

"남루하긴 해도 주제에 장검 한 자루를 차고 있습니다. 보잘것없는 칼자루입니다만."

"칼자루가 보잘것없다 해서 날까지 무디다고는 할 수 없지 않느냐."

전문의 반문에 전사장이 대답했다.

"그것까진 모르겠으나 칼에다 손가락을 튕기면서 노래를 부르고 있던데요."

"무슨 노래를?"

"'긴 칼아, 그냥 콱 돌아가버릴까 부다. 식탁에 생선 한 마리 올라오질 않네……'"

"여관을 옮겨드려라."

그래서 풍환은 행사(幸舍 : 2등객사)로 옮겨졌다. 물론 행사의 식탁에는 생선이 나갔다.

전문은 닷새 후에 이번에는 행사장을 불러 물었다.

"그 있잖으냐. 불평많던 풍환어른 말이다. 요즘 어떻게 지내시다더냐?"

"칼을 튕기면서 노상 노래만 부르시던데요? '내 긴 칼아, 그냥 콱 돌아가버릴까. 나가려해도 수레 한 대가 없네.' 하시면서요."

"숙사를 옮겨드려라."

풍환은 결국 대사(代舍 : 1등객사)로 옮겨졌고, 외출시 수레가 배당되었다.

당시의 맹상군 전문은 제나라 재상을 그만두기 전이었는데, 1만 호의 봉령을 소유하고도 3천이나 되는 식객을 먹여살리자니 어렵기가 이만저만이 아니었다.

"어떻게 하면 좋겠소. 설읍 사람들에게 돈놀이를 해도 1년이 지나도록 이자 한 푼 갚지 않으니 말이오. 이러다간 내 집 식객을 대접할 방법이 없지 않겠소."

전문의 근심어린 의견에 숙사장이 나섰다.

"결국은 설읍에 대여한 금전을 회수하는 길밖에 없겠습니다."

"방법이 그것밖에 없다면, 글쎄 누굴 그곳으로 보낸다?"

"풍환이 어때요. 풍채도 언변도 좋은데요. 무위도식하는 처지인데 그나마 그런 일이라도 시키시지요."

전문으로부터 전후사정을 들은 풍환은 좋아라 하고 설읍으로 떠났다.

설땅에 도착한 풍환은 우선 전문의 돈을 빌려쓴 자들을 불러모았다. 그 자리에서 이자돈 10만 전(錢)이 모였다.

풍환은 즉시 10만 전 모두를 풀어 좋은 술을 빚고 살찐 소를 잡아 채무자 모두를 모이게 해 잔치를 베풀었다.

그 자리에서 우선 장부와 차용증서를 일일이 대조해 가며, 이자를 낼 수 있는 자, 이자와 원금을 상환할 수 있는 자, 원금은 물론 이자조차 낼 수 없는 자 등등으로 구분한 뒤에 말했다.

"영주께서 여러분에게 금전을 대여했던 이유는 가난한 백성이라도 그 돈을 밑천으로 가업을 영위할 수 있게 하기 위함이었습니다. 또 이자를 요구했던 이유는 영주께서 찾아오는 손님들을 대접할 자금을 마련하기 위함이었습니다. 그런데 영주께서는 저를 대신 보낼 때 이렇게 말씀하셨습니다."

설읍의 채무자들은 풍환의 입에서 무슨 요구가 나올까 싶어 긴장했다.

"지금 부유한 사람은 대여금의 반환날짜를 스스로 정하도록 해 회수할 것이고, 이자라도 낼 수 있는 분은 또 그렇게 날짜를 적어놓을 것이고, 너무나 빈궁해서 당분간 채무를 이행할 수 없겠다는 분들은 또 그렇게 적어놓으라고 말씀하셨습니다."

"결국은 언젠가는 채무를 이행하라는 말씀이군요."

채무자 하나가 소리쳤다.

"잠깐. 영주께서는 그렇게 지시하지는 않으셨습니다. 일단 그렇게 약속만 한 뒤에 그 차용증서를 불살라버리라고 하셨습니다."

채무자는 어리둥절한 표정이 되어 되물었다.

"그게 그러니까 대여금 환수를 포기하신다는 말씀입니까?"

"바로 그렇습니다. 여러분들의 어려운 사정을 아시고 채권을 포기하신 겁니다."

참석했던 채무자들 모두가 일어나 맹상군 전문을 대신해 풍환에게 절했다.

"인자하신 우리 영주님! 만수무강하시기를!"

"오늘은 마음껏 먹고 마시십시오. 우리에게는 이토록 훌륭한 주인이 계시니 얼마나 행복합니까. 부디 배반이나 말아 주십시오."

일을 멋대로 마무리한 풍환은 곧장 전문한테로 돌아갔다. 그런데 풍환은 돌아왔지만 아무런 보고가 없었다. 답답함을 못이긴 전문은 사인에게 물었다.

"설읍에 갔던 일은 어떻게 되었다더냐?"

"차용증서를 불살라버리고 빈손으로 돌아왔다던데요?"

"무어라고? 당장 불러들여라!"

화가 불같이 난 전문은 풍환에게 다그쳤다.

"아다시피 나에겐 봉양해야 될 식객들이 3천이나 되오. 그래서 궁여지책으로 설땅 사람들에게 돈놀이라도 해서 봉양자금을 마련하고자 했던 게 아니오! 그래서 선생을 보냈더니 원금의 회수는 커녕 차용증서까지 불살라버렸다면서요!"

"어디 그뿐이겠습니까. 술과 고기를 마련하지 않으면 채무자들을 모을 수가 없기에 그나마 받은 이자도 몽땅 잔치비로 써버렸습니다."

"그게 제정신으로 한 일이오?"

"양심있는 자는 재촉하지 않아도 상환해 줄 것이고, 가난한 채무자는 10년을 기다려봐야 갚을 길이 없을 거로 판단했지요. 그래서 차라리 인심이나 확실히 확 써버렸습니다."

"남의 돈으로 멋대로 인심을 써요?"

"성급히 재촉하면 영주께서 이식(利殖)에만 눈이 어두운 수전노라 욕할 것이고 백성을 사랑할 줄 모르는 영주라 원망하면서 모두 도망치고 말았을 겁니다."

전문은 어이없어 했지만 풍환은 태연했다.

"그래서 차라리 그토록 유명무실한 차용증서일 바에야 깨끗이 불살라 없앰으로써 영주께서는 실없는 계산을 포기하시게 되고, 그로 인해 설땅의 백성들은 영주를 고맙게 생각할 거로 거듭 판단했지요. 한 마디로 영주의 명성이나마 높임만 못하다고 생각되어 제딴엔 그렇게 처리했던 겁니다."

"그토록 변명하시나 과연 적으나마 그렇게 생각해 줄지……"

얼마 후 제나라 왕은 신하 맹상군 전문의 명성이 군주보다 높아지고 있다는 진나라, 초나라 첩자들의 이간술에 미혹되어 전문을 파면시키고 말았다. 그렇게 되자 전문의 문전을 드나들던 빈객들이 하나 둘씩 떠나기 시작했다.

"모두들 떠나고 계시는구려……"

웬일인지 아직 떠나지 않고 있는 풍환에게 전문은 쓸쓸한 목소리로 중얼거렸다.

"그렇겠지요. 하지만 저는 아직 할 일이 남아 있거든요."

"하실 일이 있다고요?"

"진나라로 타고 갈 수 있는 수레 한 대만 주십시오."

"수레정도야 마음대로 쓰십시오. 한데 진나라에는 무슨 일로 가십니까?"

"군(君)을 위해 간다는 사실만 알고 계십시오."

전문은 더 묻지 않았다. 기대하지도 않았으며, 오로지 그는 떠날 채비를 서두르는 줄로만 알았다.

"적으나마 선물입니다. 가져가십시오."

전문은 풍환의 수레에다 선물까지 실어 마지막 손님까지 보냈다.

그런데 풍환은 그 길로 진나라로 들어가 왕을 알현했다.

"천하에 유세하는 선비 치고 서쪽 진나라로 들어와 진나라를 강국으로 만들어주겠노라며 큰소리치지 않았던 자가 있었습니까."

"없었소."

"천하에 유세하는 선비 치고 동쪽으로 말을 달려 제나라로 들어가 제나라를 천하의 강국으로 만들어주겠노라 큰소리치지 않았던 자가 있었을 것 같습니까."

"아마 없었겠지."

"어째서 동쪽과 서쪽에 위치한 진·제 두 나라에만 선비들이 부지런히 들락거리지요."

"그야 두 나라가 천하의 자웅(雌雄)이기 때문이 아니겠소."

"결국 두 나라는 자웅의 형세로 겨루다가 웅이 되는 나라가 천하를 병탄하지요."

"글쎄, 우리 진나라가 천하를 병탄할 수 있을 쓸 만한 계략이라도 있다는 얘기요?"

풍환은 직답을 피한 뒤 엉뚱한 질문을 했다.

"대왕께서는 제나라에서 전문을 재상자리에서 파면한 사실을 알고 계십니까?"

"소문으로 들었소."

"그런데도 대왕께서는 어째서 사자를 시켜 수레에 예물을 싣고 아무도 모르게 전문을 맞아 오지 않지요?"

진왕은 풍환의 말뜻을 알아듣지 못해 한동안 주위만 두리번거렸다.

"제나라는 전문을 중요시했기 때문에 그를 중용했던 것이고, 참소하는 말을 듣고 또한 그가 중요한 인물이기 때문에 파면했던 겁니다."

"글쎄, 전문을 데리고 옴으로써 진나라에 무슨 이익이 된다는 거요?"

"웅(雄)의 나라가 되지요."

"어떻게?"

"전문은 지금 제나라를 원망하고 있습니다. 그를 데려와 재상의 인수를 맡기십시오. 제나라 내정이나 인사문제 군사기밀 같은 것을 소상히 알고 있는 그가 진나라를 위해 진력한다면 진이 어떤 이익을 얻게 된다는 것쯤은 자명하지 않습니까. 제나라 약점만 일단 파악한다면 그까짓 제나라 하나쯤 뒤집어 엎기는 식은죽 먹기죠."

"좋소, 그 계략을 채택하겠소. 수레 10대에 예물을 싣고 황금 1백일(鎰)을 보내어 전문을 맞이 하겠소."

"은밀히 데려오는 것도 중요하지만 시기를 놓치지 않는 게 더 중요합니다. 제왕이 잘못을 깨닫고 전문을 다시 기용하기 전에 일을 매듭지으셔야 합니다."

풍환은 물러나왔다. 그리고 그 길로 한발 앞서 제나라로 달려가 제왕을 알현했다.

"천하의 유세하는 선비 치고 제나라로 와서는 국가를 강하게 해주겠소 라며 떠벌리지 않은 선비가 있었습니까."

"없었소."

"진나라로 가서는 진을 강하게 해주겠노라 허풍치지 않은 자가 있었을 것 같습니까."

"없었을 거요."

"천하에서 하필 동서쪽의 끝에 치우친 두 나라입니까. 그것은 자웅이기 때문입니다. 그러나 결국 웅만 남게 되지요."

"제나라가 웅이고 싶소."

"그러나 불행하게도 진나라가 웅이 되겠습니다."

"어째서?"

"전문이 진나라로 들어가니까요."

"무엇이?"

"글쎄, 진나라에서는 벌써 수레 10대에 예물과 황금 1백 일을 싣고 전문을 맞으러 떠났답니다. 그 소문 아직 듣지 못하셨습니까."

"그게 사실이요?"

"진나라 사자의 도착이 늦어 전문이 아직 떠나지 않았다면 천만다행입니다만 만일 출발했다면 일은 다 글렀습니다. 전문이 진의 재상이 되면 천하 인심도 그쪽으로 쏠립니다. 진나라는 자연히 천하 병탄의 대업을 이루지요."

풍환의 설득에 제왕은 겁이 덜컥 났다.

"전문의 위치가 그토록 중요하오?"

"판단은 대왕께서 하십시오. 전문이 그토록 중요한 인물이 아니라면야 늑대나 이리 같은 진나라가 그를 그토록 극진한 대접으로 모셔갈 리가 있겠습니까! 예부터 '제나라가 자(雌)가 될 경우 수도 임치(臨淄)는 말할 것도 없고 즉묵(卽墨)까지 위태롭다는 말이 있습니다. 더구나 진나라가 남의 나라 재상을 모셔가는 데에는 다 그만한 이유가 있는 법입니다."

그래도 제왕은 여전히 의심스러웠다. 긴가민가하여 일단 사자를 국경 쪽으로 보내 진나라 쪽의 동정을 살피게 했다.

그런데 아니나 다를까 풍환의 말대로 선물 실은 진의 수레가 제나라 국경을 넘어 들어오고 있었다.

제나라 사자는 서둘러 돌아가 왕에게 그런 사실을 보고했다.

깜짝 놀란 제왕은 맹상군 전문을 급히 불렀다.

"과인의 잘못이 크오!"

전문은 다시 재상 자리에 복직되었다. 본래의 영지 외에도 1천 호의 영지를 증봉 받았다.

진나라 사자는 전문이 다시 제의 재상 자리에 올랐다는 소문을 듣고는 수레를 돌려 진나라로 돌아갔다.

전문이 참언에 의해 파면되었을 때 식객들은 서슴없이 전문으로부터 떠나고 있었다. 그런데 복직되었다는 소식이 들리자 떠났던 식객들이 예전처럼 꾸역꾸역 되돌아왔다. 풍환이 자기 일처럼 희색이 만면하여 손님들을 맞이들이는 것을 보고 전문은 탄식하며 말했다.

"나 일찍이 빈객들을 좋아해 그들 대접에 소홀함이 없었소이다. 그러나 내가 파면되자 그들은 하나같이 나를 버리고 모두 떠나갔지요. 심지어 나를 돌봐주는 한 인간도 남지 않더란 말입니다. 이제 선생 덕택으로 내가 비록 복직은 되었지만 나를 버리고 떠났던 그 염치없는 자들의 얼굴을 보니 오장육부가 뒤집히는 구려. 솔직히 말해서 그들의 얼굴에 침이라도 뱉아주고 싶소!"

그러자 풍환은 전문의 얼굴을 빤히 쳐다보다 말고 얼른 땅에 엎드려 절을 올리는 것이었다. 놀란 전문도 엉겁결에 맞절을 한 뒤 물었다.

"그러니까 선생께선 지금 저 염치없는 빈객들을 대신해 제게 사과하고 있는 것이지요?"

"전연 아니올시다. 그 반대입니다."

"아니라구요?"

"빈객들을 대신해서 하는 사과가 아니라 당신을 위하여 빈객들에게 사과하는 중입니다."

"우둔한 나로선 선생의 말뜻을 알아들을 수가 없소이다."

풍환의 뜻밖의 대꾸에 전문은 얼떨떨한 표정이 되었다.

"당신의 생각은 잘못되었습니다. 만물에는 필연의 결과라는 것이 있고 일에는 당연히 그렇게 되는 도리라는 것도 있습니다. 살아있던 자가 반드시 죽게 되는 바도 그런 질서 중의 하나인 필연인 것입니다."

"애매모호한 예문이구려. 어쨌건 부귀하면 많은 인사가 모여들고 빈천해지면 벗이 적어지는 것이 인류의 옳은 도리라면 난 그것을 섬기지 않겠소이다."

"공께서는 아침 일찍 시장으로 가는 사람들을 보신 적이 있습니까. 새벽같이 어깨들을 밀치며 앞다투어 안으로 들어가지만 해만 저물어 보십시오. 팔을 붙들어도 뿌리치며 달아납니다. 왜 그럴까요. 아침에는 시장을 좋아하다가 저녁에는 시장이 미워졌기 때문일까요. 결코 아닙니다. 저녁 시장에는 손님들이 기대하는 물건들이 그 안에 없기 때문입니다. 이것이 인간의 자연스런 인심의 필연입니다. 공께서 재상의 지위를 잃자 그들은 해가 저물어 저녁시장을 떠나는 자들처럼 거리낌 없이 떠났던 겁니다. 그러나 이제 다시 새벽이 되니 저들은 속절없이 다시 찾아오는 겁니다. 그런 저들을 공께서는 원망하지 마십시오. 물론 내치셔도 안됩니다. 부디 예전처럼 그들을 대우하십시오. 이는 그들을 위해서가 아니라 공 자신을 위하는 것이기 때문입니다."

전문은 그제서야 풍한의 말뜻을 깨달았다. 풍환에게 두 번씩이나 거푸 절하며 용서를 빌었다.

"교시하는 바가 매우 큽니다. 삼가 선생의 가르침대로 하겠습니다."

세상에서는 전문이 빈객들을 몹시 좋아하며, 또한 자신은 벗을 좋아한다는 평판을 즐기기는 했지만 실상 봉읍지 설땅 노인들은 전문의 식객들에 대하여 긍정적으로만 보지 않았다.

"그 집으로 드나든 인물들 중에서 쓸 만한 선비들은 정말 몇 되지 않았소. 천하의 협객들을 모조리 불러모으지를 않나, 심지어 도둑놈과 사기꾼들까지 불러들였으니 어찌 그 풍속이 온전하겠소. 당시에 따라 들어온 무리가 무려 6만 가(家)였는데 마을에는 온통 거칠고 사나운 젊은 놈들 뿐이었단 말이오."

"어디 그 뿐인가. 조나라 평원군의 초청을 받고 왔다가 귀국하던 길이었지 아마. 행인들이 그의 혁혁한 명성에 비해 너무 왜소한 몰골이 안스

러워 킥킥거리며 돌아서 웃자 이에 화가 난 전문 일행은 마차에서 뛰어
내려 마을 하나를 쑥밭으로 만들어놓지 않았겠나. 전문은 좀팽이야. 그
의 위인은 지나치게 과장되고 있었어."

# 4. 사공자 이야기

평원군 조승(趙勝)의 저택은 민가를 내려다보는 이층집이었다. 그런데 바로 밑으로는 절름발이가 살고 있었다.

어느날 조승의 애첩이 아래를 내려다보다 절뚝거리며 우물물을 긷고 있는 그를 보고 깔깔거리며 웃었다.

화가 난 절름발이는 조승의 집으로 쳐들어갔다.

"듣건데, 나리께선 계집을 천히 여기시고 선비를 중히 여기시기 때문에 그들은 천리를 마다 않고 문하에 모이는 것으로 알고 있습니다. 그만큼 나리께선 도리를 신봉하시기에 존경을 받으시는 줄 압니다. 그런데 불행하게도 저는 병신입니다. 그러나 그것은 제탓이 아닙니다. 그런 나를 나리의 애첩이 보고 비웃었습니다. 그것은 도리에 어긋나는 행동인 줄로 압니다. 그러니 비웃는 실례를 범한 그녀에게 벌을 주십시오."

절름발이의 격렬한 항의가 우스웠지만 조승은 참고 대답했다.

"그래, 남의 불행을 보고 비웃었으니 그녀는 벌을 받아 마땅하다."

"이미 약속하셨습니다. 그럼 며칠 안으로 그녀의 목을 자르는 줄 알고 돌아가겠습니다."

속으로는 꺼림칙했으나 상대가 홧김에 그러는 줄 알고 조승은 밝게
웃으며 아무렇게나 대답했다.

"그래, 목을 자르겠으니 걱정말고 돌아가게."

절름발이가 완전히 보이지 않게 되자 조승은 피식 웃었다.

"미친놈, 기껏 한 번 웃었다는 이유로 남의 애첩 머리를 요구해!"

조승은 조나라 무령왕(武靈王)의 아들이며 혜문왕(惠文王)의 아우이
다. 조나라 여러 공자들 중에서 가장 현명했는데, 빈객을 좋아하다 보니
그의 집에도 수천의 식객들이 모여들었다.

조승은 혜문왕과 효성왕(孝成王)에 걸쳐 재상을 지냈는데 세 번 재상
자리를 떠났고 다섯 번이나 다시 재상자리를 회복하는 기이한 기록의
소유자였다.

그런데 절름발이가 조승의 애첩 머리 요구 사건이 있은 이후로 한 해
쯤 지났을 무렵에는 그토록 빈객과 사인(舍人 : 가신)들로 득실거리던
조승의 문하에 반 이상이 슬금슬금 빠져나가고 있었던 것이다.

몹시 당황해 마지않던 조승은 마악 떠나려는 빈객 하나를 붙들고 물
었다.

"나로선 여러분을 대함에 있어 일찍이 결례한 적이 없는데 어찌하여
떠나가는 사람들이 이렇게 많지요?"

빈객은 심드렁한 태도로 대꾸했다.

"그야 뻔하지요. 공께선 약속을 저버렸기 때문이며, 두번째로는 계집
을 선비보다 더욱 귀하게 여겼기 때문입니다."

"무슨 얘깁니까? 난 그렇게 행동한 기억이 없는데요?"

"공께선 애첩의 목을 베겠다던 절름발이와의 약속을 어기셨습니다.

두번째로는 신의(信義)보다 애첩을 더욱 아까워하시니 이는 선비의 태도가 아니며 결국 선비를 업신여김과 같기로 그래서 저희들은 떠나고 있습니다."

"아하!"

평원군 조승은 크게 뉘우쳤다. 곧 애첩의 목을 베어가지고 절름발이를 찾아가 전날의 결례를 깊이 사과했다.

그렇게 하자 조승의 문하로는 다시 사람들이 모여들었다.

즈음에 진나라가 조나라 수도 한단을 포위해왔다. 조나라에서는 부득이 초나라와 합종하는 정책을 채택할 수밖에 없었으므로 이 때 조승이 사신으로 초나라에 가게 되었다.

"문사(文辭 : 여기서는 외교)만의 교섭으로 성공할 수만 있다면 오죽 좋겠습니까만 일이 여의치 못할 경우에는 초왕을 협박하는 비상수단을 써서라도 합종을 맺고 돌아오겠습니다!"

그만큼 조승의 결의는 비장했다.

그런 사정인 만큼 합종의 성공에 필요한 교섭단 구성에도 신중을 기할 수밖에 없었다. 문하의 식객 중에서 문무(文武)를 겸비한 의혈 식객 스무 명을 선발하기로 작정하고 곧 그 구성에 착수했다.

그런데 19명은 그럭저럭 숫자가 채워졌으나 나머지 한 자리에 대해서는 도무지 쓸 만한 인사가 없다고 생각되었는데, 그 때 모수(毛遂)라는 식객이 불쑥 나선 것이다.

"공께선 저를 꼭 일행에 끼워주십시오."

돌아보니 모르는 얼굴이었다.

"댁은 뉘시오?"

"모수라 합니다."

"스무 명의 엄선된 교섭단에 들 만큼 특별한 재주라도 가졌소?"

"데리고만 가 주십시오. 반드시 쓸모있는 역할을 하겠습니다."

조승은 속으로 웃고나서 말했다.

"도대체 그대는 나의 식객으로 있은 지가 몇 해나 됐소이까?"

"삼 년 됐습니다."

"삼 년씩이나! 무릇 세상에서 현명하다는 선비란 것은 주머니 속의 송곳 끝과 같아서 그 재능이 금세 드러나는 법이오. 그런데 그대는 내 문하에 삼 년씩이나 있었으면서도 나뿐만 아니라 좌우의 누구도 알지 못했으니 결국 그대가 주장하는 쓸모란 어차피 허풍이 아니겠소."

조승은 노골적으로 경멸했지만 모수는 태연하게 대꾸했다.

"다만 공(公)의 주머니 속으로 넣어달라고 청원할 뿐입니다. 진작에 저를 주머니 속에 넣으셨더라면 송곳 끝만이 아니라 송곳 자루까지 삐어져 나왔을 것입니다만."

마땅한 인물이 따로 없었던 터에 모수의 청원이 하도 완강했으므로 조승은 그를 일행 속에 끼워넣기로 했다. 그러나 초나라에 도착했을 즈음에는 모두들 모수를 거들떠 보기는커녕 아예 그의 존재조차 잊고 있었다.

조승은 합종을 성공시키려고 모수를 뺀 열아홉 명의 대표단을 교대로 당상으로 끌고 올라가 며칠째 설전을 벌였지만 신통한 결론을 볼 수가 없었다. 심지어 초나라 합종반대파들에 의해 협상 완전결렬 위기로까지 몰리고 있었다.

이 때 잠자코 있던 모수가 기진맥진해서 당하로 내려오는 일행들에게 슬며시 물었다.

"오늘도 협상은 틀린 것 같지요."

"표정 보면 모르겠소!"

일행 중의 하나가 내쏘았다.

"방법이 잘못 됐으니 그 모양이지."

"뭐요? 그렇게 잘났으면 당신이 당상으로 올라가 보시지!"

"그럼 올라가겠소이다. 지금 우리 공께선 어디 계시오?"

"미친놈!"

모수는 일행과 이상 더 대거리를 포기하고 계단으로 급히 뛰어 올라
갔다. 뜻밖에도 그는 허리에 긴 칼을 차고 있었다.

당상으로 훌쩍 뛰어오른 모수는 이쪽의 협상대표인 평원군 조승에게
소리쳤다.

"합종의 결론은 이로우냐 해로우냐 딱 두 마디로 요약됩니다. 그토록
간단한 문제를 가지고 며칠씩 걸려도 결론을 못 내리니 도대체 어찌된
겁니까!"

"누구요?"

깜짝 놀란 초왕이 조승에게 물었다.

"제 가신입니다."

초왕은 벌컥 화를 냈다.

"내려가라! 기껏 가신 주제에 분수도 모르고 당상에서 떠들다니! 지금
네 주인과 대담하고 있는 게 안 보이느냐!"

초왕의 호통에도 모수는 기가 죽기는 커녕 이번에는 장검까지 휙 빼
들었다.

"대왕께서 지금 저를 꾸짖고 계신 것은 초나라 군사가 많음을 믿고 하
는 행동이시지만 그런 판단은 커다란 착각이십니다. 지금 열 걸음 안에
는 대왕과 저밖에 없습니다. 초나라 병사가 백만이면 무엇합니까. 대왕

의 생명은 제 수중에 있습니다!"

"저놈이!"

"그토록 큰소리치지 마십시오. 그런 행동은 제 주군을 무시하는 처사십니다. 은(殷)나라 탕왕(湯王)은 70리 땅만 가지고도 천하의 왕이 되었고, 주(周)나라 문왕은 백 리의 땅만 가지고도 천하 제후들을 신하로 복종시켰습니다. 그것은 자신의 위세로 위력을 발휘한 때문이지 그의 사졸이 많아서가 아닙니다. 지금 초의 땅은 사방 5천 리, 병사가 백만입니다. 대업을 충분히 성취할 수 있는 대단한 자본이며 대적할 수 없는 강대함이지요."

"무엇을 말하겠다는 거냐?"

모수의 협박에 초왕은 잠시 주춤했다.

"진나라 애송이 장군 백기는 불릉 수만 명을 데리고 와서 대왕의 초나라 군사와 대적해 첫 싸움에 언·영을 공략했고, 두번째 싸움에 이릉을 불사르고, 세번째 싸움에선 선대왕(先代王 : 경회왕)의 능묘를 욕보였습니다. 이것은 초나라가 백 대(代)가 지나가더라도 잊을 수 없는 치욕적인 통한의 과거로 남는 일이거늘, 초나라는 그런 과거를 부끄럽게 생각하기는커녕 당연한 사실로 인정하시려는 그것이 제가 오히려 부끄러워서 그걸 지금 아뢰고 있는 중입니다!"

"……으음!"

"합종하는 일은 초에게 유익한 일이지 우리 조나라만 위해서가 결코 아닙니다. 대왕께서는 판단력도 흐리시고 사태의 성격도 이해 못하시면서 제 주인 앞에서 저만 꾸짖으시니 이 또한 무슨 당치않은 일입니까!"

당상에는 한동안 침묵만 흘렀다.

얼마 후 신음소리를 크게 내뱉은 초왕은 단호한 목소리로 말했다.

"옳소! 선생의 말대로요!"

모수는 틈을 주지 않았다.

"합종은 결정된 겁니까?"

"결정했소!"

"그러면 닭과 개와 말의 피〔맹약할 때 천자는 소나 말의 피, 제후는 개나 돼지피, 대부 이하는 닭피를 주로 사용〕를 가져오게 하십시오."

초왕은 측근에게 즉시 피가 담긴 동반(銅盤)을 받쳐들고 오게 했다.

동반이 날려져오자 모수는 자신이 마실 피를 받아 초왕 앞에 무릎을 꿇었다.

"마땅히 대왕께서도 입술에 피를 바르십시오. 합종을 맹약하는 의식입니다. 물론 저의 주군께서도 바르셔야 합니다."

이렇게 해서 전상(殿上)에서는 합종이 맹약되었다.

그런 의식이 완료되자 동반을 들고 당하로 내려온 모수는 19명의 일행들을 불렀다.

"그대들도 당하에서 이 피를 입에 바르십시오. 타인의 힘으로 일을 성취한 쓸모없는 자들이긴 하나 맹약의 증인들에게는 필요한 의식이오."

조승이 무사히 합종을 결정짓고 조나라로 귀국한 뒤 그는 많은 사람들에게 이렇게 말했다.

"앞으로 나는 다시는 인물을 감정하지 않겠다. 내가 지금까지 선비의 관상을 보아온 숫자는 적어도 1천이 넘었고 그러면서도 잘못 본 적은 한 번도 없었노라 자부해 왔는데, 모선생의 관상은 결정적으로 잘못 본 경우이다. 모선생이 한 번 초나라로 가자 조나라의 권위를 가마솥이나 대종(大鐘)보다 더 무겁게 만들었고, 한 번의 유세는 가히 백만 명의 군사보다 강했다. 나는 감히 다시는 인물을 감정하지 않을 것이다!"

한편 조나라 수도 한단이 포위되었을 때 초나라 춘신군이 병사를 이끌고 구원하러 왔었고, 위나라 신릉군도 군명(君命)이라 속이고 위나라 장군 진비(晉鄙)의 군대를 탈취해 조나라를 구원하러 왔었다.

그러나 이들 구원군들이 조나라에 도착하기 전이었으므로 한단은 함락 직전에 있었다. 그 때 평원군 조승은 뜻밖의 방문객을 맞았다.

"한단은 풍전등화구려."

"누구요?"

"여관〔傳舍〕관리인의 아들 이담(李談)입니다."

신경이 날카로워져 있을 때의 어림없는 방문객이라 조승은 그가 반가울 리가 없었다.

"불난 집에 부채질하러 왔소이까!"

"급한 불을 끄러 왔습니다."

"그대가?"

"저로선 불난 곳을 알 뿐이지 끄는 작업은 공께서 직접 하셔야 합니다."

"어떻게?"

"공께선 조나라가 망하는 게 걱정스럽지요."

"그걸 말이라고 하고 앉았소! 조나라가 망하면 그대나 나나 포로가 되고 포로가 되면 모두 참형에 처해질 것인데 어찌 걱정이 아니되겠소!"

"그걸 모르시는 공께선 천하태평인 줄 알았습니다."

슬슬 비꼬는 태도도 기분 나빴을 뿐 아니라 많이 귀찮다는 생각도 들었다.

"그만 가시오! 난 바쁘오."

"한 말씀만 드리고 가지요. 한단 백성들은 궁핍하기가 극에 달했습니다.”

“적군이 핍박해 오니 별 수 없잖소!”

“말솜씨가 없으니 요점만 말씀드리지요. 지금 한단 백성들은 땔감이 없어 죽은 사람의 뼈로 그걸 대신하고 있으며, 식량이 없어 제 자식을 남의 자식과 맞바꾸어 삶아먹고 있습니다.”

“나라가 그대 말처럼 황폐가 극심한데 나라고 어쩌란 말이오!”

“그런데도 공께선 후궁과 노비가 몇 백이 되며, 그들 모두가 좋은 쌀밥과 맛있는 고기를 배 터지게 먹고 비단 옷을 감싸고 거들먹거리고, 음식은 남아돌아 썩어서 내버리고 있습니다. 병사들은 무기가 다해 나무를 깎아 창과 화살을 만들어 쓰고 있는데도 공께서는 쇠와 구리로 악기를 만들어 풍악을 올리며 즐기고 계십니다. 진나라가 우리 조나라를 깨뜨리는 날 이토록 호화로운 것들이 무슨 소용이 있겠습니까. 그리고 조나라가 망하는 날 ‘우리’가 포로되어 참형에 처해진다고 하셨는데 죄송하지만 저희들같은 백성들은 그 ‘우리’에 속하지가 않습니다.”

“그래서 어쩌자는 얘기요?”

“본부인만 빼놓고 첩들을 사졸들 사이에 편입시키십시오.”

조승은 이담의 웅변이 마음에 들지는 않았지만 워낙 다급한 처지에서의 충고이므로 귀를 기울일 수밖에 없었다.

“쌓아두신 곡식은 물론 소장하고 계신 모든 보석과 재물을 풀어 병사들을 배불리 먹이십시오.”

“이런 판국에 그렇게 한다고 해서 그게 뾰족한 묘수가 되겠소?”

“적어도 구원군이 도착할 때까지는 버틸 수가 있습니다.”

“……그렇게 하겠소. 한데, 그 구원군이라는 자들이 올 때까지 그대는 무엇하고 있을거요?”

"결사대를 조직해 주시면 맨 앞장에 서지요."

이담은 서둘러 밖으로 달려나갔다.

워낙 다급해진 판국이라 조승은 이담이 시키는 대로 했다. 그랬더니 뜻밖에도 3천의 결사대가 조직되었다. 결국 진나라 군사는 그들 결사대의 완강한 항전으로 해서 한단으로 진입하기는커녕 30리나 퇴각할 수밖에 없었다.

즈음에 초·위의 구원군들이 도착함으로써 진군은 본국으로 머리를 돌렸다.

위기를 넘긴 평원군 조승은 이담을 찾았다. 그러나 이담은 이미 자신의 약속대로 결사대의 선봉에 섰다가 장렬한 최후를 마친 후였다.

며칠을 슬피 울던 조승은 이담의 부친을 찾아 이후(李侯)에 봉하여 이담의 충성스러움에 보답했다.

우경(虞卿)과 공손룡(公孫龍)이 조승의 식객으로 있을 때였다. 물론 우경이 조나라 재상이 되기 전의 일이다.

이상한 소문을 들은 공손룡은 말을 달려 평원군 조승에게로 갔다.

"웬일이오?"

"공께서 한 가지 실수하고 계신 일이 있으시기에 서둘러 말씀드리고자 달려왔습니다!"

"내가 실수를?"

"우경이 다녀갔습니까?"

"다녀갔소."

"한단이 포위됐을 때 제후들이 달려와 진나라 군사를 물러가게 한 것이 공(公)의 공로이니 대왕께 봉읍을 요청하라 했습니까?"

"분명히 우경은 그렇게 말했소."

"그런 충고가 옳다고 생각하십니까?"

"옳지 않을 건 또 뭐요?"

"당치도 않은 생각이십니다. 대왕께서 공을 조나라 재상으로 등용하신 것이 귀공보다 능력있는 분이 조나라에는 다시 없다고 판단하셨기 때문일까요?"

"반드시 그렇다고는……"

"동무성(東武城 : 조승의 봉읍지)을 나누어 공께 봉한 것이 공께만 공훈이 있고 다른 사람에게는 없었기 때문일까요?"

"그 역시 그렇다고는……"

"옳게 보셨습니다. 그것은 공께서 조왕의 친척이기 때문입니다."

"그렇다고 해서 내게 전혀 공훈이 없다고는 말할 수가 없지 않소."

공손룡의 집요한 공격에도 조승은 꾹 참고 있었다.

"그 점은 인정하겠습니다. 그러나 공께서 재상의 인수를 받을 때 스스로 무능하다하여 사양하지 않았습니다. 봉읍을 대왕께서 증봉해 주시더라도 공께선 사양하지 않을 것입니다. 문제는 사양하지 않더라도 아무도 이상하게 생각하지 않는다는 데에 있습니다."

"그야 공적이 있으니 아무도 이상하게 생각하지 않겠지."

"아닙니다. 왕의 친척이니까 아무도 이상하게 생각할 수가 없다는 얘깁니다."

기어코 조승이 화를 냈다.

"도대체 무슨 말을 하고싶은 거요!"

"우경의 건의가 나빴다는 말씀을 드릴 참이었습니다."

"우경의 건의 어디가 잘못됐기에?"

"우경은 두 개의 저울추를 쥐고 있습니다. 공께서 봉읍을 얻게 되면 자기가 건의했기 때문에 일이 성사된 것을 주장해 공께 어떤 보수를 요청할 것이며, 실패하더라도 증봉을 요청토록 건의했다는 점을 생색내며 공께 은혜 입혔음을 주장할 것입니다."

"글쎄 말이오! 왕의 친척이라고 해서 성(城)을 증봉받지 않는다면 일반 백성이 공적있다 해서 반드시 상을 받아야 된다는 이유도 없지 않소."

"좋습니다. 그럼 공께서 상을 받는 일이 하등 이상하지 않다고 생각되신다면 벌을 받을 경우에도 왕의 인척임을 배제할 수 있겠습니까?"

조승은 공손룡의 충고를 받아들여 영지 증봉운동은 취소했지만 공손룡에 대한 좋지 않은 감정은 지울 수가 없었다. 그것이 평원군의 한계였다.


한편 위(魏)나라에서는 신릉군 무기(無忌)가 위의 안희왕(安禧王)과 앉아 쌍륙(雙六)을 놀고 있었다.

그 때 병사 하나가 뛰어들어 황급히 아뢰었다.

"북방 국경으로부터 지금 막 봉화가 올랐습니다!"

"무어라고! 북방이라면 조나라 군대가 국경선을 돌파한다는 신호가 아닌가!"

"그렇습니다."

"야단났다! 어서 대신들을 소집해 대처방안을 강구해야겠다!"

왕이 사색이 되어 수선을 피워대는데도 아우인 무기는 꿈쩍도 않고 있었다.

"그대는 그래, 걱정도 아니되오!"

왕은 역정을 내었다.

"전연 걱정하실 일이 아니기 때문에 놀라지 않고 있습니다."

"적이 쳐들어왔다고 하지 않소!"

"침공이 아니라 조왕의 사냥행찹니다."

"정말이오? 한데 공자가 그걸 어떻게 아오?"

"다 아는 수가 있지요."

그러고 있을 때 다른 병사가 달려들어와 아뢰었다.

"조군의 침공이 아니라 조왕의 사냥행차라는 전달이 뒤따랐습니다."

병사의 보고를 들은 위왕은 안도를 느끼면서도 한편으로는 크게 놀랐다. 신릉군 무기의 적중된 예언 때문이었다.

"그대는 그런 사실을 어떻게 미리 알고 있었소?"

"저의 집 3천 식객들 중에서 가려뽑은 5간(五間)의 첩자들 활동으로 적의 움직임을 언제나 소상히 파악하고 있지요."

"5간의 첩자?"

"시시각각 보고를 받고 있으니 외국의 사정은 손바닥 들여다보듯 환합니다. 그만 놀라시고 쌍륙이나 노시지요."

"5간의 첩자에 대해서 관심이 많소."

"위나라를 위해 제 개인이 운용하고 있는 조직이니 이를 두고 의심하지는 마시길 바랍니다. 5간이란 다섯 종류의 첩자를 말합니다. 첫째 향간(鄉間)인데 적의 통치권에 심어놓은 고정간첩을 말하죠. 두번째가 내간(內間)인데 향간보다는 고급한 첩보교육을 시켜 적의 조정에 심어놓지요. 다음이 적진으로 들어가 첩보만 수집하고 살아서 돌아오게 하는 생간(生間)인데 특수정보요원인 셈이죠. 네번째가 사간(死間)인데 5간 중에서 가장 어려운 결단을 하는 첩자입니다. 즉 아군의 거짓정보를 숙지하고 적진에 들어가 포로가 되어 이쪽의 거짓정보를 퍼뜨려 적으로 하여금 오판케 한 뒤 죽는 간첩입니다. 끝으로 반간(反間)인데 적진과 아군 사이를 끊임없이 넘나드는 임무를 띤 이중간첩인 셈입니다."

"그대가 5간조직을 운용하고 있다는 얘기요!"

"말씀드렸지만 나라를 위한 것이니 이해해 주시기 바랍니다."

그러나 위왕의 생각은 달랐다. 무기의 능력과 유덕함이 오히려 두려워 국정에 참여시킬 수가 없었다. 그를 경원할 수밖에 없었던 것이다.

무기는 무료한 나날을 보내고 있었다. 찾아드는 손님들을 차별없이 잘 대접하면서 누군가가 현명하다는 소문이 들려오면 불원천리하고 그를 찾기도 하면서 따분한 세월을 달래고 있었다.

즈음에 후영(侯嬴)이라는 칠순 노인이 숨은 선비라는 소문이 들려왔다. 그는 수도 이문(夷門 : 東門)의 문지기를 하고 있었는데 무기는 그와 교제하기 위하여 수레에다 후한 예물을 싣고서 그를 맞으러 갔다.

그런데 무기를 대하는 후영의 태도는 뜻밖이었다.

"스스로 몸을 닦아 행실을 바로 하며 수십년을 지내왔습니다. 그러니 제가 곤궁하다하여 공자의 재물을 받을 수는 없습니다. 그 대신 공께 제가 선물을 하지요."

후영은 그러면서 상석인 수레 왼쪽으로 날렵하게 올라탔다.

신릉군 무기의 수레로 오르는 후영의 태도는 장난질에 신명난 어린애 같았다.

"갑시다. 제 친구가 저잣거리 푸줏간에서 일하고 있습니다. 주해(朱亥)라는 친구인데 공께서 그와 사귈 수만 있다면 그게 저의 훌륭한 선물이 될 겁니다."

얼떨떨해 하면서도 무기는 공손하게 말고삐를 잡고 몰아 시장으로 들어갔다.

그런데 말에서 내린 후영은 무기를 수레 위에 세워둔 채 주해하고만 킥킥거리며 오랫동안 노닥거리는 것이었다. 그러나 무기는 안색 하나 변하지 않고 끝없이 기다렸다. 오히려 무기의 시종들이 투덜거렸다.

"도대체 저 늙은 문지기와 개백정이 뭐가 그리 대단해 우리 주인님이 저토록 겸손을 떨지. 기분 같아선 그냥 저것들을 뭉개놓고 싶다만!"

"글쎄 말야. 지금 집에는 재상과 왕족과 장군과 빈객들을 초대해 놓고 계시지 않느냔 말야. 주인님이 돌아오기를 눈이 빠지게 기다릴 텐데!"

그래도 말고삐를 잡고 있는 무기의 표정은 온화하기만 했다.

후영은 한참 만에야 혼자서 무기 옆으로 돌아왔다.

"갑시다. 오늘은 주해가 바쁘답니다."

후영의 태도에는 송구스러워하는 점이 전혀 없었다.

후영을 태운 무기가 귀가했을 때에는 이미 잔치가 한창 무르익고 있을 때였다. 그제서야 후영은 무기 앞으로 다가와 술잔을 받들어 축수한 뒤 조용한 음성으로 말했다.

"오늘 제가 저지른 무례를 용서하십시오."

"새삼스레 무슨……"

무기는 여전히 웃는 얼굴이었다.

"그러시다면 낮에 있었던 저의 무례를 용서하신 것으로 알겠습니다."

"한데, 한 가지 궁금한 게 있습니다. 주해라는 푸줏간 주인과 주고받는 얘기를 얼핏 엿들었습니다만 대단한 내용은 아닌 것 같습니다. 그럼에도 바쁜 저의 마차를 군이 막아섰던 이유는 무엇 때문이었지요?"

"공을 시험해 봤습니다."

"시험이라니요?"

"저는 이문의 문지기에 불과합니다. 그러나 공께서는 수레와 말을 몸소 이끄시고 수많은 눈들이 보고 있는 곳으로 친히 왕림해 주셨습니다."

"대단한 수고도 아닌 걸 가지고."

"그렇지 않습니다. 보통 인품으로는 감히 행할 수 없는 행동이었습니다. 저는 누추한 시장바닥으로 공을 모셔가서 오랫동안 서 계시게 했습니다. 다른 사람들 같으면 화를 내며 곧장 되돌아갔을 겁니다."

"현명한 선비를 모시는데 그 정도의 괴로움쯤은 마다해선 안 되지요."

"장터의 보잘것없는 많은 백성들을 보셨지요. 그자들은 저와 주해가 누구란 걸 알며, 마차 위의 분이 누구시라는 것도 알고 있었습니다."

"그랬을 테지."

"그것은 공의 명예를 높여드리기 위한 저의 소견 좁은 행동이었습니다."

후영의 설명을 무기는 알아들을 수가 없었다.

"명예를 높이다니요?"

"저잣거리에 지나가는 사람들 모두가 저를 소인배라 손가락질했고, 공을 성인이시라며 소곤거렸습니다."

"자신을 낮추면서까지 저의 명성을 높여주신 선비님의 깊은 심중은 헤아릴 길이 없습니다."

"차제에 한 가지 부탁드릴 말씀이 있습니다. 낮에 들렀던 푸줏간 생각 나시지요."

"주인이 주해라 하셨던가요?"

"그는 현자(賢者)이며 용맹스럽기까지 합니다. 백정이라고 예사로 취급해선 안 됩니다."

"빈객으로 모실 테니 소개시켜 주십시오."

"소용없을 겁니다. 세상이 그를 알아주지도 않지만 주해는 오히려 자신의 무명을 즐기는 게 취미니까요."

무기는 그 후로 주해를 여러 차례 찾아갔지만 무기의 빈객이 되어주기는커녕 말대꾸조차 제대로 하지 않았다.

"내 부덕의 소치일 따름이다."

위나라 안희왕 2년이었다. 진나라 대군이 조나라 장평에서 군대를 대파한 여세로 조의 수도 한단을 포위해 갔다. 다급해진 조나라 평원군 조승은 위나라 무기에게 조나라를 구원해 달라는 편지를 띄웠다. 마침 무기의 누이동생이 조승의 부인이었으므로 처남매부 사이인 이들끼리 서로 돕지 않을 수가 없었다.

무기가 위왕에게 사정하자 왕은 장군 진비(晉鄙)에게 10만 군사를 주어 조나라를 구원케 했다.

그러나 이를 알게 된 진나라 왕은 위나라로 사신을 보내 협박했다.

"잘 들으시오! 우리로선 국력을 기울여 조나라를 공격해 항복을 받아낼 수 있는 문턱에 와 있소. 이런 차제에 위나라가 무엇 때문에 우리 앞길을 막는단 말이오! 진나라 대왕께서는, 만일 조나라를 구원해 주는 나라가 있다면 조를 친 후 반드시 구원해 준 나라로 군대를 돌려 쑥밭을 만들어놓겠다고 말씀하셨소!"

위왕은 겁이 덜컥 났다. 업(鄴)땅으로 나간 진비장군에게 사자를 급히 보내 그쯤에서 진군을 멈추게 했다.

── 조나라를 구원하는 척하고 관망만 하고 있으시오. 양쪽의 전세를 가늠한 뒤에 결정할 일이오.

조나라는 풍전등화였다. 그렇게 되자 매제인 평원군 조승은 처남인 신릉군 무기에게 사자를 시켜 말을 달리게 해서는 반은 책망하고 반은 애소했다.

──제가 위공자(魏公子 : 신릉군 무기)의 가문과 관계를 맺은 것은 공자께서 숭고한 의리를 가지신 분으로 믿었기 때문입니다. 그리하여 남의 곤궁함을 보시고 빠르게 구원의 손길을 쓰실 줄로 알았습니다. 한단은 지금 당장 진나라에 항복할 처지에 이르렀습니다. 사자를 수차례 보내 이쪽의 위급을 알렸는데도 구원군이 도착하지 않으니 대체 어찌된 영문입니까. 위공자의 드높은 명예와 의리는 어찌되었습니까. 조나라가 이대로 망하도록 내버려두시는 겁니까. 설사 공자께서 위나라를 가볍게 여겨 진나라에 항복하도록 내버려둔다 하더라도 공자의 누이 처지 또한 상관 없노라 말할 수는 없을 테지요. 누이가 불쌍치도 않습니까.

무기는 다급했다.

"조나라가 망하면 위나라도 위험합니다. 의리를 생각해서라도 우리는 조나라를 구원해 주어야 합니다!"

무기의 간곡한 설득에도 위왕은 요지부동이었다.

"글쎄, 남의 나라 도와주려다가 내나라 망하는 꼴 두고 볼 참이오! 나라가 위태로운 판에 그까짓 여자 하나 희생되는 게 뭐가 그리 두렵소."

절망적이었다. 신릉군 무기는 왕궁을 물러나오며 하늘 우러러 외쳤다.

"나 혼자 살기 위하여 조나라의 멸망을 외면할 수는 없다. 나의 의지에 찬성하는 빈객들이 적어도 몇 명은 있겠지. 그들이 원군은 될 수 없더라도 수레 몇 대에 나누어 타고 가서 진나라에 대항해 싸우다 명예롭게 죽을 일이다. 이렇게 하는 것이 나의 명예와 의리를 지키는 유일한 길이다!"

무기가 조나라를 구원하기 위해 단신 출진한다는 소문은 삽시에 퍼졌다. 그 때 후영이 밤을 택해 조용히 찾아왔다.

"공께선 혼자 싸우러 나가신다죠."

"도리가 없잖습니까. 왕께선 구원군의 파병을 허락지 않으시고 저로선 의리는 지켜야 하니까요."

"진정 공께서 진나라 군대에 부딪치려 하십니까?"

"옥쇄(玉碎)하는 길만이 자신을 지키는 길인 줄로 압니다."

"그건 마치 굶주린 범에게 고기를 던져주는 일과 같은 행동이실 텐데요."

"그 방법밖에 없겠습니다!"

"그렇다면 좋습니다. 공께서 선비를 우대하신다는 명성은 천하에 다 퍼져 있습니다. 이제야말로 대우받아 온 선비가 나서야 할 차례입니다."

"무릇 전쟁터에서는 선비가 필요없지요."

"기책(奇策)은 선비가 마련합니다."

"어떤 선비가 기책을 마련이라도 한답디까?"

"저를 우대해 주시고 무례조차 괘념치 않으신 공자님을 위해 제가 묘책을 하나 선사하겠습니다."

무기는 눈이 번쩍 떠졌다.

"묘책이 있겠습니까?"

무기의 반문에 후영은 주위를 살피고 나서 말했다.

"장군 진비의 병부(兵符 : 병사를 움직일 때 쓰는 부절)가 대왕의 침실 안에 간수되어 있습니다."

"그건 사실이지만 그게 묘책일 수야 없지 않습니까?"

"지금 왕의 총애를 가장 확실히 받고 있는 여인은 여희(如姬)라는 사실을 알고 계십니까?"

"들어 알고 있습니다."

"여희만이 대왕의 침실을 마음대로 드나들 수 있습니다. 그러니 여희만이 병부를 훔칠 수가 있지요."

"병부를 훔쳐요? 여희가 들어줄 턱이 있겠습니까. 목숨을 내걸면서까지."

"공께선 잊으셨군요. 여희에게 은혜 끼치신 일을."

"제가 은혜를?"

"여희 아비가 사소한 시비 끝에 어떤 불한당놈한테 피살되었지요. 원수 갚아줄 사람을 3년씩이나 찾고 있었지만 아무도 여희의 원수를 갚아주겠다고 하는 인물은 없었습니다."

"그토록 원통한 사건이 있었구려."

"그런데 기어코 대신 원수를 갚아주겠다는 인물이 나타난 겁니다."

"그가 누굽니까?"

"선한 일을 하시고도 한사코 잊으셨군요. 바로 공께서 하신 일입니다."

"설마 제가요?"

"여희가 공자님을 찾아가 울부짖으며 사정을 호소하자 공께서는 흔쾌히 여희의 간청을 들어주셨습니다. 그 불한당에게 죄를 물어 목을 베었습니다. 기억 나십니까."

"듣고 보니 어렴풋이 기억나는 구려."

"그 이후 여희는 왕궁으로 들어오게 되었고 왕의 눈에 들어 총애를 받기 시작했지요. 부탁해 보십시오. 공을 위해서라면 여희는 목숨이라도 바칠 것입니다."

무기는 한동안 묵묵히 궁리한 뒤에 되물었다.

"사태가 다급하니 부탁은 해보겠습니다. 그런데 병부를 얻었다 치고 다음은 어떻게 하지요?"

"곧장 가셔서 진비의 군대를 탈취하십시오. 북으로는 조나라를 구원하고 서쪽으로는 진의 군대를 몰아냅니다."

"결과만 가지고 계산했을 때 위왕을 위해서는 충신이고 조나라에 대해서는 은혜를 입힌 일이 되나 결국 위왕을 속이고 배반하는 행위가 되니 그것이 꺼림칙합니다."

"공자, 지금 그런 걸 따질 때가 아닙니다!"

결국 무기는 후영의 계략을 진행할 수밖에 없었다. 여희를 가만히 만나 부탁하자 과연 병부를 훔쳐다주었다.

"이제는 죽어도 여한이 없습니다. 공자님께 은혜를 갚음으로써 이제야 한을 풀었습니다. 계획하신 일이 부디 성공하시길 바랍니다!"

여희는 울면서 절을 올렸다.

그런데 신릉군 무기가 길을 떠나려 하자 후영이 다시 급히 찾아왔다.

"장수가 변방에서 적군과 대치하고 있을 때에는 군주의 명령이라도 듣지 않는 수가 있습니다."

"그런 관례가 많지요. 나라에 이로우니까."

"진비장군이 공께서 내민 병부를 자신의 그것과 맞추어 꼭 맞아떨어진다 해도 진비는 군사를 양도하지 않을 수도 있다는 뜻입니다."

"아하! 그럴 수도 있겠구려. 그 땐 어떻게 하지요?"

"진비가 대왕에게 병부의 진위여부를 다시 캐묻게 될 경우 공께선 매우 위태로운 처지에 빠지게 됩니다."

"좋은 방법이 없겠습니까?"

"죽이는 길밖에 없지요."

"진비를 죽여요? 그는 충성스럽고 강직한 백전노장입니다. 그런 인물을 내 어찌 죽이겠습니까!"

"공께서는 지금 일을 성사시키려고 하는 겁니까 아니면 일을 뒤틀리게 만들려고 작정한 겁니까? 내 이럴 줄 알고 공과 함께 가실 인물 하나를 점찍어 두었지요. 데리고가십시오."

"그가 누굽니까?"

"개백정 주해를 아시죠. 빠른 판단력과 과감한 실천력이 그의 장기입니다. 철퇴를 귀신같이 쓰는 천하장사임은 말할 것도 없구요."

"글쎄요. 전날 제가 여러번 찾아가 빈객으로 모셔오려 했으나 번번이 문전박대 당하기 일쑤였는데, 이토록 위험한 일에 과연 함께 가 줄까요?"

"그를 모르고 하시는 말씀입니다. 예의니 교제니 그런 걸 신경쓰기 싫어하는 괴짜이지만 내심은 의사(義士)입니다. 분명히 가줄 겁니다."

"그럼 가서 부탁해 보겠습니다만……"

"부디 잘 다녀오십시오. 저도 마땅히 공자님과 동행해야 도리이오나 몸이 늙어 오히려 방해만 되니 사양하겠습니다. 그 대신 공께서 떠나신 날짜부터 헤아려 진비의 진중에 도착할 때쯤에 북쪽 하늘을 바라보며 제 목을 스스로 찌름으로써 험지의 동행을 대신하겠습니다."

"아아. 그러실 필요까지는!"

무기는 후영의 비장한 결의를 느끼며 자신의 장도에 오르는 목적에 대한 결의도 더욱 다졌다.

주해는 후영의 말대로 무기와 동행하는 일을 흔쾌히 승낙했다.

드디어 둘은 진비의 진중에 도착했다.

"군사를 내게 넘기라 했소."

진비는 무기가 내미는 병부를 자신의 것과 맞추어 틀림없는 반쪽인데
도 불구하고 고개를 갸우뚱했다.

"이상한 생각이 듭니다."

"무엇이 이상하오!"

"저는 지금 10만 대병을 거느리고 최전선에 배치돼 있는 임무가 막중
한 몸입니다. 이런 저에게 공자께서는 수레 한 대 달랑 타고 오셔서 병
권을 넘겨달라 하시니……"

"그럼 병부를 믿지 못하겠다는 얘기요?"

무기가 소리치는데도 진비는 태연했다.

"그렇습니다. 너무나 중차대한 일을 대왕의 칙서도 없이 오로지 공자
님의 한 마디 말씀으로 임무교대를 명령하시니 수상쩍은 생각밖에 들지
않습니다. 진중에서는 대왕의 명령도 듣지 않는 수가 있습니다. 말탄 병
사를 달려가게 해서 대왕의 확인 회신을 받기 전에는 병권을 돌려드리
지 않겠습니다!"

무기는 난감한 표정을 짓다가 곁을 보니 주해가 눈썹을 사납게 치뜨
고 있었으므로 무기는 다시 반문했다.

"진심이오?"

"한 발자국도 양보 않겠습니다."

"말이 많다!"

눈 깜짝하는 순간에 주해의 철퇴가 진비의 머리통으로 쏟아졌다.

얼마 후 장군의 죽음이 알려지자 진중은 갑자기 어수선해졌다.

"서둘러 수습하십시오."

주해가 일깨웠으므로 무기는 얼른 병영에 명령을 내걸었다.

── 신임 장군으로서 명령한다. 부자(父子)가 함께 징집돼 온 자가

있거든 아버지된 자는 먼저 귀국하고, 형제가 함께 소집됐거든 형은 즉시 귀국하며, 외아들 역시 곧장 귀가해 부모를 봉양하라.

무기는 나머지 군사 8만 대군을 질타해 진나라군을 공격했다. 진군은 한단의 포위를 풀 수밖에 없었다.

조왕과 평원군 조승은 전선까지 나와 무기를 맞이했다.

"천하의 현인으로서 자고로 위공자(魏公子 : 무기)를 따를 만한 의인은 아무도 없을 것입니다!"

"과분한 칭송입니다."

무기는 조나라 한단성으로 든 지 얼마 있지않아 후영의 소식을 들었는데, 진비의 주둔군에 합류할 즈음해서 스스로의 약속대로 북쪽을 향해 목을 찔러 죽었다는 것이다.

"아까운 의인이다!"

무기는 사후수습에 들어갔다. 진비의 수하장수를 불러 명했다.

"그대는 군사를 이끌고 본국으로 돌아가라."

"공자께서는?"

"나는 귀국할 수가 없다. 생각해 보게. 진비의 병부를 훔쳐 왕의 명령을 사칭해 군사를 움직였고, 왕의 충신 진비까지 죽이지 않았는가. 비록 결과가 좋아 조나라에는 은혜를 입혔으나 위나라에는 역적인 것이다."

무기는 위나라 군사를 돌려보낸 뒤 조나라에서 무료한 나날을 보내고 있었다.

"대왕께서 노발대발하고 계시다 하니 귀국할 수도 없고 이곳에 머물자니 무료하기만 하고……"

무기의 한탄이 조왕의 귀로 들어갔다. 조왕은 평원군 조승과 상의할 수밖에 없었다.

"우리 조나라의 은인인데 저토록 홀대해서는 안 될 것 같소. 무슨 방법으로든 은공을 베풀고 싶은데."

조승은 조왕에게 이렇게 건의했다.

"다섯 개쯤의 성읍(城邑)을 위공자의 것으로 봉해주면 어떻겠습니까."

"거 괜찮은 생각이오. 그렇게 합시다."

무기는 그 소식을 듣고는 기뻐 중얼거렸다.

"그러면 그렇지! 은공이 있는 자에게 봉록이 없을 수가 없지!"

주해가 그 소리를 듣더니 이맛살부터 찌푸렸다. 도무지 말이 없던 주해의 반응이라 무기는 긴장하지 않을 수가 없었다.

"무엇 때문에 그토록 언짢은 표정을 지으시오."

"들어보십시오. 이 불초 주해가 죽음을 겁내지 않고 공자님을 수행해 온 이유가 어디에 있다고 생각하십니까. 대개 일에는 결코 잊어서는 안 되는 일이 있고 절대로 잊지 않고서는 안 되는 일이 있습니다."

"내가 무언가에 잘못한 일이 있나 보구려."

"누군가 공께 덕을 베풀었다면 그것이야말로 공께서 잊어서는 안 될 일이고, 만일 공께서 누군가에게 덕을 베풀었다면 그야말로 공께선 잊어야 되는 일입니다. 조왕이 5개 성읍으로 공께 봉한다고 하자 공께서는 당연하다는 듯이 중얼거렸습니다."

주해의 충고가 무기의 귀에 거슬렸다.

"봉읍을 받아서 어디 안 될 일이라도 있겠소?"

"되묻겠습니다. 공께선 조나라의 봉읍 때문에 생명을 걸고 저번 거사를 감행하셨습니까?"

"일에는 보상이 따라야 하지 않소."

"공께서는 우선 위왕의 명령을 사칭해 왕의 충성스런 장군 진비를 죽이고 그 군대를 빼앗아 남의 나라인 조나라를 구했습니다. 그것은 분명한 반역행위입니다. 그러나 천하의 현인들 그 누구도 공의 반역을 손가락질하지 않았습니다. 무엇 때문일까요. 그 이유가 어디에 있을까요. 그것은 다만 공께서 의로운 일을 하셨기 때문입니다. 조나라를 위해 공을 세울 목적이 결코 아니었습니다. 그런데도 공께서는 조나라를 위한 공훈을 내세워 조나라로부터 봉읍을 받아보십시오. 천하 인심이 어떻게 돌아갈까요. 말할 것도 없이 공자님의 의로움은 없어지고 탐욕만 드러나니 곧바로 천하의 웃음거리가 되는 겁니다."

무기는 곰곰 생각한 뒤에 말했다.

"그대의 말씀이 옳소."

그런 사정이 있는 줄도 모르고 조왕은 계단을 청소한 뒤 무기가 서쪽 계단을 오르도록 유도했다. 만일 무기가 서쪽 계단을 밟아 오르기만 하면 봉읍을 받겠다는 의미가 되는 터이었다.

그러나 무기는 굳이 사양하면서 한사코 동쪽 계단을 통해 당으로 올랐다.

뿐만 아니라 조왕의 의중을 감지한 무기는 봉읍 얘기가 아예 나오지도 못하도록 입막음을 했다.

"제게 지나친 예우를 하실 생각일랑 아예 마십시오. 분명히 저는 고국 위나라에 대해 반역을 저지른 몸이라 조나라의 저에 대한 은공은 당치 않은 얘깁니다. 진나라의 침략을 막은 일은 공훈이 아니라 의(義)때문입니다."

결국 조왕은 밤이 깊을 때까지 술심부름을 하면서도 차마 다섯 성을 바치겠다는 말은 꺼내지도 못했다.

그로 인해 위공자 무기의 명성은 더욱 높아졌고 빈객들은 그의 당하
로 수없이 몰려들었다.

조왕은 호(鄗 : 하북성)땅을 떼어 무기의 빈객들을 대접할 수 있는 읍
으로 배려했다.

그런데 어느날 무기는 뜻밖에도 위나라가 신릉(信陵 : 하북성)땅을 베
어 자신에게 봉읍으로 내렸다는 소문을 들었다.

'속아 넘어갈 내가 아니지! 이는 필시 나를 끌어들여 죽이려는 유인책
이 아니겠는가……'

무기가 끝내 조나라에 눌러앉겠다는 생각을 하고 있을 때 주해가 찾
아왔다.

"가까운 곳에 모공(毛公)과 설공(薛公)이라는 현명한 두 처사가 살고
계십니다. 만나 보시지요."

"그들은 어떤 사람이오?"

"현인은 함부로 얼굴과 이름을 세상에 내놓지 않지요. 모공은 도박꾼
들과 친하며 설공은 술꾼과 친한데다 작부에 얹혀 산답니다."

무기는 껄껄 웃고나서 말했다.

"알 만하오. 후영이 장돌뱅이였고 주해가 개백정이었지만 천하의 현
인이었던 것처럼."

무기는 어렵게 어렵게 모공과 설공을 만나 교제를 시작하자 점차 그
들이 마음에 들어 자연히 그들과 어울리는 시간이 많아졌다. 결국 무기
는 술판과 도박판에서 소일하는 경우가 대부분이었다는 뜻이었다.

무기의 행적을 들은 평원군 조승은 무기의 동생인 자신의 아내에게
빈정거렸다.

"부인, 그대 오라버니 위공자 말이오. 내가 듣기론 천하에 맞수가 없

을 정도의 현인이라 들었는데 실상은 전연 형편없는 인물이 아니었겠
소."

"왜 그러시는지요. 제 오라버니가 무슨 큰 잘못이라도 저질렀던가
요."

"친구를 보면 그 인품을 알 수 있다고 하지 않소. 그대 오라버니의 친
구라는 게 고작 도박꾼과 술장수 따위라니."

누이로부터 사정의 전말을 전해 들은 무기는 엄숙한 표정으로 일렀
다.

"평원군의 생각이 정말 그러하다면 나는 너한테 작별인사를 할 밖에
없구나."

오라버니 무기의 선언을 들은 평원군 조승의 아내는 깜짝 놀랐다.

"아니, 떠나시다니요?"

"평소 나는 평원군이 대단한 현인이라고 들었다. 더구나 그는 의인이
라고 말한다. 그 때문에 나는 멀리서 그를 존경해 마지않았고 위왕을 배
반하면서까지 그를 도운 게 아니었더냐. 그런데 이제 보니 그의 명성도
허명이었구나."

"어째서요?"

"사람 사귀는 것을 보면 인품을 안다고 평원군이 말했다지만 내가 사
귀는 인품의 기준은 다르다. 결국 네 남편은 현명한 선비를 구하는 것이
아니라 권세있고 부귀한 인물들하고만 교제하겠다는 뜻이 아니냐. 심지
어 나의 옳은 교류를 부끄럽게 여겨 비방하니 차제에 내가 오히려 평원
군과의 교제를 끊겠다."

무기의 대꾸는 다시 조승에게 전해졌다. 그러나 조승은 무기의 생각
에 승복하려 들지 않았다.

처남 매부 사이에 오고간 설전의 내용들이 사방으로 알려졌다. 그런데 그로 인해 그 때부터 선비들은 무기의 문하로 더욱 몰려들었다. 기이한 점은 평원군 조승의 빈객들 중 반 이상이 무기의 문하로 옮겨갔다는 사실이었다.

일이 그렇게 되고서야 조승은 깨달았다.

"처남, 아니 위공자. 내가 잘못했소. 이렇게 관을 벗고 사죄하겠소. 제발 떠나지만 말아 주오!"

그러나 한 번 떠난 인심은 좀처럼 회복될 기미가 없었다.

무기가 조나라에 머문 지 그럭저럭 10년이 지났다. 천하의 정세도 어지럽게 뒤바뀌고 있었다. 무엇보다도 진나라는 위명을 떨치는 무기가 조나라에 머물고 있었기 때문에 감히 그쪽은 치지 못하고 대신 위나라만 끊임없이 괴롭혔다.

그렇게 되자 괴로운 쪽은 위왕이었다.

"큰일이다! 무기의 명성이 그토록 무거운 줄 몰랐다. 신릉군으로 봉했는데도 돌아오지 않으니 이를 어이할꼬. 진나라의 공격을 막으려면 어서 무기가 돌아와야 하는데……"

위왕은 사신들을 계속 보내 무기의 귀국을 간청했지만 무기는 요지부동이었다.

"천만에! 나는 귀국하지 않겠다. 내가 귀국하는 즉시 위왕은 전날의 내 배신을 빌미삼아 즉각 처형할 텐데. 그러니 내게 귀국을 권하는 자도 나의 적으로 간주하겠다!"

무기의 단언이 하도 서슬 푸르렀으므로 한동안 귀국 권유자는 아무도 없었다.

바로 그 때 친구인 모공과 설공이 안면을 싹 바꾼 채 찾아들었다.

"위공자, 그대는 어째서 서둘러 귀국하지 않으시오!"

뜻밖의 무서운 질타에 무기는 당황했다.

"저더러 사지(死地)로 들어가란 말씀이오!"

"보십시오! 의인이란 의롭게 죽을 자리를 가리기 때문에 의인인 거요!"

무기는 모공과 설공이 힐책하는 말뜻을 얼른 알아듣지 못했다.

"무슨 뜻이오."

"공께선 지금 천하에 자신의 명성이 그토록 드높은 이유가 어디 있다고 생각하십니까?"

"글쎄요."

"게다가 조나라에서 존중받고 있는 이유 또한 어디에 있다고 생각하십니까?"

"대체 무슨 말씀들을 하실 참이오?"

"공의 명성이 높은 것은 배후에 위나라가 있기 때문입니다. 공이 여기서 존중되는 것도 위나라 공자이기 때문이란 말입니다. 지금 위나라가 진의 공격을 받아 위태롭게 되었는데 공은 무슨 생각을 하시면서 여기서 머무적거립니까. 그러다가 진나라가 위의 국도 대량을 공격해 종묘라도 파괴해버린다면 공께선 그 때 무슨 면목으로 천하에 나서지요?"

"그렇지만 아직도……"

"무엇이 두려우십니까. 위국의 병부를 뺏아 조나라를 도울 적에는 두렵지 않으셨습니까. 의인은 죽을 자리를 알기 때문에 의인이며 그 때문에 천하에 이름이 드높은 것입니다."

무기의 안색이 갑자기 변했다. 잠시 후 이마를 들더니 결연한 목소리로 말했다.

"내가 어리석었소! 서둘러 귀국하겠소이다!"

마차를 몰아 위나라로 돌아가면서도 무기는 조금도 두려운 기색이 없었다.

'그래, 죽음의 명분을 알고 있으면 하늘 우러러서도 한 점 부끄러움이 없지!'

위나라 왕은 무기를 보는 순간 울음부터 터뜨렸다.

"오오 공자! 과연 돌아와 주었구려. 전날은 내가 잘못했소. 천하에 부끄러움이 없는 그대의 의로움은 생각 못하고 작은 배신에만 섭섭해 했구려. 자, 어서 상장군의 인을 받으시오!"

무기는 모공과 설공의 귀국 충고를 속으로 한없이 고마워했다. 그러면서도 귀국을 사양한 주해를 매우 아쉬워했다.

위나라 안희왕 30년이었다. 무기는 의도적으로 제후들에게 사신을 보내 자신이 상장군에 올랐음을 알렸다. 그러자 각국의 반응들은 곧장 왔다.

"위공자 무기는 천하의 의사(義士)이시다. 어서 군대를 보내어 그를 돕자!"

결국 신릉군 위공자 무기는 위(魏)·초(楚)·조(趙)·한(韓)·연(燕) 5개국 연합군 총사령관이 되어 하외(河外 : 황하 서쪽)로 진군해 진나라 장수 몽오(蒙驁)를 패주시켰다. 무기는 승승장구하여 진의 대군을 추적해 가서 드디어 함곡관에 이르렀다. 그 때 이후로 진군은 함곡관 밖으로 감히 나올 수가 없었다.

바로 그 무렵이었다.

함곡관 안으로 갇힌 진나라 왕은 통탄했다. 무기가 존재하는 한 함곡관 밖으로 나갈 수가 없기 때문이었다.

"좋은 방법이 없을까!"

그 때 근신 하나가 아뢰었다.

"이렇게 하면 어떨까요. 무기의 손에 죽은 진비의 빈객 하나를 매수해 금 10만 근을 풀어 위왕과 무기 사이를 이간시키도록 한다면요."

진왕은 무릎을 쳤다.

계획은 곧바로 진행되었다. 진비의 빈객은 거금을 뿌려가며 무기에 대한 좋지 않은 소문을 부지런히 퍼뜨리고 다녔다. 위왕의 귀에도 들어갔다.

"글쎄, 신릉군이 10년 동안 조나라에 망명해 있었다고 해서 반드시 음모를 꾸미고 있었다고는 할 수 없지 않소."

"아닙니다. 그는 지금 위나라의 상장군이며 제후국 연합국 총사령관입니다. 그래서 제후들은 무기의 말만 듣고 대왕의 말씀에는 귀도 기울이지 않습니다. 무기의 명성만 알지 대왕의 존재는 안중에도 없습니다. 무기는 이 때를 이용해 남면(南面 : 왕의 지위)하려 한다는 소문이 자자합니다."

"과인은 신릉군을 믿소."

"설사 무기공자께서 그런 의도가 없을지라도 그의 위광(威光)이나 위세나 인품을 존경하는 제후들이 힘을 합쳐 왕으로 세우지 말라는 법은 없습니다. 우환은 그 싹이 자라기 전에 자르는 게 좋습니다. 최소한의 조처로 우선 그의 병권만이라도 빼앗아버리지요."

그래도 위왕은 망설이고 있는데 진나라로부터 엉뚱한 축하사절이 왔다.

"역시 현명하고 유덕하신 무기공자께서 왕으로 등극하실 줄 알았습니다. 축하해 마지 않습니다!"

이쯤 되자 위왕도 무기를 의심하지 않을 수가 없었다. 즉시 무기로부터 대장군의 인수를 빼앗아버렸다.

무기는 중상모략에 의한 인사조처였음을 눈치는 챘지만 한 마디 불평도 없이 울분을 속으로 삼키며 칩거해버렸다. 왕이 불러도 신병을 구실로 가지 않았다.

"진정으로 억울하다! 이 책 한 권으로 능히 천하를 제패할 수 있었는데!"

무기는 그것을 땅바닥으로 내동댕이쳤다. 『위공자 병법(魏公子 兵法)』이라는 자신의 저작이었다.

그날 이후로 무기는 빈객들과 더불어 밤낮으로 통음하며 여색에 탐닉했다.

그렇게 살아가기를 4년. 몸이 지탱될 턱이 없었다. 마침내 무기는 술병으로 세상을 등지고 말았다. 신기하게도 바로 그 해에 안희왕도 죽었다.

진나라에서는 이런 기회를 놓치지 않았다. 특히 무기의 죽음이 알려지자 몽오장군을 시켜 위나라를 공격해 20여 개 성을 함락시켰다. 진나라는 위나라를 쉬임없이 잠식해 들어갔다.

# 5. 고름을 빨아주는 장군

또 한편으로 초(楚)나라에서도 진나라의 끊임없는 침공에 몸살을 앓
았다.

"그대는 아는 것이 많으니 진왕을 잘 달랠 수 있을 것이오!"

초의 경양왕(頃襄王)은 변설에 능한 춘신군 황헐(黃歇)에게 진나라로
사신갈 것을 권했다.

초왕의 입장에서는 사면초가였다. 진나라 장군 백기가 초의 무(巫)·
검중(黔中)·언(鄢)·영(郢)은 말할 것고 없고 동쪽의 경릉(竟陵)까지
탈취해 감으로써 수도를 진현(陳縣)으로 물려야 하는 최악의 상태였기
때문이었다.

뿐만 아니었다. 전날 초의 회왕(懷王)은 진의 속임수에 넘어가 진으로
입조했다가 돌아오지도 못하고 거기서 객사했는데, 바로 지금의 경양왕
이 회왕의 아들이었던 것이다. 그러니 경양왕은 진을 증오하면서도 두
려워하는 감정을 가지고 있었다. 더구나 진에서는 백기를 앞세워 재차
침공해 온다니 초왕으로서는 정신이 아득해지지 않을 수가 없었다.

"다녀와야겠지요……"

황헐은 진에 도착하자마자 무작정 진왕에게 글부터 올렸다.

──천하에 진과 초보다 강한 나라는 없습니다. 듣자하니 대왕께서 지금 초를 치려 하신다는데 이는 천부당 만부당한 일입니다. 그것은 마치 두 호랑이가 싸우는 형상으로 두 맹수가 동시에 기진맥진해졌을 때 볼품없는 사냥개더러 이득을 보라는 행위와 같게 됩니다. 그러므로 초를 치실 게 아니라 초와 친해지십시오……

진왕은 황헐의 글에 흡족해 했다.

"백기의 출발을 중지시켜라. 황헐의 설득이 가하다."

그로 인해 진나라는 한·위에 대해서는 사과하고 초나라에는 예물을 보내 동맹국이 될 것을 약속했다. 그러나 진의 계략은 만만치가 않았다.

"하지만 진나라 입장에서는 초의 태자 완(完)과 함께 그대 황공(黃公)이 진나라에 계셔주어야 초의 신의를 믿게 될 것 같소."

볼모로 잡아두겠다는 뜻이었다.

달리 방법이 없었다. 황헐은 일단 초로 돌아갔다가 다시 태자 완과 함께 진으로 들어와 인질이 되었다.

몇 년이 흘렀다. 초의 경양왕이 병들었는데도 진에서는 초의 태자를 귀국시켜 주지 않았다.

황헐은 곰곰 생각한 뒤에 한 가지 계략을 짜냈다. 마침 태자 완이 진의 재상 범수와 친분이 두터웠던 점을 빌미삼자는 내용이었다.

황헐은 가만히 범수를 찾아갔다.

"승상, 격무에 무고하신지요. 방문한 이유는 저희 태자 완이 승상과 친밀한 사이시라 하여……"

"물론입니다. 태자께선 예의 바른 분이시지요. 한데……?"

"지금 초왕께선 병이 위중하십니다."

"소문으로 들었습니다. 유감입니다."

춘신군 황헐은 진의 재상 범수의 따스한 마음씨를 믿을 수밖에 없었다.

"아들이면서도 태자인 완이 귀국을 못해서야 말이 됩니까."

"저희 진왕께서는 허락을 내리시지 않을 겁니다."

"그렇더라도 한 번만 더 간곡히 대왕께 말씀드려 주십시오."

"헛수고일 뿐입니다. 초왕이 위독하다하여 태자를 금새 귀국시키겠다는 요구는 명분이 약하다고 생각되는데요."

"명분은 비중을 더함에 따라 듣기에 달라질 수가 있겠지요."

범수는 한동안 생각에 잠겨 있더니 불쑥 엉뚱한 제안을 했다.

"그러시다면 우선 재상의 지위에 있는 저부터 설득시켜 보시지요."

"그러지요. 초의 태자가 귀국함으로써 진에게 유리한 점부터 말씀드리겠습니다. 태자는 지금의 왕이 서거하는 즉시 귀국하는 대로 즉위하게 될 것입니다. 그는 승상의 덕을 입고 귀국하는데다 평소에 친분이 두터우셨으니 승상의 은덕이 한없이 크다고 생각할 것입니다. 뿐만 아니라 그로 인해 초나라는 진나라를 정중하게 섬기게 되고 곧 동맹국과 친선하는 길이 되며 또한 은덕을 입히는 계기가 되니, 그것이 바로 명분입니다."

"태자를 귀국시키지 않을 경우에 진의 불이익은 무엇입니까?"

"귀국하지 못하는 태자는 태자가 아니라 함양의 일개 이름없는 백성에 지나지 못합니다. 초에서는 다른 인물로 태자를 세우면 되는 일이고 또한 그가 진을 섬기리라는 장담을 할 수가 없으며 오히려 태자의 귀국을 허락하지 않음으로써 동맹국으로서의 약속은 깨어지고 화친은 끝날 수도 있게 됩니다. 진으로서는 양책이라 할 수가 없습니다."

고개를 끄덕거린 범수는 입궐해서 그대로 진왕에게 상주했다. 그러나 진왕의 결심은 요지부동이었다.

"상국의 의견이 그럴듯하긴 하나 우선 초나라 태자의 가신을 초로 보내 초왕을 문병케 하고⋯⋯ 그들이 돌아온 후에나 다시 생각해 보기로 합시다."

이를 전해들은 황헐은 비상수단을 쓸 수밖에 없다고 생각했다. 그래서 태자 완에게 계략을 은밀히 건넸다.

"진나라가 태자를 억류해 두려는 것은 그로 인해 어떤 이익을 노리는 듯하나 실상 태자께서는 저들에게 줄 만한 이익이나 힘도 가지고 있지 않습니다. 결국 우리 스스로 계략을 만들어 진을 빠져나가는 방법밖에 없지요."

"도망을?"

"어차피 모험하셔야 될 상황입니다."

그러나 태자는 두려운 기색을 감추지 못했다.

그래서 황헐은 태자 완을 달랬다.

"만약 태자께서 초에 계시지 않을 때 초왕께서 갑작스럽게 서거하시면 양문군(陽文君 : 초왕의 동생)의 두 아들 중에서 한 분이 왕위에 오릅니다. 가만히 앉아서 그런 사태를 맞지 않으시려거든 탈출의 모험을 감행하십시오."

"태부(太傅)께서도 함께 가십니까?"

"그것은 불가능합니다. 남아서 뒷처리를 맡겠으니 걱정마시고 떠나시지요."

결국 태자는 마부로 위장해서 함곡관을 빠져나갔다.

한편 황헐은 태자의 숙사에 머물며 태자의 병을 핑계대고 한동안 외출을 하지 않았다.

진군이 추적해 봐야 태자를 잡을 수 없을 만큼 멀리 도망쳤을 것으로 가늠되는 즈음해서야 황헐은 진왕 앞으로 나와 자수했다.

"초의 태자는 진작 귀국길에 올라 관문을 멀리 벗어났을 것입니다. 모든 일은 제가 계획한 일이오니 저에게 죽음을 내려주십시오."

"저놈을 당장 하옥시켜라!"

펄펄 뛰며 화를 내던 진왕은 초의 태자가 확실히 탈출했다는 보고를 받자 분풀이로 황헐에게 자살을 명했다.

이때 범수가 나섰다.

"대왕, 그것은 현명치 못한 처사입니다. 황헐은 신하된 자로서 주군을 위해 한몸을 내던져 사명을 다했습니다."

"그렇더라도 과인을 감히 능멸한 죄가 있지 않소!"

"작은 잘못을 책하지 마시고 큰 이득을 챙기십시오."

"무슨 큰 이득이 있을라고?"

"태자가 즉위하면 반드시 황헐을 중용할 것입니다. 벌하지 않고 돌려보냄으로써 그를 은혜입게 하시고, 그로 인해 초와 화친을 계속 도모하는 길을 열어두는 것이 최선이라 생각됩니다."

그렇게 되어 황헐은 무사히 초나라로 돌아갔다. 헐이 도착한 지 석 달 후에 경양왕이 죽고 태자 완이 즉위하니 그가 곧 고열왕(考烈王)이다.

고열왕은 원년에 황헐을 재상에 임명하고 춘신군에 봉해 회수(淮水) 북쪽땅 12현을 하사했다.

그런데 인근국들은 더욱 강대해진 진나라의 침공에 끊임없이 시달렸으므로 모두가 전전긍긍했다. 춘신군 황헐이 그런 서쪽의 진나라에 대항하기 위해 시달림을 받는 제후국들을 불러모아 합종을 맹약하게 하고 초왕이 합종의 맹주가 되게 했으며 황헐은 실제의 종약장(從約長)이 된 것이다.

그런데 하나의 문제가 발생했다. 20여 년 동안 최강을 자랑했던 춘신군 황헐의 제후 군대가 함곡관 근처에서 진나라 군대에게 대파된 것이다. 초왕은 황헐에게 화를 냈다.

"이 무슨 망신이오! 상국의 지혜가 옛적만 못한 게 아니오!"

그 사건으로 인해서 춘신군 황헐은 초왕과 서먹서먹한 사이가 되었다. 황헐은 많이 기가 죽어 지냈다.

그 때 황헐의 빈객 중에 주영(朱英)이라는 사람이 있었는데 그는 의기소침하게 지내는 황헐에게 기이한 건의를 했다.

"많은 사람들이 승상에게 강한 초나라 군대를 가지고도 용병을 잘못해 국방력이 약해지고 그로 인해 더욱 잦은 침공을 당한다고 말하고 있습니다만 저는 그렇게 생각하지 않습니다."

"않는다면?"

"우선 선왕시절에는 진나라와의 선린으로 해서 20년 동안이나 한 번도 진에게 공격당하지 않았습니다. 그것은 초나라가 예뻐서 진이 공격하지 않은 게 아니라 면애(黽隘)의 요새를 넘어 초를 친다는 사실이 불편했기 때문이며, 또한 한·위를 배후에 두고 초를 치는 게 불안했던 사정도 있었습니다. 그러나 지금은 여건이 많이 달라졌습니다. 위나라는 곧 멸망할 정도로 쇠약해짐으로써 진은 걱정을 덜었고, 또한 진에 빼앗긴 허·언릉 땅으로 인해서 진나라 군대와 우리 초의 수도 진(陳)과는 불과 160리 거리를 두고 대치하게 돼 전쟁을 매일같이 치르지 않으면 안 되게 되었던 것입니다. 그러다 보니 자주 이기던 승상께서 한 번 대패하자 왕의 신임을 잃게 된 것이지요."

"신임을 회복할 길이 없겠소?"

"공연히 이길 수 없는 전쟁으로 왕의 신임을 회복할 생각일랑 마십시오. 차라리 대왕의 신임을 한 번 더 묻는다는 뜻에서 차제에 수도를 수춘(壽春 : 안휘성)으로 옮기도록 건의해 보십시오."

"그토록 멀찌감치 물러나요?"

"어차피 개인적으로나 국가적으로 다급해진 사정이 아닙니까."

당시로서는 별다른 묘책이 없었다. 황헐은 주영이 시키는 대로 왕께 건의했더니 뜻밖에도 왕은 희색이 만면해져 가지고 서둘러 천도를 지시했다.

그로 인해 황헐은 신임을 회복하게 되어 그제서야 가슴을 쓸어내렸다.

초의 고열왕에게는 자식이 없었다. 재상인 황헐로서는 그 점이 걱정이었다. 뿐만 아니라 확실한 신임회복을 위해서라도 어떤 방도를 모색해내어야 했다. 그래서 자식을 잘 낳을 것같은 체형의 여인을 골라 왕에게 여럿 바쳤는데 애석하게도 번번이 실패만 하고 있었다.

'그렇다면 문제는 왕에게 있다. 어떻게 한다……?'

그럴 즈음이었다.

이원(李園)이라는 자가 있었는데 그에게는 절색의 누이동생이 하나 있었다.

'그래, 절색의 내 누이동생을 가지고 출세의 발판을 마련해 보자!'

초왕에게 접근할 계략을 꾸미고 있던 어느날 주막에서 우연히 고열왕이 고자라고들 숙덕거리는 소리를 엿들었다.

'그렇다면 계획을 바꿀 수밖에!'

이원은 고자인 왕 대신 재상 황헐에게 여동생을 바쳐 벼슬자리를 얻는 방법을 생각해내고는 그의 사인(舍人)으로 우선 들어갔다.

어느날 이원은 휴가를 얻어 나갔다가 귀가하는 기일을 고의로 늦추었다. 황헐은 그 이유를 묻지 않을 수가 없었다.

"그토록 마음대로 늦어도 되는가."

"벌을 받아 마땅합니다. 그러나 소인은 소인대로 피치 못할 사정이 있었습니다."

"피치 못할 사정이 무엇이었는데?"

"죄가 있다면 제 여동생이 경국지색이기 때문입니다."

"해괴한 그딴 허풍으로 벌을 면할 수작일랑 아예 부리지도 말게."

"소인은 조나라가 고향입니다. 부모님이 거기 계시기로 뵈러 갔다가 기왕에 누이의 미색이 궁중까지 알려짐으로써 부모님이 고통당하고 계신 걸 해결하느라 늦었습니다."

"네 여동생의 미색과 부모의 고난은 또 무슨 상관이냐?"

"조왕께서 동생을 바치라 하셨습니다."

"왕의 요구인데 바치면 될 게 아니냐."

"동생이 죽어도 조왕한테는 시집가지 않겠다며 버티기에 처리가 늦었습니다."

황헐은 점점 호기심이 동했다.

"그래서 어떻게 처리해 놓고 왔기에."

"초나라로 데려왔습니다."

"여기 와 있다는 얘기냐?"

"소인이 숨겨두고 있습니다."

"한 번 만나보아도 괜찮겠느냐?"

"누구의 소청인데 거절하겠습니까. 곧 데려오지요."

그런데 이원의 여동생을 만나본 황헐은 소스라치게 놀랐다. 호기심 정도로 불러본 것이었는데 만나보니 과연 이원의 말대로 경국지색이었다.

"네 여동생을 나한테 줄 수 없겠느냐?"

"뜻밖입니다만…… 제 동생이 원한다면 모시도록 하겠습니다. 부디 잘 거두어나 주십시오."

이 때부터 이원의 여동생은 춘신군 황헐의 총애를 듬뿍 받게 되었다.

그런데 얼마 지나지 않아 이원은 제 여동생이 춘신군의 아이를 임신한 사실을 알게 되었다.

'가만 있자! 이러고 있을 때가 아니다!'

엉뚱한 욕심이 슬그머니 생겼다. 그래서 동생을 불러내어 괴상한 계략을 주며 설득했다. 동생은 오라버니의 계략을 별 수 없이 받아들일 수밖에 없었다.

이원의 여동생은 춘신군이 한가한 틈을 타서 간곡한 목소리로 말했다.

"초나라 대왕께서 나리를 사랑하고 대접하는 정도가 대왕의 형제라 해도 이만큼 깊지는 못할 것입니다. 그런데 불행하게도 대왕께서는 자식이 없습니다."

"백방으로 노력해 보도록 했지만…… 없는 아이를 생기게 할 수야 없지 않느냐. 그런데 넌 지금 무슨 말을 하고 싶은 거냐?"

황헐이 의아해 하는 표정을 짓고 있었지만 이원의 여동생은 괘념치 않았다.

"나리께선 스무 해 넘도록 재상 자리에 계셨습니다. 그런데 대왕께서

서거하시었을 때 대왕의 자식이 아닌 다른 공자들 중의 한 분이 즉위하시게 되면 나리의 처지가 몹시 걱정스럽게 된다는 말씀을 올릴 참이었습니다."

"으음……미처 그런 경우까지는 생각해 보지 못했네. 하지만 생각해 본들 무엇하나."

"나리께서 상국의 자리에 오래 계시면서 부지중에 공자들께 실례를 범하신 사례가 왜 없겠으며, 그로 인해 앙심을 품고 있던 공자께서 즉위하실 경우 재상의 인수와 봉지는 말할 것도 없고 신변에 심각한 참화가 미치지 않는다고 누가 장담할 수 있겠습니까."

"무슨 그런 소릴 하느냐!"

"그렇습니다. 끔찍한 가정이지요. 그래서 감히 묘책을 장만해 나리께서 안심입명하실 수 있게 하려는 것입니다."

"묘책을?"

"나리의 아이를 임신한 사실은 저와 나리밖에는 아무도 모릅니다. 나리의 존귀한 자리를 적극 이용하셔서 저를 대왕께 바쳐주십시오."

"무어라?"

이원 여동생의 깜찍한 계략을 들은 황헐이 먼저 사색이었다.

"죽느냐 사느냐의 문제입니다. 제가 대왕의 아이를 낳아드리면 대왕께선 반드시 저를 총애하실 것입니다. 혹시 하늘이 도와 아들을 낳게 되면 그 이상 더 다행이 없겠지요. 엉뚱한 공자들이 왕으로 즉위하는 불상사도 없이 우리 아이는 태자가 될 것이고, 태자가 즉위하게 되면 나리께서 섭정할 수밖에 없게 되며, 나리께선 왕의 실제 아버지가 되니 초나라의 전부가 나리의 것이 되는 게 아닙니까. 이제 어찌하시렵니까. 화를 입으시겠습니까 복을 도모하시겠습니까!"

"아예 협박이로구나! 두 번 다시 그런 끔찍한 소릴 했다간 네 목이 온 전치 못하리라!"

그토록 호통을 쳤지만 황헐의 속계산은 달랐다. 애첩의 간청이 일리가 있다는 생각이었다.

일단 애첩을 자택에서 멀리 내보낸 황헐은 이원의 누이동생을 취하도록 왕께 간곡히 설득했다.

이원의 누이동생을 만나본 초왕은 우선 미모에 혹하여 사랑하게 되었고, 아들을 낳아주니 더욱 총애할 수밖에 없었다. 아이는 태자로 책봉되었으며 그녀는 왕후가 되었다. 황헐이 재상이 된 지 25년이었다. 이원은 초왕에게 중용되어 측근에 있었다.

그 해 겨울이었다. 왕이 병들었을 때였는데 모사 주영이 한밤중에 함박눈을 얻어맞으며 심각한 얼굴이 되어 황헐을 찾아들었다.

"세상에는 뜻밖에 찾아오는 복도 있고 뜻밖에 찾아오는 화도 있습니다. 그런데 승상께서는 뜻밖의 사건이 벌어지는 세상에 살고 계시면서, 더구나 홀연히 승하하실 군주를 모시고 계시면서 어찌 뜻밖의 사태를 감당할 측근은 곁에 두지 않습니까?'

주영의 말이 황당스럽게 생각되었는지 황헐은 고개를 갸우뚱했다.

"뜻밖에 찾아오는 복이라 했소?'

"승상께선 조나라 재상이 되신 지 어언 스물다섯 해. 지금 대왕께서 위중하시니 언제 승하하실지 모릅니다. 그 때 승상께선 어린 군주를 도와 옛날 이윤(伊尹 : 은나라의 어진 재상)이나 주공(周公 : 주무왕의 아우 주공 단)처럼 섭정을 하시다 왕이 성장하면 권력을 돌려주시든가 아니면 남면(南面)하여 고(孤 : 제후의 자칭대명사)라 칭하며 초나라를 접수하게 되는 수도 있으니 이를 뜻밖의 복이라 합니다."

"그럼 뜻밖의 화는 뭐요?"

"왕후의 오라비 이원의 문제입니다. 그는 성품이 사악한 자로, 춘신군의 존재로 인해 권력을 좌지우지할 수가 없다고 생각해 항상 승상을 제거할 기회만 노리고 있습니다. 그는 병권을 잡고 있는 처지도 아니면서 사병(私兵)을 키우고 있습니다. 심상찮은 기미지요. 대왕께서 운명하시는 날 두고 보십시오. 이원은 사병을 이끌고 왕궁을 장악한 뒤 들어오는 승상부터 척살할 겁니다. 이것이 뜻밖의 화라는 거죠."

"뜻밖의 인물은 또 누구요?"

"대왕께서 승하하시는 날 제가 미리 입궐해 있다가 이원이 입궐해 승상을 해치려할 때 제가 그를 처치할 수 있도록 승상께서 저를 낭중(郎中 : 궁중의 장관)에 임명해 주시면 그것이 바로 뜻밖의 화를 막아줄 뜻밖의 인사라는 것입니다."

황헐은 불쾌한 표정으로 대꾸했다.

"그대가 하신 우려들은 나와 전연 무관하오. 이원의 연약한 성품을 익히 알거늘 어찌 그토록 엄청난 일을 저지르겠소."

주영은 권고가 먹혀들지 않자 머잖아 자신의 몸에도 화가 미칠 것을 깨닫고 멀리 도망쳐버렸다.

그런 일이 있고나서 17일 후에 고열왕이 죽었는데, 과연 이원은 사병들을 거느리고 입궐해 숨어 있다가 황헐이 나타나자 칼로 난자해 죽였다.

'아하, 이자의 입에서 왕후 임신의 비밀이 새어나올까 얼마나 걱정을 했던지!'

이원은 사병들을 황헐의 집으로 몰아가서 그 가족들까지 모조리 도륙했다.

춘신군 황헐의 아들, 이원의 누이동생이 낳은 어린 태자가 즉위하니 그가 곧 초의 유왕(幽王)이다.

위(魏)나라 왕 문후(文侯)는 재상 이극(李克)에게 오기(吳起)에 대하여 물었다.

"그자가 날 찾아와 등용시켜 달라며 저토록 보채고 있지 않겠소."

위왕은 이극의 말을 신용하고 있었다. 이극은 공자(孔子)의 제자 자하(子夏)에게서 배웠으며 뛰어난 농업정책을 실시한 인물이고 형법전(刑法典)『법경(法經)』을 편찬한 큰 학자였기 때문이었다.

"오기가 왔다구요? 그야 오기는 뛰어난 병가(兵家)지요. 그의 귀신같이 뛰어난 용병술은 사마양저(司馬穰苴 : 제나라의 명장)라도 당할 수가 없을 겁니다."

"과인의 말인즉슨 오기가 원래 위나라 사람인 데다가 공자(孔子)의 나라 노(魯)나라에 봉사하지 않았겠소. 그 때 제나라가 노나라를 공격한 일이 있었는데 노왕이 오기의 아내가 제나라 사람이라는 귀띔을 듣고 오기를 의심하자, 기회를 놓쳐서는 안 되겠다고 생각한 오기는 자신의 결백을 증명키 위해 아내를 살해했다고 하지 않소. 그로 인해 오기가 장군에 임명되어 제나라를 쳐부수었지만, 과인은 그런 그를 등용하는 데 있어 여러 사실들이 꺼림칙하다는 얘기란 말이오."

이극은 잠깐 생각을 정리한 뒤에 입을 열었다.

"맞습니다. 오기는 사람됨이 시기심이 많고 호색하며 또한 잔인합니다. 젊었을 때에 집에는 천금이 있었는데 벼슬자리 구하러 돌아다니느라 가산만 탕진하고 빈 손으로 귀가했지요. 고향에서 그런 그를 비웃자 자기를 비방하는 서른 명을 죽이고 동쪽으로 도망쳤습니다. 위나라 성문을 빠져나가면서 몰래 전송하러 나온 모친에게 제 손가락을 깨물며 '어머니, 제가 재상이 되기 전에는 결코 위나라로 돌아오지 않겠습니다'고 맹세한 자이죠. 그자는 증자(曾子)한테서 배웠는데 얼마 후 오기의 모친이 정작 죽었는데도 그자가 귀국하지 않자 증자께서는 그자가 박정하고 불효막급하다하여 파문해 버렸습니다. 별 수 없어 오기는 노나라로 가서 병법을 배웠지요. 결국 대왕께서 의심하는 바대로 오기는 제 아내를 죽이면서까지 장군이 되었고, 노나라 같이 작은 나라가 제나라처럼 큰 나라를 이겼으니 공격표적이 될 게 뻔하다 싶어 오기를 내쳤던 겁니다."

잠깐 생각에 잠겼던 위왕은 흔연히 소리쳤다.

"그렇다면 좋소. 그의 용병술만 사겠소!"

장군이 된 오기는 과연 강국 진나라부터 쳐부수며 다섯 성을 함락시켰다.

또한 오기는 가장 계급이 낮은 병졸과 함께 입고 먹었다. 잘 때도 요를 깔지 않았고 외출 때에도 수레를 이용하지 않았으며, 출전 때에는 자신이 먹을 양식을 몸소 몸에 지님으로써 병졸의 노고를 덜어주었다.

한밤중이었다. 장군 오기도 깊은 잠에 떨어져 있다가 누군가가 깨우는 소리에 깜박 잠이 깨었다.

"장군님, 다리에 종기를 앓고 있는 병졸이 울부짖는 바람에 온 부대가 잠을 잘 수가 없답니다!"

오기는 싫은 기색 하나 없이 일어나 옷을 입었다.

"부상병이 있는 데로 안내해 보아라."

오기를 안내한 부관은 장군이 어떤 태도를 취하는가 하고 가만히 엿보았다.

"앗, 장군님!"

오기는 부상병의 환부를 살펴다 말고 덥석 다리를 깨물어 입으로 고름을 빨아내는 것이었다.

"오늘 밤만 지내면 나을 것이다."

그 병졸의 모친이 그 소문을 듣고 소리내어 울었다. 그러자 이웃사람이 이상하다는 얼굴로 물었다.

"일개 병졸인 당신의 아들은 장군이 몸소 종기를 빨아줄 만큼 사랑을 받고 있는데 당신은 무엇이 슬퍼서 그토록 서럽게 우시오?"

"내 아들은 죽소!"

"죽다니?"

"전날에도 오장군은 저 애 애비의 고름을 빨아주었소. 감격한 나머지 몸을 돌보지 않고 적지로 뛰어들었다가 그렇게 전사했소. 내 아들도 필시 제 아비처럼 장렬하게 죽을 게 뻔하지 않소!"

위왕은 오기가 용병에 능하고 청렴·공평·근면해 사졸들한테서 인망이 있는 것을 보고 서하(西河 : 섬서성)의 태수로 삼아 진(秦)과 한(韓)의 침공을 막게 했다.

문후가 죽은 뒤 아들 무후(武侯)가 왕위에 올랐는데 오기는 재상에 기용될 것으로 알았다가 전문(田文 : 맹상군 전문이 아님)에게 자리를 빼앗기자 앙심을 품게 되었다.

어느날 왕궁을 물러나오다가 오기는 마침 입궐하는 전문을 만났다.

"보시오, 당신한테 잠깐 물어볼 말이 있소!"

"무슨 말씀인데요?"

분해서 펄펄 뛰는 오기에 비해 전문의 표정은 온화하기만 했다.

"위나라를 위해 누가 더 공적을 많이 쌓았는지 당신과 나를 비교해 보고싶단 말이오!"

"좋습니다."

"삼군의 장군이 되어 그 사졸들이 나라를 위해 기꺼이 죽게 만들며, 그럼으로써 적국이 감히 우리나라를 넘볼 수 없게 만든 점에 있어 그대와 나 둘 중 누가 더 낫소?"

"제가 당신만 못합니다."

전문은 오기한테 웃는 낯으로 대답했다.

"백관을 다스리고 만민을 친근하게 하고 국고를 충실하게 한 점에서 당신과 나 둘 중 누가 더 낫소?"

"물론 제가 당신만 못합니다."

"서하의 땅을 지키며 진병(秦兵)이 감히 동쪽으로 나오지 못하게 하고 한(韓)·조(趙)를 복종케 한 점에 있어 당신과 나 둘 중 누가 더 낫소?"

"역시 제가 당신만 못합니다."

"그래서 하는 말인데, 우선 이 세 가지 점에 있어 당신이 나보다 조금도 나을 게 없거늘 무엇 때문에 당신은 내 윗자리에 있는 거요?"

"나름대로 그 이유를 생각해 본 적은 있습니다. 지금 임금이 어리다 보니 온 나라가 불안해 하고 있으며, 대신들 역시 왕명을 쉽사리 수긍하려 들지 않으니 더불어 백성들도 믿을 데가 없는 것 같습니다. 바로 이런 상황에서 당신처럼 기세 넘치는 분을 재상자리에 앉히는 게 옳다고 생각하십니까 아니면 비록 공적은 없지만 아무도 두려워하지 않는 저같이 훈훈한 사람이 재상자리를 맡는 게 옳을 것 같습니까."

오기는 한참동안 생각한 뒤에 말했다.

"역시 그대에게 맡기겠구려."

"그렇습니다. 이게 바로 그대보다 하나도 나을 게 없는 제가 재상의 자리에 있어야 되는 이유입니다."

전문이 죽고 나자 위왕의 사위 공숙(公叔)이 재상이 되었다. 오기는 '이번만큼은' 하고 있었는데 다시 엉뚱한 자에게 재상자리가 떨어지자 그 불만이 이만저만이 아니었다. 그런 오기의 불평이 공숙의 귀에도 들어갔다.

"오기가 재상자리에 앉지 못해 불평한단 말이지……무슨 방법이 없을까."

공숙이 술잔을 거칠게 놓으며 중얼거리는 소리를 들은 가신 하나가 역시 혼잣말 하듯이 내뱉었다.

"아주 간단하게 제거할 수 있는 방법이 있지……"

공숙의 귀가 번쩍 뜨였다.

"지금 뭐랬나?"

"승상께서 오장군을 꺼리시는 독백을 하시기에 소인 역시 따라 해보았습니다."

"네 얼굴을 보니 오기를 추방할 수 있는 묘책을 가진 듯한데?"

"오기의 성격을 가늠해 대왕께 한 말씀만 드리면 오기는 간단히 제거됩니다."

"어떻게?"

공숙은 가신 앞으로 바싹 다가앉았다.

"'우리 위나라는 작고 주위에는 강대국들 뿐입니다. 위대한 장군인 오기가 과연 언제까지 우리 위나라를 지켜줄지 걱정입니다' 고 대왕께 말씀드리십시오."

"대왕께서 어떻게 하면 좋겠느냐고 물으실 텐데?"

가신은 침을 한 번 꿀꺽 삼킨 뒤 재상 공숙에게 속삭였다.

"공주를 오기에게 시집보낸다고 대왕께서 직접 말씀하시라 권하십시오. 그가 위나라에 머물 작정이면 부마를 승낙할 것이고 떠날 생각이라면 공주를 마다할 것입니다."

그러자 공숙은 발칵 화를 냈다.

"이놈아, 그게 오기를 제거하는 일과 무슨 상관이냐!"

"대왕께 미리 그렇게 말씀드린 후 승상께서 오기를 집으로 초대하는 겁니다."

"그건 왜?"

"승상께서도 부마시니까요."

"무슨 소리냐?"

"승상께서는 공주께 오기가 보는 앞에서 승상님을 무참하리만큼 모욕 주도록 미리 약속해 두십시오. 그런 꼴을 목격하는 오기는 넌덜머리를 내면서 부마될 것을 포기할 겁니다."

"음……그럴 듯한 계략이다. 그래서 사태가 자네가 말한 대로 진행된다면?"

"다음이야 뻔하지 않습니까. 대왕께선 오기를 언짢게 여기실 테고 그를 의심하기 시작하게 되며 점차 벼슬도 떼어버리실 것이고, 버림받은 오기는 이 땅을 떠나게 되지요."

"좋다!"

공숙은 가신이 짠 각본을 그대로 실행에 옮겼다. 그랬더니 과연 가신의 말대로 한 치 어긋남 없이 그대로 일이 진행되었다.

죄 입을 것이 두려워진 오기는 슬그머니 위나라를 벗어나 초나라로 갔다.

초나라 도왕(悼王)은 오기의 인물됨을 잘 듣고 있었다. 그래서 그가 도착하자마자 재상자리에 앉혀버렸다.

재상이 된 오기는 심기일전해 이제야말로 좋은 정치로 자신의 웅지를 펴고자 했다.

"우선 법령을 자세히 밝히고 명령을 확실히 한다. 필요하지 않는 관직들은 가차없이 폐지하고, 왕실과 먼 촌수의 왕족들은 녹봉을 없애버리고 거기서 얻어진 재원은 군사양성에 충당한다!"

뿐만 아니었다.

"무엇보다 강경책을 최우선으로 삼는다. 때문에 합종이니 연횡이니 그따위 쓰레기 같은 설(說)을 주장하는 공허한 유세객들은 가차없이 추방한다!"

일이 이쯤 되자 기득권을 상실한 귀족들의 불만은 이만저만이 아니었다.

"요것봐라? 엉뚱한 자가 기어들어 재상이 되더니 제멋대로 놀아나네!"

그렇지만 오기는 흔들리지 않았다. 오로지 국토 넓히기에 힘써 남쪽으로는 백월을 평정하고 북으로는 진(陳)·채(蔡)를 병합했으며, 삼진(三晉 : 韓·魏·趙)을 물리쳤고 서쪽의 진(秦)을 쳐서 괴롭혔다.

천하 제후들이 점점 강해지는 초나라를 두고 크게 걱정하고 있을 때였다.

바로 그 때 초의 도왕이 죽었다.

"오기를 없애는 절호의 기회닷!"

오기 제거운동이 일어난 것은 제후국들이 아니라 초나라 자체에서였다.

"승상, 어서 몸을 숨기십시오. 왕족과 대신들이 승상을 해치러 궁중으로 몰려오고 있습니다.”

때마침 도왕의 장례문제를 협의하기 위해 왕궁에 와 있던 오기에게 낭관 하나가 귀띔했다.

“무엇이? 그들이 나를 무엇 때문에?”

“그들의 모든 부귀영화를 승상께서 빼앗아갔다고 보는 거지요.”

“내가 걱정한 점은 제후국들이 왕과 나 사이를 이간시키는 것이었는데. 설마 저자들이!”

그 순간 화살 한 대가 오기의 귓바퀴로 획하고 날아지나갔다.

“틀렸습니다! 반란군들이 완전히 궁중을 에워쌌습니다!”

“불행히도 나에게 지금 저들을 진압할 군대가 없구나!”

그새 위급을 알리던 그나마의 낭관도 어디론가 사라지고 없었다.

반도들은 제 정신이 아니었다.

“오기 놈 어디 있느냐! 어서 오기 놈을 찾아라!”

오로지 오기 하나를 죽이기 위해 아무 데나 창으로 찌르고 활을 쏘고 불을 질렀고 칼로 난도질해댔다.

“아, 살아날 길은 없는가?”

오기는 미쳐버린 반도들을 피해 도왕의 시신이 안치된 곳까지 왔다.

“좋다! 그렇다면 깨끗이 죽어주지. 그러나 나 혼자는 죽지 않겠다!”

오기는 재빨리 왕의 시신 뒤로 가서 숨었다. 눈이 뒤집힌 반도들이 오기를 발견한 것은 얼마 후였다.

“오기놈! 바로 저기에 있다!”

반도들의 눈에 띄는 것은 도왕의 시신이 아니라 오로지 오기뿐이었다. 그들은 오기를 향해 화살을 쏘고 창으로 찌르고 칼로써 난자했다.

오기는 도왕의 시체 위에 고슴도치가 되어 엎어져 숨이 끊겨 있었다.

도왕의 장례식이 끝나자 태자가 왕위에 오르니 그가 곧 숙왕(肅王)이다. 그는 이를 부드득 갈며 소리쳤다.

　"이유 여하 지위 고하를 막론하고 대왕의 시신을 훼손한 자들은 모조리 도륙하라!"

　초나라의 새 재상은 왕의 엄명을 착실히 이행했다. 반란에 연루된 종실과 대신들 모두가 주살당했다.

　70여 가문이 멸족되었으며, 모두가 오기를 미워한 자들이었다. 그들 누구도 오기가 죽음의 장소를 도왕의 시체 옆으로 선택한 이유를 모른 채 죽어갔다.

　그런데 누군가가 오기에 대하여 이렇게 말했다.

　"손빈이 방연을 해치운 계략은 절묘했으나 자신의 다리를 잘리우는 형벌을 미연에 방지하지 못한 것처럼 오기 역시 대단한 병법가이면서도 제 목숨은 지키지 못했다!"

# 6. 여불위의 영욕

"자, 오늘은 마음껏 먹고 마십시오!"

재상 여불위의 대궐같은 저택에는 초대받은 손님들로 들끓었다.

기분 좋아서 한 잔 두 잔 받아 마신 술에 거나하게 취해 있을 즈음이었다. 젊은 여인 하나가 조심스러운 걸음걸이로 여불위 옆으로 다가왔다.

"듭시랍니다……"

귓속말을 하는 여인을 여불위는 알 수가 없었다.

"누구? 듭시라니? 넌 누구냐?"

"태후궁의 나인입니다. 목소리를 낮추십시오. 태후께옵서 가만히 뵈었으면 합니다."

태후라면 주회다. 전날의 애첩이었고 장양왕(莊襄王)의 아내였으며 지금의 진왕의 어미인 것이다.

여불위는 이맛살을 찌푸렸다.

"태후께옵서는 왜?"

"상(賞)이 내려질 듯합니다."

"상이라니? 무슨 상이라더냐?"

"일자천금(一字千金)의 노작을 끝내셨다면서요?"

"아하, 그거!"

여불위는 금새 함박웃음을 터뜨렸다.

그동안 여불위는 남모르는 고민을 하고 있었다. 위나라의 신릉군, 초나라의 춘신군, 조나라의 평원군, 제나라의 맹상군 등 이렇게 지혜로운 사공자가 천하에서 칭송을 받고 있는 데 비해 자신만 가격(家格 : 지체, 문벌)이 떨어진다고 생각하고 있었다. 그런 고민을 알아차린 식객 하나가 어느날 기이한 의견 하나를 꺼내놓았다.

"여승상, 그만한 걸 가지고 그토록 심려하고 계십니까. 전전긍긍하실 이유가 도무지 없습니다."

"묘책이라도 있겠소?"

"순경(筍卿 : 순자)이 저서를 내어 그 학설을 천하에 퍼뜨린 일이 있습지요. 아 글쎄 승상의 문하로 모인 내노라 하는 현사(賢士) 지사(志士) 논객(論客) 학자(學者) 술사(術士)들을 그냥 놀려 먹이면 무엇합니까. 나름대로 해박한 선비들이니 그들에게 일을 주십시오."

"일을?"

"각각의 빈객들에게 각기 견문한 바를 저술케 하여 책을 내도록 하십시오. 이는 저 슬기롭다는 사군(四君) 중의 그 누구도 생각해내지 못했던 묘안입니다."

"옳거니! 바로 그거요!"

"어차피 저서를 내는 일이 최고입니다. 그로 인해 승상의 위명은 그들을 압도할 것입니다."

"그러니까 내가 사군의 위명을 따라잡는 길은 그 길밖에 없겠지요?"

"물론입니다. 빈객들을 총동원해 천지(天地) 만물(萬物) 고금(古今)에 관해 아는 것이라면 무엇이건 총망라하라는 지시를 내리십시오."

식객의 설명을 듣던 여불위는 고개를 갸우뚱했다.

"그럴 듯하긴 하나 다소 명분이 약한 것 같소. 이렇게 하면 어떨까. 장차 진나라가 천하를 통일하기 위해서는 우선 통일국가의 정치철학과 사회규범이 필요하지 않겠소."

"훌륭한 판단이십니다. 그렇다면 이민족들의 여러 사상까지도 흡수해 중국화하도록 하시지요. 도가(道家) 사상을 중심으로 유가·병가·농가·형명가·음양가 등 제자백가들의 학술을 흡수 종합하면 완벽한 저서가 될 것입니다."

그렇게 되어 완성된 것이 「팔람(八覽)」「육론(六論)」「십이기(十二紀)」이며, 모두 26권 20만 자였다.

"이 책에 혹시 거짓은 없을까요!"

저서가 완성된 날 저작에 참여 못했던 식객 하나가 비꼬았다.

"어디 이 책을 함양의 저잣거리에 내걸어보시지. 한 글자라도 덧붙이거나 줄일 수 있는 자가 있거든 상으로 천금을 내리겠소. 천하의 어떤 제후들도 이 저서 앞에서는 반드시 경의를 표할 거요!"

여불위는 기고만장해 하고 있었다.

저작에 참여했던 사람들이 책 이름을 무엇으로 할 것인가에 대해 논란했다.

"글쎄……"

"여씨춘추(呂氏春秋)가 어떻겠습니까. 문신후(文信侯 : 여불위) 여승상의 의지가 없었다면 이 저서는 세상에 태어나지 못했습니다. 그러하니 승상의 위대하신 뜻을 기리어……"

궁녀가 와서 속살거린 얘기가 바로 『여씨춘추』에 관한 것이었다.

그런데 여불위는 취중이면서도 갑자기 이상한 생각이 들어 고개를 갸웃거렸다. 재상에게 내릴 상이 있다면 태후가 아니라 왕이 내려야 되는 것이다.

"태후께옵서?"

"예에, 태후께옵서!"

궁녀는 야릇한 눈짓까지 보냈다.

전날같으면 이토록 호화로운 잔칫날 손님들을 핑계대고 주희의 요청쯤은 아무렇게나 처리할 수가 있었다. 그러나 지금은 신분이 완전히 달라져 있는 여인의 요청이라 거절할 수가 없었다. 전 왕의 정비(正妃)였고 현 왕의 모친인 것이다. 아무리 상국의 자리에 있지만 주희의 부름에 응하지 않을 처지가 아니었다.

"지금 말이더냐!"

"예에, 당장. 태후궁으로 오셔야 합니다……"

궁녀는 종종걸음쳐 밖으로 나갔다.

여불위는 한참동안 씩씩거리며 한숨을 토했다.

'아무리 태후 신분이라지만 전날의 제 주인을 시도 때도 없이 함부로 부를 수 있는가!'

그래도 여불위는 별 수 없이 수레에다 몸을 실어야 했다.

'그래, 이것을 세월의 수레바퀴라 하는 거다!'

갑자기 감회가 어렸다.

조정(趙政 : 나중의 진시황)이 진나라의 새 왕으로 즉위한 것은 불과 열세 살의 어린 나이 때였다.

한단의 싸움 6년 뒤에 진나라 소왕이 죽었는데 태자 안국군이 효문왕

(孝文王)으로 즉위했다. 효문왕은 화양부인과의 약속을 지켜 자초를 태자로 삼았고, 즈음에 주희와 정은 자초 대신 조나라에 인질로 잡혀 있었다.

그런데 효문왕이 즉위식을 올린 지 한 해만에 급서한 것이다. 그렇게 되어 자초가 대를 이어 즉위하니 곧 장양왕이며, 볼모로 있던 정을 태자로 지명하자 조나라에서는 강국 진나라의 위세가 두려워 주희와 정을 돌려보냈다.

장양왕 자초는 여불위를 불렀다.

"역시 태부의 예견대로 과인이 기화(奇貨)임에는 틀림이 없구려!"

애초의 약속대로 여불위를 승상으로 삼고 문신후에 봉해 하남의 낙양(洛陽) 10만 호를 식읍(食邑)으로 내리는 등 여불위에 대한 예우를 극진히 했다.

그런데 세월의 수레바퀴는 다시 제멋대로 굴러가더니 장양왕 자초가 즉위 3년 만에 죽게 되는 것이다.

장양왕은 임종이 가까워졌을 때 태자 정을 불러 특별히 여불위를 부탁했다.

"네 나이 지금 몇이냐?"

"열 셋이옵니다."

"어린 너를 두고 세상을 뜬다는 생각을 하니 심사가 많이 편치 않구나. 그래, 내가 죽거든 너는 누구를 가장 신용하고 의지하겠느냐?"

"그야 여승상이지요. 그분 말고는 믿을 사람이 없습니다."

태자 정은 영악했다. 실상 속으로는 여불위를 신용하지 않았지만 아직 자신이 어린 데다 여불위의 세력이 무서워 잠정적으로 그를 의지할 수밖에 없다고 판단해 그렇게 대답했을 뿐이었다.

"어째서 여승상 말고는 믿을 사람이 없다고 생각하느냐?"

"일찍이 아버지를 알아보시고 왕이 되도록 해주신 분이니까요."

"옳게 보았다. 그가 아니었던들 오늘의 나도 없고 너도 없다. 그에 대한 고마운 사실은 또 있다."

"알고 있습니다. 그분의 양녀(養女)를 아버지께 중매하셔서 제 어머니가 되게 하셨습니다."

"역시 자세히 보았다. 뿐만 아니라 승상은 어려웠던 시절에 우리들의 목숨까지 지켰다. 그래서 그를 승상으로 보상한 것이다. 내 오래 살지 못해 그와 더불어 더욱 큰 뜻을 펴지는 못하나, 내 뒤를 이을 네가 나를 대신해 그를 잘 섬겨 대업을 도모하라."

부왕의 세심한 다짐이 짜증스러웠지만 태자 정은 잘 참아내었다.

"심려 마십시오. 저도 여승상의 직위를 높여 상국(相國)으로 할 뿐만 아니라 아버지 다음가는 분이라 하여 중부(仲父)라 호칭하겠습니다."

"중부라……"

장양왕 자초는 그날 밤 세상을 떴다. 태자 정이 13세였고, 주희는 서른 한 살에 과부가 되었다.

태후궁으로 안내된 여불위는 내전 앞까지 마중나오는 태후 주희를 보는 순간 깜짝 놀랐다. 여전히 젊고 눈부시게 아름다웠던 것이다.

"태후, 그동안 무고하셨습니까!"

"승상께선 어찌하여 오랫동안 뵈올 수가 없었는지요?"

"아시다시피 그동안 큰 일을 끝내느라고 문안드리지 못했습니다. 이번에 제가 이룩한 작업의 내용은 장차 진나라가 천하를 통일하기 위해서는 진나라 이외의 사상도 배제하지 않고 그 장점을 흡수 융합해 하나의 사상으로 집대성한 것으로 돼 있습니다. 잡가류도 배척하지 않고 중화(中華)사상 형성의 근본 이념으로 존중하면 그로 인해 진나라 통일대업에 도움이 될 것으로 본 거지요. 한 마디로 말해서 통일국가 통치 철학인 바……"

그러나 주희는 오래 전부터 여불위의 말을 귀담아 듣고 있지 않았다.

"소문 들어 알고 있습니다. 그런 대업은 진나라를 위한 크나큰 업적이기로 큰 상을 받아 마땅합니다. 하온데……"

주위를 살피던 주희는 눈짓으로 시녀들을 물러가게 했다.

내전 주위가 조용해지자 주희는 갑자기 이제까지의 태도를 바꾸었다.

"주인님!"

주희는 여불위의 품으로 왈칵 뛰어들었다. 여불위는 졸지에 주희를 껴안은 꼴이 됐지만 상대가 태후라는 생각이 들자 갑자기 난처해졌다.

"태후!"

"태후가 다 뭡니까! 예전처럼 주희라 불러주십시오!"

"하지만……"

"얼마나 주인님을 그리워했는 줄 아십니까!"

"하오나……"

여불위는 두어 발짝 뒤로 비실거렸다.

"보는 자도 듣는 자도 아무도 없습니다. 우리 둘뿐입니다. 체면 차릴 일도 없습니다. 이제부터 상국께선 옛날의 제 주인님이시고 저는 태후가 아니라 오로지 주희일 뿐입니다. 자, 어서!"

주희는 여불위를 사정없이 끌었다. 질질 끌리면서 여불위는 내전 주희의 침상까지 쓰러지듯 들어갔다.

"태후, 이러시면!"

반응은 그렇게 했지만 주희의 탄력있는 육체를 그새 느끼고 있는 여불위로서는 벌써 반쯤 무너져 있었다.

별 수 없었다. 여불위는 또 이런 생각도 들었다.

'주희는 억울하게 빼앗긴 내 애첩이 아니었던가! 자초에게 상납함으로써 소기의 목적은 달성했다만 여전히 주희에 대한 아쉬움은 남아 있지 않았던가! 그래. 이 여자는 본래 나의 것이었지!'

여불위는 그제쯤 전후사정 따질 겨를도 없게 되어 주희를 힘껏 껴안았다. 태후와 상국으로서가 아니라 어쩔 수 없이 애틋하게 이별을 할 수밖에 없었던 남녀의 눈물겨운 해후로서의 포옹이었다.

둘은 주희의 침상 위에서 뜨겁고도 오랜 정사(情事)를 나누었다.

"태후를 그리워하며 속으로 애를 태우고는 있었지만 별 수 없지 않았겠소."

"이제는 아무 장애물도 거리낌도 없습니다. 저는 이제 외로운 과부입니다."

"그렇지만 태후로서의 체통이 있지 않겠소."

그러자 주희는 화를 내었다.

"무엇이 두려워 저를 멀리하려 합니까!"

"난 다만 남들의 이목을 걱정하는 것이오."

"생각해 보십시오. 주인님은 이 나라의 누구이십니까. 일인지하 만인지상의 상국 벼슬을 받고 계십니다!"

"누가 아니라고 했소."

"문신후에 봉해진데다 왕의 중부이시기도 합니다. 또 진왕 정(政)은 누굽니까."

"내 아들이오."

"그렇습니다. 주인님의 아들이 바로 이 나라의 왕이십니다. 원하기만

하신다면 정을 폐하고 상국께서 보위에 앉으실 수도 있습니다."

"쉿, 누가 듣겠소!"

"제가 드리는 말씀은 두려워할 일이 하나도 없다는 뜻입니다. 더구나 정은 호칭만 왕일 뿐이지 나이가 어려 아무것도 모르는 철부지란 말입니다."

"그렇다고 영원히 어리라는 법은 없지요."

"그러니까 세상 물정 모를 때 버릇을 단단히 들여놔야 겠지요."

"어떻게 말이오."

"왕이 저와 상국 사이에서 태어난 사실을 암암리에 인식시키는 일이지요."

"아서요! 정직하다는 것과 그 진실을 밝히지 않는 것은 별개의 일이오!"

여불위는 그렇게 되받아 치면서도 태후 주희의 속삭임을 점차 믿어가고 있었다.

그날 이후로 여불위와 주희의 관계는 다시 지속되었고 사통을 그토록 숨기려 애쓰지도 않았다.

"한데, 상국 나으리. 일이 심상치가 않습니다!"

어느날, 궁중에서 일어나는 일을 정탐맡은 사인 하나가 은밀히 아뢰었다.

"심상치가 않다니?"

"왕께서 역정을 내셨다고 합니다."

"무얼 가지고?"

"태후와 승상과의 사이를 두고 떠도는 소문을 들으시고……"

여불위는 사인의 귀띔에 바짝 긴장했다.

"왕께서 어떤 식으로 역정을 내셨기에?"

"사실 여부를 조사하라시며……"

"무어라고? 자초지종을 자세히 얘기해 보게. 태후궁 밀실에서 은밀히 일어나는 일이 어떻게 왕의 귀에까지 들어가는가부터!"

"소인의 애인이 본궁에 있습니다. 태후궁의 비밀스런 일이 어떤 식으로 본궁으로 흘러들어 가는지는 알 수 없으나 소인의 애인 말에 따르면 환관 이형(李亨)이 대왕께 일러바친 것으로 돼 있습니다."

"음…… 이건 예삿일이 아니다! 왕께선 언젠가 나에게도 문책하시겠지?"

"이형의 고자질이 계속되는 한 그렇겠지요. 더구나 이형은 상국께서 '진왕은 내 친아들'이라며 직접 떠벌리셨다는 식으로 음해하고 있답니다."

"서둘러 어떤 조치가 있어야겠구나!"

"차라리 반란을 도모해 보시는 게 어떻겠습니까?"

그러나 사인의 그런 권고에는 여불위도 꺼림칙했는지 고개를 가로저었다.

"차선책은 없겠느냐?"

"이형을 제거하십시오. 그런 다음에는 상국의 권위로 그냥 밀고 나가는 방법밖에 없겠습니다."

"조사를 책임맡은 자는 누구라더냐?"

"역시 이형인 듯합니다."

붉으락푸르락하던 여불위의 안색도 어느새 단호한 표정으로 변해갔다.

"상국께서도 대왕의 춘추가 어느새 성년에 가까웠다는 사실을 유의하십시오.”

“으음! 의미있는 말이다!”

그날 밤 이형은 궁문을 나서다가 정체불명의 자객한테 살해되었다.

그 사건 이후로 여불위는 곧잘 혼자 깊은 생각에 자주 빠져들었다.

'집 안에는 젊고 아름다운 여인들이 부지기수 아닌가. 부르면 곧장 달려오는 싱싱한 여인들이 수천씩인데 이토록 태후한테 매달려 불안한 세월을 보낸다는 건 어리석기 짝이 없는 일이 아닌가!'

여불위는 장사꾼 출신이었다. 그러나 이해타산에는 타의 추종을 불허한다는 자부심으로 충만해 있는데도 이번 일만은 쉽지 않았다.

'그러나 내가 태후에게 일방적으로 사통의 위험함을 설명하며 관계를 끊겠다는 통고를 할 수야 없지 않은가. 주희가 그 점을 용서할 리도 없겠지. 무슨 묘책이 없을까……?'

걱정으로 불면의 밤은 여전히 계속되었다.

'태후는 색정(色情)이 너무 강해 단 하루라도 남자 없이는 못사는 그런 여인이 아닌가. 그런 여자가 홀몸이 되었으니. 장양왕의 요사(夭死)도 태후의 용솟음치는 색정 때문인데. 주희도 여인이니 태후로서의 체통과 여자 주희로서의 여성을 분리시키도록 강요할 수는 없고……'

고민으로 밤을 지새던 바로 그럴 즈음이었다.

여불위는 식객들 사이에 괴상한 소문이 흘러다닌다는 사실을 알았다.

'과장된 헛소문이겠지!'

그러면서도 흥미를 느끼지 않을 수가 없었다. 그래서 그토록 괴상망칙한 소문을 퍼뜨린 장본인인 식객을 가만히 불렀다.

“그게 사실이오?”

“허풍이 아니라 진짜입니다.”

"그자를 만날 수가 있겠소?"

"음밀(陰密)땅으로 가면 쉬이 찾을 수가 있을 겁니다. 워낙 유명한 사내니까요."

"이름이 무어라 했소?"

"노애(嫪毐)라 부릅니다."

"그자의 남근(男根)을 직접 본 적이 있소?"

"물론 보았지요. 절구공이만 했습니다. 아닙니다. 그보다 더 컸으면 컸지 결코 작다고는 생각되지 않았습니다."

"음경(陰莖)이 크다고 해서 반드시 힘이 좋다고는 할 수 없지 않소."

"하지만 노애의 것은 보통 남자들의 연장과는 근본적으로 사뭇 다르다는 것만은 사실입니다."

"어떻게?"

"수레바퀴의 테를 망(輞)이라 하고 바퀴 중심에 구멍뚫린 둥근 나무를 곡(轂)이라 하며 그 구멍에다 끼워넣는 것을 축(軸)이라 하지 않습니까."

"그래서?"

여불위는 식객 앞으로 바짝 다가앉았다

"그자는 오동나무를 수레바퀴로 만들어 제 물건을 축으로 끼워넣고는 사방의 바퀴살이 모두 바퀴통을 향해 모여들도록 폭주(輻輳)시키며 여봐란 듯이 거리를 활보하고 돌아다니는데 과연 장관이었습니다."

"저런!"

"어디 그뿐 인줄 아십니까. 한 말〔斗〕들이 물통을 제 굴대에다 매달고는 백 보를 걸어갔으니 그자의 정력도 요량되는 바가 있었습니다."

"글쎄, 그자는 무엇 때문에 그런 흉칙한 짓거리를 하며 돌아다닌답디까?"

"견물생심(見物生心)이지요."

"그건 또 무슨 얘기요?"

"물건이란 어차피 장터에 내놔야 흥정이 오갈 게 아닙니까. 그자는 자신의 대물(大物)을 그렇게 과시함으로써 고객을 끌어들이는 수단으로 삼지요. 순전히 그것으로 먹고사는 놈이지요."

"글쎄, 그것을 꺼내놓는다고 해서 그걸 누가 산답디까."

"사다마다요. 특히 고귀한 신분의 여인들이 그자를 은밀히 모셔간답니다. 생업도 없이 건달로 빈둥빈둥 놀고서도 그토록 호화롭게 사는 걸 보면 귀부인들이 그자에게 금품깨나 던진다는 게 사실인 것 같습니다. 결국 그자는 여인을 즐겁게 해주는 대가로 먹고사는 놈인 건 분명합니다."

"그렇다면!"

여불위는 느닷없이 무릎을 쳤다.

여불위는 그 순간 노애의 절묘한 이용가치를 깨달았다. 때문에 식객한테 노애의 신상에 대해 가급적 많은 질문을 퍼부었다.

"혹시 말이오. 그자의 행위가 분명 미풍양속을 해치는 게 분명한데 형부(刑部) 같은 데서 옥송(獄訟)사건으로 다룬 적이 한 차례도 없더란 말이오!"

"노애가 금부로 끌려갔었다는 얘기는 들어본 적이 없습니다. 모르긴 해도 포졸 역시 노애의 거물(巨物)을 바라보는 순간 체포는커녕 기가 확 죽어 도망치기 바빴을 걸요."

"허풍이 심하이."

"뜻대로 생각하십시오."

여불위는 한동안 생각에 잠겨 있더니 갑자기 고개를 치켜세웠다.

"결국…… 그대가 다녀와야 되겠구려."

"어디를요?"

"그자를 데려오시오."

"이곳으로 말입니까? 설마 승상께서……"

"쓸모가 생각났소. 거금을 드릴 테니 노애를 잘 달래 데려오시오. 가만히 데려와야 되오. 만일 오지 않겠다며 버티거든 상국의 명령이라 소리치시오."

노애라는 그 괴상한 사내가 함양에 나타나자 소문은 삽시에 퍼졌다. 여불위의 의도적이면서도 치밀한 선전작전 때문이었다. 목적은 노애에 대한 소문이 태후의 귀에 들어가도록 하는 데 있었다.

얼마 후 노애에 대한 소문이 충분히 태후의 귀에까지 들어갔으리라 가늠되는 즈음해서 여불위는 태후궁으로 슬금슬금 들어갔다.

"태후, 그자를 한 번 만나보시겠소."

"흉물스럽소. 천하에 그런 사내가 실재로 존재하기나 할까."

"뜬소문이 아니오. 태후께서 직접 한 번 보시기 바랍니다."

"무슨 그런 망칙스런 말씀을 하십니까, 상국!"

"상국과 사통하는 짓거리는 망칙하지 않습니까."

"저야 원래 주인님의 것이었으니 망칙하지도 않거니와 하등 거리낄 일도 못되지요."

"내가 공연한 소릴 한 것 같소. 어쨌건 내일 승상부로 나가는 즉시 그자를 잡아다가 베어야겠소."

"그건 어째서입니까?"

"미풍양속을 해치는 자요. 그나마도 태후 곁에 두시고 심심풀이 노리개나 삼으라는 뜻으로 진상할 작정이었는데 태후께선 쓸모 없다 하시니 베어버려야 하는 일밖에 더 있겠습니까."

그러자 태후 주희는 펄쩍 뛰었다.

"그것은 아니 됩니다! 대물을 가졌다는 이유 하나 만으로 죄없는 백성을 마구 죽여요?"

태후 주희의 경악하는 소리에도 여불위는 시침 뚝 딴 표정이었다.

"태후의 귀를 어지럽힌데다 눈 밖에 난 꼴이 됐으니 그는 죄인이오."

"눈 밖에 난 적도 없거니와 나 때문에 애매한 백성이 죽는 건 원치 않소."

"그러시다면 데려다 수하에 두시렵니까. 그자가 살아날 수 있는 길은 그 방법밖에 없겠는데요."

"그렇다면 데려오시구려."

"그 대신 그자를 부형(腐刑 : 궁형)에 먼저 처해야겠소."

궁형으로 생식기를 제거하는 형벌을 내린다고 하자 태후의 눈빛은 갑자기 안타까워하는 빛으로 변했다.

"그 형벌은 역시 노애의 목을 베는 일과 다를 바 없지 않습니까!"

"목을 베는 게 아니라 성기(性器)를 베는 겁니다."

"그러시다면 난 그자를 받지않겠습니다. 죽이시든 살리시든 이젠 마음대로 하십시오!"

여불위는 몰래 웃고 나서 입을 열었다.

"생각해 보시오, 태후. 사지가 멀쩡한 남자가 태후궁에 기거할 수 있겠습니까."

"결국은 안 되겠다는 말씀입니까?"

"태후궁에 둘 수 있는 방법을 찾자니 그렇게 밖에는 길이 없지 않겠습니까. 그래도 내 말 못 알아 듣겠소? 거짓 부형에 처한다는 뜻이오."

"거짓 부형이라면……?"

"부형을 집행하는 관리에게 뇌물을 주고 노애를 진짜 궁형에 처한 척 수염과 눈썹을 뽑아 환자(宦者 : 내시)처럼 보이게 할 참이오. 그래야만 노애를 궁중에 둘 수가 있지요."

여불위의 설명을 듣고 난 태후는 그제서야 고개를 끄덕였다.


태후 주희는 노애를 사랑했다. 무지막지하게 큰 남근과 절륜의 정력을 열렬히 사랑했다. 태후궁에 두고서 낮에는 창악(唱樂)을 벌이고 밤에는 항상 노애의 품에 안겨서 잤다.

뿐만 아니라 태후는 사랑하는 노애에게 후한 상사(賞賜)를 내리도록 아들을 보챘다.

모친을 사랑하는 진왕은 어미의 부탁을 거절하지 않았다.

"노애에게 태후를 극진히 섬기는 보상으로 산양(山陽)의 풍요한 땅을 주고 또 장신후(長信侯)에 봉하노라."

노애의 세력은 일취월장했다. 궁실을 마음대로 드나들었고, 거마(車馬)의 호화롭기가 제후에 버금하였으며, 의복은 왕보다 화려하였고, 원유(苑囿)의 사용이나 사냥놀이는 어디서나 할 수 있는 특권도 누렸다.

뿐만 아니었다. 정사(政事)에도 슬금슬금 간섭하는 지경에 이르렀다.

"장신후에게 하서(河西)의 태원군(太原郡)땅을 증봉하노라."

노애에 대한 왕의 신임은 두터워져갔다.

이렇게 되자 노애의 개인 집은 사용인을 수천 명씩 거느리게 되었고, 노애를 통해 관위(官位)를 얻으려고 황금 궤를 짊어진 인파로 문전성시였다.

"볼 거 없다. 벼슬을 하려거든 노애한테 붙어라!"

그런데 그토록 기고만장하던 노애한테도 걱정거리가 하나 덜컥 생겼다.

"어떡하지요? 임신을 했나 봅니다."

"뭐요?"

태후의 귀띔에 노애는 펄쩍 뛰었다.

"얼마 있지 않아 배가 불러옵니다. 소문이란 아무리 싸매고 싸매어도 솔솔 흘러나가는 법이어서 사전에 신통한 방도를 마련해 놓지 않고서는 낭패를 보게 됩니다. 자칫 대왕의 귀에 임신 사실이 들어가는 날에는 그 진노하심으로 인한 벌이 예사롭지가 않을 것입니다!"

노애도 짜증스러웠다.

"그러니까 나도 미칠 것 같단 말이오! 어쨌건 태후궁을 일단 옮겨나 놓고 묘안을 짜낼 수밖에!"

"태후궁을 옮기다니요?"

한동안 생각에 잠겨 있던 노애는 갑자기 무릎을 쳤다.

"복술사(卜術師)를 삶을 수밖에!"

"복술사를?"

"점을 치게 하고선, 함양땅은 태후의 신상에 절대 불길하니 옛 수도 옹(雍)땅으로 떠나게 하는 점괘를 내도록 미리 손을 써놓겠다는 거요. 그러면 그대의 효자 아들은 필히 우리를 옹으로 떠나도록 해줄거요."

"묘책이겠구려. 그런데 하필 옹땅입니까?"

"이런 답답한! 왕이 있는 곳으로부터 멀리 도망쳐야 되는 게 아니겠소. 우리끼리 안심하고 사랑할 수 있으니 더욱 좋고, 무엇보다 옹땅은 예부터 왕기(王氣)가 서린 곳이라 하지 않소."

그러나 태후 주희는 노애의 마지막 말뜻을 이해하지 못했다.

어쨌건 계획은 맞아떨어져 진왕이 있는 수도 함양으로부터 멀리 도망칠 수가 있었다.

그들은 거기서 두 아들을 낳았다.

진왕 9년이었다.

"무어라고? 왕께서 이쪽 옹땅까지 순행한다고?"

노애는 원래 오래 전부터 계획한 바가 있었다. 기회만 있으면 진왕을 죽이고 자신이 왕이 되는 일이었다.

"무엇 때문에 오시는가?"

노애는 가신에게 물었다.

"대왕께서는 태후를 몹시 뵙고싶어 합니다. 그걸 빌미삼아 순행을 나서신 것 같습니다. 기년궁(蘄年宮)에서 묵으시겠답니다. 교사(郊祀 : 교외의 제사) 후에 곧바로 태후궁으로 드시겠지요."

"기년궁이라!"

노애는 절호의 기회라 생각했다.

진왕을 죽일 수 있도록 하늘이 은혜를 내린다고 생각했다.

"좋다! 결행한다!"

노애는 우선 심복을 시켜 진왕의 옥새를 위조하게 했다. 그리고 태후의 인새도 위조해 인근 현(縣)의 병사·근위병·근위기병들을 차출해 반란군으로 쓸 수 있도록 계획을 세웠다.

"완벽하다! 어서 오기만 해봐라!"

그것은 사실이었다. 어설프고 엉성하며 단순한 거사였지만 진왕을 속절없이 죽일 수 있는 기회인 것만은 사실이었다.

노애는 벌써 진나라 왕이라도 된 것처럼 신바람을 냈다. 그는 매일 밤 축하잔치까지 베풀었다.

그러나 노애에게 깊은 원한이 있는 자가 측근에 있을 줄은 꿈에도 모르고 있었다. 이름이 평제(平濟)였다.

　"형의 원수를 갚을 수 있는 절호의 기회다!"

　드디어 진왕 일행이 기년궁으로 도착했다. 평제는 슬그머니 태후궁을 빠져나가 기년궁으로 달렸다. 그는 거기서 왕을 수행해 온 낭중령(郎中令)을 만났다.

　"큰일났습니다! 대왕께서 위험합니다!"

　"무슨 소리냐? 넌 누구냐?"

　"내사(內史)로 있는 평제라 합니다."

　"그래서?"

　"오늘 밤 축시(丑時)에 태후궁으로부터 대왕께서 머무시는 이곳 기년궁까지 군사들이 쳐들어옵니다."

　"반란이란 말이냐?"

　"확실합니다."

　"태후궁에서 반란을 도모하다니 믿어지지 않는다."

　"태후께선 까마득히 모르고 계십니다."

　"그럼 주모자는 누구냐?"

　"노애일당입니다."

　"노애라면…… 그자는 환관이 아니냐?"

　"환관이라니요. 천만의 말씀입니다. 그자는 일찍이 대왕을 속였습니다. 태후와의 사이에 두 아들까지 있는 걸요. 형리한테 넘겨 그자의 몸을 다시 검사해 보십시오. 그보다 당장 대왕의 신변이 위태롭습니다."

　"노애에게 무슨 군사가 있었더란 말이냐?"

　"대왕의 옥새와 태후의 인새를 위조해 역도를 소탕한다는 명목으로 인근 현의 군사들을 징발했지요."

"노애는 무엇 때문에 반란을 일으킨다더냐?"

"대왕을 죽이고 자신이 왕이 되든지 아들을 왕으로 세울 작정인가 봅니다."

"그대는 태후궁에서 어떤 일을 하는가. 이번 대사에서 맡은 역할이 뭔가?"

"옥새 등을 위조하는 책임을 맡았습니다."

"엄청난 일을 맡았군. 그래, 일이 성공하면 노애로부터 큰 상을 받을수 있을 텐데 무엇 때문에 모반을 발설하는가?"

"제 형님이 노애한테 억울하게 맞아 죽었습니다. 그 원수를 갚기 위해달려온 것입니다."

"으음…… 오늘 밤 축시에 거사한단 말이지. 너는 여기 머물러라."

낭중령의 명령에 평제는 펄쩍 뛰었다.

"안 됩니다. 제 일이 중하기 때문에 제가 나타나지 않으면 노애가 의심합니다."

일리 있다고 생각되어 낭중령은 평제를 돌려보낸 뒤 노애의 모반사실을 진왕에게 낱낱이 고했다. 진왕은 태후에게 두 아들이 있다는 사실을전해듣고 충격을 받는 듯했으나 밖으로는 태연을 가장했다.

"축시에 과인의 숙소로 들이친다면 과인이 먼저 자시(子時)에 태후궁을 들이닥치면 되겠구나! 노애 공격은 창평군(昌平君)이 맡아라."

창평군을 반란군 진압 선봉장으로 내보낸 뒤 진왕은 낭중령을 다시불렀다.

"노애가 환관이 아닌데도 불구하고 애초에 태후궁으로 입궁시킨 장본인은 누구라더냐?"

"아뢰옵기 황송하오나 승상께서 그런 조처를 내리셨다고 들었습니다."

"무엇이! 중부께서?"

진왕은 다시 부르르 떨었다.

"나중에 평제를 부르시어 자세히 문초하십시오. 하오나 들은 바로는 태후께서 외로워 하실까봐 승상께서……"

"닥쳐라! 그렇다면 낭중령이 지금 즉시 달려가라!"

"어디로 말씀입니까?"

"태후궁으로 가란 말이다! 가서 노애는 생포해 오고 태후는 연금시켜라."

"태후께옵선……?"

"한 발자국도 태후궁에서 나오시지 못하게 하라. 과인이 함양으로 돌아가는 즉시 여상국을 문초하겠거늘 이는 태후와 여상국이 서로를 구명하지 못하도록 하는 조처인 것이다."

새벽녘에 진압군은 반란군의 두목급 20여 명을 체포해 돌아왔다.

"불행히도 노애는 놓쳤습니다. 호치(好畤 : 섬서성) 방향으로 도망쳤습니다."

진왕은 전국에 포고령을 내렸다.

—— 노애를 생포하는 자 일백만 전(錢)을 줄 것이고 목을 베어오는 자는 오십만 전으로 보상할 것이다.

한편 함양의 여불위는 기년궁의 모반사건을 듣고 있었다. 반역의 주모자 노애와 태후와의 사건에 자신이 연루된 내용이 진왕에게 들통났다는 사실도 듣고 있었다.

"이를 어쩐다!"

태후를 통해 구명운동을 벌이려 사람을 급파했으나 이미 옹땅의 태후궁은 왕명에 의해 철저히 봉쇄된 후였다. 결국 여불위는 자신이 조정에 심어놓은 대신들의 도움을 받는 길밖에 없다고 판단했다.

"선왕(先王)을 섬긴 공로가 큽니다."

"승상의 지위에 있더라도 국가의 기강까지 어지럽히는 범법을 했으니 용서할 수야 없지 않소!"

"그렇지만 대왕의 중부이십니다."

"으음……!"

대신들 모두가 만류하니 진왕은 이를 갈면서도 어쩌지 못했다.

"그렇다면 파면하는 것으로 면죄해 주겠다. 그 대신 여불위는 자신의 소유 영토인 하남(河南)으로 떠나게 하라."

여불위가 하남땅으로 쓸쓸하게 떠난 후인 한 해 동안은 진나라 내부도 소란스러웠다. 우선 노애가 사로잡혀 거열형에 처해졌고 삼족이 몰살당했다. 태후와의 사이에 낳은 두 아들 역시 죽음에 처해졌다. 재산도 몰수된 뒤 노애의 가신들은 촉(蜀)땅으로 내쫓겼다.

바로 그럴 즈음이었다. 진왕의 귀에 수상한 소문이 들려왔다.

"문신후 여불위 전 승상을 만나기 위해 빈객들과 사신들 심지어 몇몇 제후의 특사까지 줄을 잇고 있답니다. 생각만 있다면 언제라도 반란을 일으켜 성공할 수 있는 세력이지요!"

진왕은 다시 화가 치밀었다. 한편으로는 겁도 더럭 났다. 그래서 즉시 여불위에게 서신을 내려보냈다.

──그대는 진나라에 무슨 공로가 그토록 있기에 하남에 봉토를 받아 10만 호의 식읍(食邑)을 차지하고 앉았소. 게다가 그대는 또 진나라와 어떤 혈연관계라도 지어졌기에 중부라는 과분한 칭호를 받고 있는가 말

이오. 과인으로서는 이해할 길이 없소. 그러하니 그대는 즉시 가족과 함께 촉으로 옮겨가도록 하시오!

"아아, 다 틀렸다!"

여불위는 절망했다. 자신의 권세가 극도로 쇠잔해지고 있다는 사실을 깨달았다. 유일한 생명줄이라고 믿었던 태후 주희로부터는 아무 소식이 없었다.

'주인님은 이 나라의 누구이십니까. 일인지하 만인지상의 상국 벼슬을 받고 계십니다. 문신후에 봉해진데다가 왕의 중부이시기도 합니다. 진왕 정(政)은 또 누굽니까. 바로 주인님의 아들입니다. 원하기만 하신다면 정을 폐하고 상국께서 보위에 앉으실 수도 있습니다. 더구나 나이 어린 철부지 왕은 세상 물정 모를 때 버릇을 단단히 고쳐놔야 합니다. 왕이 저와 상국 사이에서 태어난 사실을 암암리에 인식시키는 일이지요……'

주희가 도란도란 충고하던 바도 아득히 물건너간 옛날처럼 느껴졌다.

"결국은 내 아들의 손에 주살될 것인가! 후회하기엔 너무나 늦었다!"

여불위는 마침내 스스로 짐독(鴆毒 : 짐새의 독 혹은 독주)을 마시고 죽었다.

신하 모초(茅焦)가 진왕에게 권고했다.

"진나라는 지금 바야흐로 천하를 통치하려 하고 있습니다. 그런데 대왕께서는 모태후(母太后)를 노애사건으로 아직도 옹땅에 가두고 계십니다. 연루자 여불위도 이미 죽었는데도 말입니다. 아마도 제후들이 진을 배반한다면 바로 모태후 연금 때문일 것입니다.

그래서 주희는 그제서야 함양의 감천궁(甘泉宮)으로 돌아왔다.

# 7. 시기와 음모

　진나라 승상부 소속 장사(長史 : 대신의 부관) 벼슬자리에 있는 이사에게 궁중의 시어사(侍御史) 하나가 귀띔했다.

　"이장사, 대책을 세우시지요. 장사께선 초나라에서 오신 분이 아닙니까. 이번에 대왕께서 객경(客卿)들을 모조리 추방하신다는 방침을 천명하셨습니다."

　이사는 오만상을 지었다. 벌써부터 듣고 있던 소문이었다. 그나마도 자신이 추방자 명단 앞머리에 올라 있다는 사실도 알고 있었다.

　정국(鄭國)은 한나라로부터 건너온 수공(水工 : 治水기술자)이었다. 그는 진왕에게 건의해 엄청난 비용이 드는 대규모 공사를 진행하고 있었다.

　"사건의 발단은 정국의 관개용 운하 개착이 진나라의 동쪽 진출을 막기 위한 진나라 국내 교란용이라는 사실이 밝혀졌기 때문입니다. 외국에서 들어와 진나라에 채용된 대다수가 첩자라고 보는 분위기입니다."

　"그런 식으로 몰아붙이는 자들은 대체 어떤 부류들입니까!"

"대신들과 왕족들이지요. 게다가 이장사님의 빠른 출세를 시기하는
자들이겠지요."

이사는 초나라 상채(上蔡 : 하남성)사람이었다. 군(郡)의 하급관리로
있던 청년시절에 그는 관청의 변소를 청소하다말고 커다란 깨달음을 얻
은 인물이었다.

'그 참 이상하네! 수만 섬 쌀을 쌓아둔 큰 창고 안의 쥐들은 사람을 보
고서도 멀거니 서서 도망칠 생각을 하지 않는데 측간에 살며 더러운 것
을 먹는 쥐들은 어째서 개나 사람의 기척만 나도 혼비백산하는가. 그것
은 왜 그런가…… 결국 인간의 가치도 몸을 두는 장소에 따라 쥐새끼의
그것처럼 달라지는 것이 아닌가!'

이사는 그날 당장 하급관리직을 때려치웠다. 그런 뒤 곧장 조나라 순
경(荀卿 : 순자)한테로 달려가 제왕(帝王)의 정치학을 배웠다.

공부를 마친 뒤 이사는 스승에게 떠나고자 하는 뜻을 비쳤다.

"무엇 때문에?"

"때를 포착하면 지체없이 일을 해치워야 한다고 생각합니다."

"어째서 지금이 그 때라고 생각하느냐?"

"바야흐로 만승(萬乘)의 대제후들이 상쟁하는 시대입니다. 이 때 유
세하는 논객들이 각국으로 흩어져 정사를 도맡아보고 있습니다. 유세자
에게는 둘도 없는 좋은 기회라는 생각입니다. 비천한 지위에 있으면서
하등의 계획도 세우지 않는 자는 금수가 고기를 보고서도 사람이 지켜
보고 있다 해서 탐욕을 억지로 참는 어리석은 동물과 다를 바 없다는 판
단입니다. 사람으로서 가장 큰 치욕은 비천한 것이며 가장 큰 비통은 곤
궁한 것입니다."

"……그래서?"

스승 순경은 제자 이사를 한심하다는 눈빛으로 바라보았다.

"오랜 세월을 비천하고 곤궁한 위치에 있으면서도 청렴을 빙자해 세상의 부귀를 비난하고 영리를 미워하며 무위(無爲)의 경지가 최선의 안주처인 것처럼 가장하는 것은 위선이며 진정한 선비의 길은 아니라는 뜻입니다!"

"그대의 열변이나 그 든든한 모습에서 짐작하건데 내가 말리기에는 너무 때가 늦은 것 같네. 그대가 기회를 얻거든 부디 좋은 정치로 백성을 구제하도록 부탁이나 할 수밖에. 그래 지금 그대는 어디로 갈 작정인가?"

"서쪽 진(秦)나라입니다. 강한 국가이니까요. 기회를 보아 진왕께 유세할까 합니다."

"하필 진나라인가라고 묻고 있지 않은가."

"제 고국인 초나라 왕은 섬길 만한 인물이 못된다고 판단했기 때문입니다. 다른 다섯 나라 역시 너무 빈약해 제 몸을 거기에 두기는 싫습니다."

순자가 묵묵히 생각에 잠겨 있자 이사는 반쯤 몸을 일으켜 세우며 물었다.

"그렇지만 선생님, 제 몸이 높이 되더라도 곁에 두고 지켜야 할 좌우명 같은 것은 있어야 될 것 같은데요."

"그렇겠지. 내가 한 말씀 내리지. 지나치게 성대(盛大)한 것을 경계하게. 만물이란 극에 달하면 반드시 쇠하는 법이거든……"

이사가 다시 그 뜻을 물으려 하자 그새 순자는 돌아앉아 있었다.

괴나리봇짐을 메고 순자의 문하를 벗어나 저만치 걸어가고 있을 때 동문인 한비(韓非)가 급히 뒤따르며 이사를 불렀다.

"선생님의 말씀은 자네의 학문이 아직은 경지에 이르지 못했다는 뜻이네."

"실력은 이것으로 충분하네."

이사는 시큰둥하게 대꾸했다.

"진나라로 가거든……"

"내가 잘 되면 자넬 부르지."

"하기야 자넨 해박한 지식에다 달변이니까……"

이사는 더 대꾸 않고 떠나버렸다.

이사가 진나라에 닿았을 때는 때마침 장양왕이 죽었을 즈음이었다.

이사는 곰곰 생각한 뒤에 진나라 최고의 실력자 승상 여불위의 가신이 되기로 작정했다.

사통오달하는 지식에다 상대의 간담을 서늘케하는 달변인 이사가 여불위의 눈에 띄는 일은 그리 어렵지 않았다.

"듣고 보니 그대의 계획은 치밀하면서도 웅장하구려. 내가 왕께 천거할 테니 진나라를 위해 있는 지혜를 모두 짜내주기 바라네."

뜻밖에도 이사가 진왕 앞에서 자신의 웅대한 계획을 설파할 기회가 빨리 찾아왔다.

이사는 절호의 기회라 생각하고 진왕 앞에서 달변의 대하(大河)를 걸쳐갔다.

"상대의 허점을 빤히 보고서도 공격하지 않으면 기회를 잃고 맙니다. 큰일을 성취하려면 인정사정 볼 거 없이 허점을 찔러야지요."

"그거야 빤한 얘기 아닌가."

"옛적 진나라 목공(穆公)은 패자(覇者)가 되고서도 동쪽 여섯 나라를 병합치 못했습니다. 그 이유는 주왕실(周王室)의 덕이 쇠퇴하지 않은

데다 오패(五覇)가 차례로 일어나 주왕실을 번갈아가며 존중했기 때문입니다. 그러나 지금은 사정이 다릅니다."

"무엇이 다른가?"

"주왕실은 쇠미해졌고 제후들의 수도 줄어 겨우 일곱 나라만 남았습니다."

"그건 사실이다. 그런데 옛적 상황과 지금은 어떻게 달라졌는가 말일세."

"진나라가 상승세를 타고 있다는 점이 다르지요."

"어떻게?"

"벌써 육세(六世 : 효공, 혜문왕, 무왕, 소왕, 효문왕, 장양왕)가 지나도록 진나라가 강국이 아니었던 시절은 한 번도 없었습니다. 바야흐로 진나라는 여러 제후국을 부리는 양상이 마치 진나라 군현(郡縣) 다루듯 하고 있지요."

"그것도 사실이네."

"진의 강대함에다 대왕의 현명하심을 보탰을 때 진의 강력함은 사상 최고입니다. 그까짓 제후국들 멸망시키는 것쯤은 식은 죽 먹기죠. 솥 위에 앉은 먼지 털어내듯 할 수가 있습니다."

"과연 통일이 가능할까?"

"만세에 한 번 있는 절호의 기회입니다. 그나마도 황급히 성사시켜야 될 일이기에 이토록 간곡히 말씀드리는 겁니다. 만일 차일피일 결단을 미루다가 졸지에 강력해진 제후국들로부터 되치기를 당하지 말란 법이 없고, 강대해진 그들이 서로 합종을 맹약한다면 대왕께서 황제(黃帝)의 현명함이 있더라도 천하통일은 불가능하다는 뜻을 말씀드리는 겁니다. 부디 이 때를 놓치지 말고 황제(皇帝)로서의 대업을 성취하십시오."

젊은 왕은 기분이 좋았다. 그렇지 않아도 통일의 야망 때문에 속앓이를 하던 진왕으로서는 이사의 열변이 그토록 통쾌할 수가 없었다.

"그대는 과인의 가까이에서 제후국들을 멸망시킬 계책을 구체적으로 은밀히 마련하시오!"

"우선 모사(謀士)들을 각국으로 파견하십시오. 명민하고 노련한 세객들이어야 합니다."

"보낸다면?"

"황금과 보석을 쥐어보내 뇌물을 써서 그쪽의 명망있고 권력있는 자들과 우선 결탁해야 됩니다. 삼십 만 금만 쓰십시오. 군신(君臣)간에 이간시킬 수 있는 충분한 자금이 됩니다."

그러나 진왕은 치밀했다. 이사에게 다시 물었다.

"말을 듣지 않는 자들도 있을 텐데."

"그래서 세객 좌우에는 반드시 자객들을 딸려보내야 합니다. 말을 듣지 않는 자들은 없애버려야지요. 그래야 우리의 계략이 들통나지 않습니다. 뿐만 아닙니다. 우수한 장군에게 비밀리에 군사를 주어 뒤따라 들이닥치게 해서 제후국을 쳐 없애는 겁니다."

"오, 그대는 나의 훌륭한 객경이오! 그토록 단호한 계책은 처음 듣소. 그렇다면 제후국들 중에서 어떤 나라를 첫 제물로 삼겠소?"

"한(韓)이 좋겠습니다. 국경에 접해 있을 뿐 아니라 가장 약한 나랍니다."

바로 그럴 즈음에 정국의 사건이라는 악재가 생겼던 것이다. 이사는 그냥 두고 볼 수가 없다고 판단해 곧 왕께 상서했다.

── 외국인 추방 논의는 부당하다고 생각합니다. 옛적 목공은 인재 유여(由余)를 융(戎)에서 채용하고 백리해(百里奚)를 원(宛)에서 구했

으며 건숙을 송(宋)에서 맞고 비표와 공손지를 진(晉)에서 오게 했습니다. 목공은 진(秦)국 출신 아닌 다섯 사람을 중용함으로써 20국을 병합하고 드디어 서융(西戎)에서 패자가 됐습니다. 또 효공은 위(魏) 상앙(商鞅)의 개혁적인 법을 채용해 풍속을 개량하니 백성은 번영하고 국가는 부강하며 백성들은 부역을 즐겨하고 제후는 심복하여 초·위의 군사를 격파해 땅을 넓힌 것이 천여 리나 됩니다. 해왕은 위(魏)·장의(張儀)의 계략을 써서 삼천(三川)의 땅을 점령하고 파·촉을 병합하고 상군(上郡)을 거두고 한중을 공략하고 초의 만(蠻)족을 포섭해 언·영을 제어하고 성고(成皐)의 험준한 땅을 발판으로 비옥한 토지를 탈취해 결국 육국 합종의 맹약을 흐트러뜨려 진을 섬기게 했습니다. 소왕(昭王)은 위(魏)의 범수를 얻어 양후를 폐하고 화양군을 추방해 진나라 공실(公室)을 강화해 귀족과 대신들의 세력을 막았습니다. 이상에서 말씀드린 네 군주는 모두 타국인의 공로로 나라를 강하게 만들었습니다. 타국 선비들을 등용치 않았다면 진나라는 부강한 나라가 될 턱이 없었습니다.

"이사는 아는 것이 많구나!"

── 지금 대왕께서는 서장(西藏) 곤륜산의 명옥을 손에 넣어 용포를 장식하고, 태아(太阿 : 楚)의 명검을 패용하며, 섬리(纖離 : 趙)의 준마를 타며, 영타(靈鼉 : 魏)의 북을 치게 하시나, 이런 수많은 보물들은 하나도 진나라에서 나는 것이 없거늘 대왕께서는 이것들을 외래품이라는 이유로 배격해 버린다면 무엇을 가지고 나라를 꾸리겠습니까.

이사의 상서문은 계속된다.

── 반드시 진나라의 것으로만 한다면 조정을 야광의 벽(璧)으로 장식할 수가 없고, 코뿔소의 뿔과 코끼리의 상아로 치장할 수가 없으며,

정(鄭)・위(衛)의 미인은 후궁으로 들어올 수가 없고, 준마 결제(駃騠)는 마구간에 차지 않을 것이며, 강남의 금과 주석은 소용없을 것이고, 서측의 단청으로 채색할 수가 없을 것입니다.

"그럴듯한 얘기다."

──귀와 눈을 즐겁게 하고 몸과 마음을 기쁘게 하는데도 반드시 진나라 것이어야 한다면 원(宛)의 비녀나 귀걸이, 제(齊)의 비단이나 의복의 장식도 대왕 앞에 나타나지 않을 것이고, 미인의 고장 조나라의 아름다운 여인은 대왕 곁에 시립할 수가 없을 것입니다. 물동이와 도기를 치며 쟁(箏 : 竹身의 현악기)을 퉁기면서 힘껏 무릎을 치며 목청 돋우어 노래 불러 귀를 즐겁게 하는 것이 진나라의 진짜 음악입니다. 반면에 정・위(鄭衛 : 난세의 음악), 상간(桑間 : 음란한 망국의 음악), 소・우(昭虞 : 帝의 음악), 무・상(武象 : 周武王의 음악)은 타국의 음악입니다. 그런데도 진나라 음악들은 모두 버리고 정・위의 음악을 연주하고 소・무의 음악만 받아들인 이유는 무엇 때문입니까. 그것은 듣고 부르기에 즐겁고 쾌락적이기 때문입니다.

"옳거니!"

──그런데 지금 사람을 쓰는 데 있어 인물의 진위와 능력의 유무 등은 제쳐놓고 진나라 사람이 아니다하여 불문곡직 내쫓으시려 하시니, 이것은 인간보다 여색, 음악, 보석을 더욱 귀중하게 여기시는 일과 같습니다. 토지가 광활하면 곡식이 많고 나라가 크면 인구가 많으며 군대가 강대하면 병사가 용감하다고 들었습니다. 높은 산은 한 줌의 흙도 버리지 않아 저렇게 높으며 큰 강은 한 줄기 시냇물도 버리지 않아 저렇게 깊어졌습니다. 왕자(王者)는 어떤 백성도 물리치지 않기 때문에 덕을 천하에 밝힐 수가 있는 것입니다. 차제에 천하 인사들을 추방하려 하심은

도둑에게 무기를 빌려주고 양식을 공급하는 일과 다를 바 없습니다.

"이사의 생각이 옳다!"

── 무릇 물자는 진에서 생산되지 않더라도 보배로운 것이 많으며 인재는 진에서 태어나지 않더라도 충성스런 인물이 많습니다……

이사의 상소문을 읽은 진왕은 즉시 외국인 추방령을 취소하고 오히려 이사를 정위(廷尉 : 법무대신)로 승진시켰다.

얼마 지나지 않아서였다. 밤이 꽤 깊은 시간이었는데 궁중으로부터 급히 들라는 왕명이 내려왔다.

'야심한데 무슨 일로 부르는 것일까?'

진왕은 이사가 들어온 줄도 모른 채 무슨 책인가를 읽다말고 혼자 무릎을 치며 즐거워하고 있었다.

"한비는 천재다!"

진왕이 이사를 알아차린 것은 한참 후였다.

"오. 어서 오시오! 과인이 그대를 급히 부른 것은 한비가 어떤 인물인지 알고자 했기 때문이오."

"물론 잘 알고 있습니다. 성악설에 근거한 예치(禮治)를 주창하신 스승 순경 아래에서 동문 수학했으니까요."

"그렇다면 마침 잘 됐오. 과인이 지금 그의 「세난(說難)」을 읽고 있는 중인데 말의 마디마디가 절묘하오!"

이사는 진왕이 어떤 의도로 한비의 얘기를 꺼내는지 그 이유를 몰라 아는 대로 아무렇게나 대답했다.

"그 외에도 「고분(孤憤)」과 「오두(五蠹)」, 「내외저(內外儲)」, 「세림(說林)」 등 10여 만 자의 글을 지었지요."

"그의 학풍(學風)은 어떠하오?"

"형명(刑名) 법술(法術)의 학술을 좋아했고, 황제(黃帝)·노자(老子)의 도가(道家)를 바탕으로 삼았습니다."

"내가 한비를 단 한 번이라도 만나 사귈 수만 있다면 한이 없겠소!"

이사는 그제서야 긴장이 되었다.

"하오나 불행히도 그는 말더듬이올시다."

"그래서 그가 유세를 못했구려."

"변론이 불가능했던 그로서는 저술에 몰두할 수밖에 없었지요. 그리고 성격적으로 항상 불평불만이 많았습니다. 한나라 공자(公子)의 신분이면서 타국의 침략으로 영토가 깎이고 국세가 약화되는 것이 안타까워 한왕에게 자주 개혁책을 간했지만 어디 그의 의견을 들어주었어야죠."

"한나라에는 불행이며 진나라에는 다행이로군. 그래 그가 어떤 내용을 간하였소?"

"나라를 통치함에 있어 법제를 정비하고 권력으로 신하를 통솔하고, 부국강병을 꾀할 수 있는 유능한 인물을 등용하도록 간했지요. 그러나 실제로는 해충같은 자들을 오히려 공적이 큰 사람들의 윗자리에 앉혔으니 분통이 터졌겠지요. 그가 남긴 말 중에 유명한 구절이 있습니다. '유자(儒者)는 문(文)으로 세상을 어지럽히고 유협(遊俠)의 무리는 법이 금하고 있는 것을 무(武)로 어지럽힌다. 그런데 평시에는 유자를 총애하고 비상시에는 문사를 등용하는데, 평시에 후대한 자는 비상시에는 쓸모가 없고 비상시에 쓸모가 있는 자는 평시에 등용하지 않고 있는 것이다'고 탄식하며 저간의 책들을 저술했던 것입니다."

고개를 끄덕거리며 한동안 생각에 잠겨 있던 진왕은 갑자기 큰 목소리로 말했다.

"무슨 수를 써서라도 한비를 데려오시오!"

이사는 자신보다 재능이 월등한 한비를 그리워하는 게 꺼림칙했지만 왕명을 거역할 수는 없었다.

"머잖아 대왕께서는 그를 만나실 수 있을 것입니다."

"어떻게 말이오?"

"한비를 그리워해 한나라를 친다는 소문을 내면 반드시 그가 사신으로 올 것입니다."

"그럼 그렇게 하시오. 소문만 낼 게 아니라 아예 군대를 실제로 보내지."

"하오나 한비의 저서를 잘 살펴보면 유가(儒家)인 순자의 문하에서 저와 함께 배웠으나 오히려 그는 유가와 정반대로 갔다는 사실을 아시게 될 겁니다. 그 점에 유의하십시오."

"어디로 갔든 그게 무슨 문제요?"

"인정(人情)의 개입을 철저히 배격하는 투의 형명법술은 차라리 살벌하기까지 합니다."

"그럴수록 더욱 좋소."

"그가 오더라도 한의 공자 중 하나이니 진나라를 위하지는 않을 것입니다."

"그래도 과인은 그가 보고싶소!"

진왕이 싹 돌아앉아 버렸으므로 이사는 하릴없이 궁중에서 물러나올 밖에 없었다.

진왕은 다시 「세난」 중에서 제12장을 읽기 시작했다. 유세의 어려움을 말하고 있는 부분이었다.

'진나라가 통일천하 하기 위해서는 이토록 특출한 인재가 절대 필요하다!'

──유세의 어려운 점은, 내 지식이 불충분해 상대를 설득시키기가 어렵기 때문이 아니고, 내 변설이 서툴러 의견을 밝히기가 어렵기 때문도 아니며, 내 용기가 부족해 감히 해야 될 말을 자유자재로 하기가 어렵기 때문만도 아니다. 유세의 진정한 어려움은 상대의 심중을 미리 파악해내 주장을 거기에 적중시키는 데에 있다.

──대체로 높은 명성을 얻고 싶어하는 군주에게 세속의 큰 이익만을 얻도록 설득했다가는 이쪽이 절조(節操)와 견식이 낮고 천박한 인물로 취급되기가 십상이다. 반대로 큰 이익을 탐하고 있는 군주에게 명성을 높이도록 설득했다가는 세상 물정도 모르는 놈이라며 경멸당하고 만다. 또한 속으로는 후한 이득을 얻고자 하면서도 겉으로는 높은 명성을 원하는 군주에게 막상 높은 명성을 설득하면 받아들이는 척하면서도 실제로는 멀리하며, 큰 이익을 설득하면 가만히 그 주장을 속으로만 취한 뒤 그렇게 주장한 자를 버린다.

──만사는 은밀히 진행됨으로써 성취되고 말이 새나감으로써 실패한다. 유세자가 군주의 비밀을 들출 의도가 전연 없으면서도 부지중 군주의 비밀을 언급하면 유세자의 신상은 위태롭다. 군주의 잘못이 엿보일 때 주저없이 과오를 들추어내면 그 논리가 정당하더라도 유세자의 신상은 위태롭다.

"무서운 통찰력을 가졌구나!"

진왕은 한비의 「세난」을 계속해 읽어나간다.

──군주로부터 아직 충분한 신임도 받고 있지 못한데다 혜택을 입을 수 있는 상태가 아닌 때에 유세자가 온갖 지식과 지혜를 기울여 설득하면 설사 군주가 유세자의 설을 실행해 성공했다 하더라도 군주는 유세자의 덕을 입었다고 생각하지 않으며, 만일 설을 실행해 실패했을 경우

에는 엉뚱한 의심까지 받게 되어 유세자의 신상은 위태롭다.

―― 군주가 어떤 계획을 고안해 그 공적을 독점하려 하고 있을 때 유세자가 그 내용을 감지하고 관계하려 들면 그의 신상은 해롭고, 군주가 어떤 일을 계획하고 있는 것처럼 보여주며 실은 다른 일을 계획하고 있는 것을 유세자가 감지했다는 사실을 군주가 알아채도 유세자의 신상은 좋지 않다. 군주가 이것만은 하고싶지 않는데도 유세자가 실행을 강요하든가, 결코 그만두고 싶지 않은데도 그 일을 억지로 그만두게 해도 유세자의 신상은 역시 위태하다.

―― 유세자가 군주에게 명군현주(明君賢主) 따위를 논하면 군주는 자신을 헐뜯는다는 오해를 하게 되고, 유세자가 어리석은 자에 관해 논하게 되면 군주는 유세자가 남을 헐뜯음으로써 제 장점을 돋보이게 하려한다는 오해를 하게 되며, 군주가 총애하는 자를 칭찬하면 아부한다며 경멸하고, 미워하는 자를 헐뜯으면 얼마나 그자를 미워하는지 시험하고 있구나 하고 군주는 오해한다.

"구구절절이 한비의 생각은 옳다!"

―― 말을 간절하게 하면 무지하다고 무시하고, 광범위한 예증을 들어 장광설을 늘어놓으면 군주는 싫증을 낸다. 사실에 입각해 빈틈없이 조심스럽게 의견을 말하면 군주는 자기 주장을 피력 못하는 소심한 비겁자로 오해하기 십상이고, 대담하게 거침없이 단도직입적으로 말하면 예의 없는 거만한 촌놈으로 낙인 찍는다.

―― 무릇 유세의 요령은 군주의 장점을 칭찬하고 그 단점을 건드리지 않는 데에 있다. 군주가 자신의 계획이 지혜롭다 여기고 있을 때는 구태여 그 결점을 지적해 궁지로 몰아넣지 않으며, 군주가 스스로 용기있는 결단이라 판단하고 있을 때 구태여 반대의견을 개진해 그를 노하게 해

서도 안 되고, 군주가 자신의 실력이 위대하다고 믿고 있을 때 구태여 군주의 미력함과 곤란한 점을 들어 막지 않는다.

'어서 한비를 보고싶다! 날이 밝으면 한나라로 곧장 사신을 보내야지!'

진왕의 독서삼매경은 새벽닭이 울 때까지도 그치지 않았다.

——송(宋)나라에 한 부자가 있었는데 비가 내려 담장이 무너지자 아들과 이웃남자가 똑같이 지금 다시 담을 쌓지 않으면 도둑이 든다고 말했다. 과연 밤에 도둑이 들었는데, 부자는 아들의 선견지명을 칭찬했고 이웃집 사내를 의심했다. 정(鄭)나라 무공(武公)이 오랑캐를 칠 계획으로 공주를 호(胡)의 군주에게 시집보내고 나서 신하에게 어떤 나라를 치는 게 좋으냐고 물었다. 그 때 대부 관기사(關其思)가 호를 치자고 주장하자 무공은 형제국을 치자는 주장을 했다 하여 관기사를 사형에 처했다. 소문을 들은 호는 무방비 상태로 있다가 정나라의 침략을 받고 나라를 빼앗겼다. 이웃집 사내와 관기사의 의견은 모두 정당한 것이었으나 한 자는 도둑누명을 썼고 한 자는 목숨을 잃었다. 이는 한 사물의 진상을 지혜로써 안다는 것은 어려운 일이 아니나 어떻게 처리하는가가 더 어렵다는 뜻을 웅변하고 있다.

——위(衛)나라 군주 영공(靈公)의 총애를 받던 미소년 미자하(彌子瑕)가 모친의 병이 위독하다는 연락을 받고 군명(君命)을 사칭해 군주의 수레를 훔쳐타고 나갔다. 위나라 법률에는 허가없이 군주의 수레를 탄 자는 월형(刖刑 : 발꿈치를 베는 형벌)을 받도록 되어 있었으나, 군주는 월형을 감수하면서까지 효성을 다했다 하여 미자하를 칭찬했다. 또 미자하는 군주와 과수원으로 갔다가 맛있는 복숭아를 먹다말고 군주에게 올렸는데 미자하가 제 입맛을 참고 군주에게 올렸다 하여 오히려

더욱 사랑을 받았다. 용색(容色)이 쇠해졌을 때 미자하는 군주의 총애도 잃었는데 그 때 그는 아주 사소한 죄를 지었다. 그러자 이 놈은 일찍이 나를 속여 수레를 탔고 먹다 남은 복숭아를 내게 먹인 놈이라며 군주는 이제까지의 죄를 몰아 한꺼번에 벌주었다. 군주에게 사랑을 받고 있으면 그 지혜는 군주의 마음에 들 것이고 미움을 받고 있을 때면 공연한 죄를 얻게 된다. 고로 간언하고 유세하려는 자는 군주가 자기를 사랑하는가 미워하는가를 먼저 잘 살핀 후에 해야 한다. 용이라는 짐승은 길들여 친해지면 등에도 탈 수 있으나, 다만 목에 붙은 한 자 가량의 역린(逆鱗)을 건드리면 반드시 사람을 물어죽인다. 하물며 인주(人主)에게도 역린이 있거늘, 군주의 역린을 건드리지 않는 한 그 유세자의 유세는 거의 성공한 것이다……

"절묘하다! 그렇기 때문에 오히려 위험하다!"

진왕은 한비의 「세난」을 무릎 위로 떨군 채 오랜 동안 깊은 생각에 잠겨 있었다.

한편 한나라 한비는 성고(成皐)성 장터를 배회하고 있었다. 심란했다. 한왕에게 한나라의 부국강병책을 여러 차례 간했지만 등용하기는커녕 계책 한 가지도 들어주지 않았다.

천하는 군웅들이 어지럽게 일어나 세력을 다투고 있었다. 싸움은 되풀이되고 땅과 성은 뺏고 빼앗으며 피비린내는 대륙 천지를 뒤덮고 있었다.

'난세에 내가 할 일이 진정으로 없단 말인가!'

한탄하며 한비는 시장 안으로 흐느적거리며 걸어들어 갔다.

'이런 시절이니 무기(武器)들이 불타나게 잘 팔리는 건 당연하지.'

한 곳에서 창[矛 : 모]과 방패[盾 : 순]를 늘어놓고 한 사내가 외치고 있었다.

"자, 이 창을 보십시오. 서릿발처럼 날카로운 이 창은 세상에서 둘도 없이 좋은 창입니다. 그 어떤 방패라도 뚫을 수 있는 명공(名工)의 작품이라니까요!"

사내가 이번에는 방패를 들고 외쳤다.

"이 방패 또한 어떻습니까. 단단하기가 천하의 어떤 예리한 창끝이라도 뚫을 수 없는 방패랍니다. 세상은 난세입니다. 이 방패로 손님들의 목숨을 확실하게 보호하십시오."

손님들 사이에 섞여 있던 한비는 픽 웃고나서 장사꾼에게 소리쳤다.

"여보시게, 장사꾼 양반. 당신의 오른손에 들고 있는 창으로 왼손의 방패를 찌르면 어떻게 되는 거요. 그 참 서로가 난처한 모순이겠는데!"

"아, 그건……"

장사꾼은 얼굴이 벌겋게 되어 창과 방패를 주섬주섬 주워들고는 인파 속으로 숨어들어 갔다.

그 때였다. 장터 사람들 속에 섞여있던 병사 둘이 한비를 알아보고는 서둘러 다가왔다.

"많이 찾았습니다. 대왕께서 즉시 대궐로 입궐하라십니다."

"대왕께서 나를? 무슨 일로?"

"진나라 왕이 한공자(韓公子 : 한비)께 유감이 있다 하여 대군을 한나라로 진발시켰다는 소문을 듣지 못하셨습니까."

"해괴한 일이다. 진왕이 나 때문에 군사를 움직였다니 그게 말이 되는 얘기냐?"

"자세히는 모르겠습니다. 모르긴 해도 공께선 진나라에 진사(陳謝) 사절로 가셔야 될 것 같습니다."

두뇌회전이 빠른 한비의 머리로써도 왕궁에서 나온 병사의 전갈은 사뭇 황당무계하게만 들릴 뿐이었다.

'……가만 있자! 진나라에는 지금 이사가 있지 않은가!'

한참만에 한비는 무릎을 쳤다.

"무슨 일입니까?"

한 병사가 뜨악한 표정이 되어 물었다.

"사죄사신으로 가는 게 아니라 귀빈으로 초대되어 가는 걸세!"

"무슨 말씀인지 모르겠습니다."

한비는 두 병사에 이끌려 왕궁으로 가면서도 온갖 궁리 때문에 머리가 다 아플 지경이었다.

'나 때문에 한나라를 침공한다는 진왕의 선언은 진실일 것이다. 하지만 나를 초빙해 해치려는 것이 아니라 크게 등용하기 위한 술수인 게 틀림없다. 그럴 수밖에 없는 이유는 내가 한나라를 위해 마련했던 계략이 진나라에게 한 번도 불리하게 작용한 일이 없었던 사실로도 충분하다. 진왕은 야망이 크며 현명하다. 나의 재능을 감지하고 사단을 벌인 게 틀림없을 것이다. 한왕은 나를 등용하기는 커녕 계책 하나 들어주지 않았다. 마침 잘 된 것이다. 이번 기회에 스스로 한나라를 탈출해 진나라로 들어가는 것이다. 친구 이사가 나의 등용을 위해 애써줄 것이다.'

한비의 짐작은 옳았다. 한왕의 명령으로 진나라에 도착한 한비는 진왕으로부터 융숭하기가 이를 데 없는 대접을 받았던 것이다.

"정말 잘 오셨소! 오래 전부터 과인은 그대의 재능을 사모하고 있었소!"

진왕은 궁중에서 매일같이 한비를 위해 잔치를 베풀었다.

즈음에 이사는 승진하여 재상이 되어 있었다. 그런데 진왕의 한비에 대한 지극한 애정으로 등용이 기정사실화 되어가는 분위기가 지속되자 이사는 갑자기 겁이 덜컥 났다.

'이건 얘기가 다르다! 한비가 등용되리라고는 꿈에도 생각지 못했던 일인데. 나는 한비의 우수한 재능을 인정한다. 진왕도 그의 비상한 재능을 감지하고 있다. 그의 됨됨이에 홀딱 빠진 진왕은 그에게 국정 모두를 맡길 심산인 게 틀림없다. 그래서 곤란한 것이다. 한비의 출세는 곧 나의 파멸을 의미하는 것이 아닌가!'

그런 고민으로 낮밤을 지새고 있던 이사는 뜻밖에도 정위(廷尉)로 있던 요가(姚賈)의 방문을 받았다.

"승상, 어떻게 하실 참이오?"

요가는 이사를 보자마자 다짜고짜 아픈 곳을 찔러왔다.

"하지만 대왕의 한비에 대한 신임이 저토록 두터우시니 난들 어쩌란 말이오!"

"그렇지가 않습니다. 조정 대신들이 힘을 합치면 한비쯤은 간단하게 내칠 수가 있습니다."

"어떻게 말이오?"

"승상은 대왕께서 한비를 아끼고 흠모하면서도 등용을 아직도 주저하고 계시는 이유에 대해 생각해 보신 적이 있습니까."

"무엇이? 글쎄 아직은."

"한나라 공자라 아직은 신용할 수가 없기 때문입니다."

"이보시게, 내가 바로 외국인 등용 불가론을 반대해 왔던 인물인데 한비의 등용 불가를 그런 논리로 대왕을 설득시킬 수 있을 것 같소?"

그렇지만 요가는 흔들리지 않고 차분한 목소리로 이사를 설득했다.

"그렇지만 한비를 등용하면 그가 한나라를 위할 것이지 진나라를 위하지 않는다는 주장이 그를 제거하는 방법론의 핵심인 것만은 분명합니다."

"안 되오. 대왕께서 저토록 한비에게 빠져 계시는 한 그런 논리로써는 어림없소."

"이렇게도 생각할 수가 있습니다. '대왕께서 그를 등용치 않고 오래도록 진에 붙잡아두었다가 나중에 한으로 돌려보내면 한비는 원한을 품고 진을 멸하는 사업에 전심전력을 다할 것입니다'고 고하는 겁니다."

"그건 서둘러서 한비를 등용하라는 진언이 아니오?"

"이 때 또 하나의 계략을 슬쩍 꾸며놓는 겁니다. 한데 말입니다. 한비가 사자로 처음 진으로 왔을 때 대왕께 어떤 계략을 진상했는지 알고나 계시는지요."

"무어라 얘기했기에?"

"한비는 한나라가 침략당할 것을 두려워해 진을 약화시키는 꾀를 여러 개 내놓았지요. 그 중에서도 한비는 특히 '진의 강대함에 비하면 제후들은 군현의 군신처럼 약소하다. 그러나 만약 제후들이 합종해서 공동으로 불시에 침범하면 진으로서도 속수무책이다. 이게 바로 진(晉)의 지백(智伯)·오왕 부차(夫差)·제(齊)의 민왕(湣王)이 멸망한 까닭이다. 원하옵건대 대왕께서는 재물을 아끼지 말고 제후의 중신들에게 뇌물을 보내 진을 치려는 모계(謀計)를 교란시켜라. 약간의 재물을 허비함으로써 제후들은 모조리 진의 지배하로 들어올 것이다'고 주장하지 않았습니까."

이사는 짜증을 내었다.

"이봐요, 정위. 그건 오래 전에 내가 대왕께 드린 계략과 똑같은 거요. 그리고 그 계략은 작금에 시행되고 있소. 진정으로 한비가 한나라를 지킬 속셈이라면 그리고 나 역시 초나라를 그런 식으로 지킬 속셈이었다면 어차피 그렇게는 진언하지 않았을 거요. 정국의 간첩행위는 그것으로 끝났고 또한 대왕께서도 그대가 우려하는 그따위 계략은 신용도 의심도 하지 않는다는 사실이오. 그러니 한비의 계략은 현실적으로 온당하단 말이오!"

이사는 비웃었지만 요가는 여전히 끈질겼다.

"조용히 한비한테 사람을 보내 진왕이 머잖아 당신을 죽이려 한다고 귀띔하면 한비는 달아날 걸요."

"달아나?"

요가의 계략이 어처구니가 없는지 이사는 폭소를 터뜨렸다.

"여보시오, 정위. 그만둡시다. 그토록 허술한 계략으로는 한비를 축출할 수 없소이다. 어림없는 얘기요."

바로 그 때 요가는 솔깃한 말을 했다.

"달아나면 다행인데 달아나지 않을 경우를 대비해 대왕께 '한비가 대왕을 모욕하는 소문을 퍼뜨리고 다닙니다' 하고 대왕을 흔들어놓는 거지요."

이사는 그제서야 요가의 말에 기웃했다.

"어떤 내용의 소문을?"

"한비가 이렇게 말하더라. 진왕의 얼굴 생김새를 찬찬히 뜯어보면 콧마루가 높고 눈꼬리가 길게 찢어져 언뜻 영웅의 기상으로 보이나 실은 독수리처럼 가슴이 튀어나오고 목소리가 승냥이 같아 남에게 은덕을 끼칠 관상은 못된다. 이런 상이란 대개 호랑(虎狼)과 같은 잔인한 심성을 가지고 곤궁할 때에는 자신을 거침없이 낮추지만 뜻을 얻었을 때에는 은혜입은 자라도 사정없이 잡아먹는다. 내가 지금 무위무관(無爲無官)

의 필부인데도 진왕은 나에게 항상 낮추니 이는 필시 진왕이 천하를 호령하게 됐을 때 나를 잡아먹겠다는 조짐이 아니고 무엇이겠는가'고 떠들었다는 소문을 그럴듯하게 내는 겁니다."

"대왕께서 그런 풍문을 믿어주실 것 같소?"

"그렇다고 우리가 가만히 앉아 당할 수야 없지 않습니까. 정당(政堂)의 계하(階下)에서 조회가 열릴 때마다 한비를 비방하면 대왕도 별 수 없이 한비를 추방하지는 않더라도 최소한 등용하지는 않을 게 아닙니까."

"밑져야 본전이니 그렇게 해봅시다."

자리에서 일어나 밖으로 나가던 요가는 이사를 돌아보며 말했다.

"만일 말입니다. 한비가 죽게 되면 유세의 어려움을 설파하고서도 끝내 자신만은 비명에 죽어 세난(說難)의 어려움을 헤쳐나오지 못한 인간이 되겠구려……"

이튿날부터 한비를 비난하는 목소리들이 비등했다. 진왕도 대신들 모두가 한비를 비방해 마지않자 어쩔 수가 없었다.

"우선 그의 죄가 무엇인지 다루어 보기라도 하오. 그런 후에 죽여도 늦지 않소……"

한비는 어처구니없게도 덜컥 옥에 갇혔다.

옥사를 직접 다루게 된 요가는 회심의 미소를 지으며 이사를 다시 찾아갔다.

"어떻게 처리할까요?"

"글쎄 어떤 자백을 받아놔야 좋겠소?"

"설마 승상께서 인정에 이끌려 한비를 살려주자고 진언하실 건 아닐테지요."

이사는 잠깐 생각한 뒤에 말했다.

"좋소! 대왕의 마음이 변하기 전에 처리하시오!"

"오늘 밤 한비를 간첩죄로 엮어 독살하겠습니다. 나중에 문제가 되더라도 승상께선 '한나라를 치려는 마당에 한비는 어차피 걸림돌이다'고 변명하십시오."

이사는 심란했다. 요가에게 한비를 처리하도록 압력은 가했지만 동문 수학했던 친구인데다가 아무 죄도 없는 인재를 막상 사지로 몰아넣은 것이 아무래도 꺼림칙했던 것이다.

이튿날 종일 초조하게 기다리고 있던 이사한테 요가는 오후 늦게야 정리(廷理) 하나를 보냈다.

"어떻게 되었느냐?"

"한비는 죽었습니다."

"맹독을 마시고 죽은 건 나도 안다. 아무 말도 하지 않더냐고 묻고 있는 중이다!"

"한비는 마지막으로 대왕을 알현하고 싶다고 부탁했습니다. 직권으로 일언지하에 거절했습니다."

"그랬더니 조용히 가던가?"

"이번에는 옛 친구로서의 정의(情誼)가 있어 그대로 죽을 수가 없으니 승상을 마지막으로 만나뵙게 해달라고 사정했습니다."

"그래서?"

"그 역시 불가하다고 말해 주었습니다."

"그런 후에 그가 독배를 스스로 들었단 말이지!"

"하늘 우러러 크게 외치고 나서 잔을 들었습니다."

"무어라 외치더냐?"

"나 한비는 법규를 먹줄을 친 것처럼 분명하고 반듯하게 제정해 놓으면서 모든 세사(世事) 인정(人情)에 절실히 통용될 수 있도록 했다. 그런데 아직 아무도 시행하지 않은 법제이지만 시비(是非)의 별(別)을 너무 분명히 갈라놓아 궁극적으로는 인간에게 각박하여 인정미가 없다는 죄 하나로 나는 죽어야 하는가. 다만 「세난」을 저술했으면서도 자신의 화를 벗어나지 못했음을 나는 못내 슬퍼할 따름이다……"

한편 진왕은 한비의 투옥을 뉘우치고 사자를 보내어 그를 다시 입궐하도록 했다.

"며칠 전 간첩죄를 범했기로 독배를 내렸답니다."

"무엇이?"

사자의 보고에 진왕은 용상에서 벌떡 일어섰다. 요가가 대답할 수밖에 없었다.

"그의 죄목은 너무나 확실했습니다. 무너져가는 한나라를 위해서라면 진나라 왕뿐만 아니라 천하 제후 누구라도 속일 작정이었노라 자백했습니다. 진나라 법에는 독배를 내리도록 되어 있기로 대왕의 재가 없이도 그를 사형시킬 수가 있었습니다."

"그렇지만 아까운 인재다!"

잠자코 있던 이사가 한 마디 거들었다.

"어차피 한나라부터 공략해야 합니다. 한비의 제거 없이 한나라 병탄은 기대할 수가 없습니다."

묵묵히 고개를 떨구고 있던 진왕은 분연히 고개를 들었다.

"그렇지만 진나라 정책은 한비자의 학설에 많이 의존할 것이다!"

# 8. 화씨지벽

조(趙)나라 대장군 염파(廉頗)는 군리(軍吏) 하나를 불러 물었다.

"한(韓)나라가 진에 먹힌 이유가 어디에 있다고 생각하느냐?"

"하문하시니 제 생각을 말씀 드리겠습니다. 그 이유는 세 가지입니다. 첫째는 한나라가 약하기 때문입니다."

"그따위 뻔한 이유 말고."

"둘째는 천하의 재사 한비를 한나라에서 등용하지 않고 진나라 사신으로 보냈다가 죽였기 때문입니다."

"세번째는?"

"한왕 왕안(王安)이 어리석었기 때문입니다. 구체적으로 말씀드리면 한왕은 진나라와 싸울 힘이 없기로 진왕에게 일방적으로 번신(藩臣)으로서 신하의 의무를 다하겠으니 국권만 인정해 달라는 화친서를 보낸 것부터가 망조가 든 거지요. 진왕은 이를 수락한 뒤 한왕을 안심시키면서 군대를 보내어 삽시에 한왕을 사로잡아 죽이지 않았습니까."

"짐승같은 진나라가 다음 목표로 삼고 있는 나라는 어느 나라라고 생각하느냐?"

"아뢰옵기 황송하오나 우리 조나라인 것 같습니다."

"무엇이"

"진나라 입장에서 보면 조나라는 원수의 나라입니다. 일찍이 진왕이 선왕(先王 : 장양왕 자초)과 함께 볼모로 잡혀와 곤욕을 치뤘으니까요."

"일리 있는 추측이다. 그러나, 이런 얘기 다시는 입밖에 내지 말라!"

바로 그 때 왕궁에서 보낸 사자가 염파의 군막으로 찾아들었다.

"곧장 듭시랍니다."

염파는 조나라 혜문왕 때부터 제(齊)나라 양진(陽晋 : 산동성)을 크게 공략한 공으로 벼슬이 상경에 이르렀다. 그는 뛰어난 장군으로서 이미 제후들 사이에 널리 알려져 있었다.

염파가 궁에 도착하자 이미 많은 대신들이 모여 웅성거리고 있었다.

"진나라 왕이 15개 성시를 줄 터이니 과인이 가지고 있는 화씨벽(和氏璧 : 卞和가 산중에서 얻어 초왕에게 바쳤던 명옥)을 달라는 서신을 보내오지 않았겠소."

"그것은 속임수입니다. 벽을 진나라에 주어보았자 성시를 내놓지도 않을 것이며 결국 벽만 빼앗기는 결과만 남을 것입니다."

"그렇다고 해서 벽을 보내지 않으면 그것을 핑계로 침공해 올 것이 틀림없는데 그 점이 근심스럽단 말입니다."

"벽을 주든 주지 않든 어차피 진은 침공해 올텐데 차라리 주지 않고 전쟁 준비를 하는 게 옳겠습니다."

의견들이 분분했다. 그래서 방침을 확정짓지 못하고 일단 진나라의 의중을 염탐하기 위한 사신만 보내기로 결정했다.

그런데 무척 중차대한 사안이면서도 결론 역시 애매했으며 사자로 또

한 누구를 보낼 것이냐 하는 문제 때문에 조나라 조정은 시끄러웠다.

그 때 환관령(宦官令) 목현(繆賢)이 불쑥 나섰다.

"저의 가신 중에 인상여라는 인물이 있습니다."

조왕은 목을 빼며 물었다.

"그가 어떤 인물이기에?"

"제가 한때 죄를 짓고 연나라로 몰래 도망치려 한 적이 있습니다. 그 때 인상여가 저에게 '당신은 연왕과 어떤 연고로 알게 되었습니까' 하기에 '일찍이 왕을 모시고 연으로 갔다가 국경 부근에서 연왕을 만났는데 그 때 연왕이 내 손을 가만히 잡으며 친구가 되자'고 하더라고 대답해 주었지요. 그 때 인상여가 정색을 하고 말합디다. '그것은 어리석은 판단입니다. 지금 당신이 연으로 도망해 가면 필시 당신을 묶어 조나라로 돌려보낼 것입니다. 왜냐하면 전날 연왕이 당신과 사귀고자 한 것은 조나라는 강하고 연나라는 약하기에 국가 이익을 위해서 미리 다짐해 둔 것이며, 지금 형세는 당신으로 인해 조나라가 화를 낼 것이 두려워 절대로 당신을 받아들이지 않을 겁니다. 그러니 차라리 당신은 조왕께 웃옷을 벗고 부질(斧質 : 처형하는 데 쓰는 도끼와 대)에 엎드려 처벌을 청하는 것이 오히려 살아날 가망이 훨씬 많습니다' 하고 충고하더군요. 그 때 제가 상여의 말대로 했더니 대왕께서는 용서해 주셨고, 그로부터 저는 인상여가 대단한 현인이란 걸 알았습니다."

인상여는 금새 불려왔다. 왕이 물었다.

"진왕이 15개의 성시를 과인의 벽과 교환하자고 하는데 주는 게 좋겠소 아니면 거절하는 게 좋겠소?"

인상여는 거침없이 대답했다.

"거절할 수가 없습니다. 진나라는 조나라보다 강하니 진의 요구를 들어줄 수밖에 없습니다."

"글쎄, 진왕이 과인의 벽만 챙기고 성시를 돌려주지 않을 것 같으니 하는 얘기 아니겠소!"

"진나라가 먼저 벽과 성시를 교환하자고 말했으니 만일 조에서 그 조건을 거절하면 잘못은 조나라에 있게 되며, 벽을 주었는데도 진이 성시를 내주지 않으면 잘못은 진나라에 있게 됩니다. 그러하니 오히려 벽을 주어버리는 계책을 선택함으로써 잘못된 책임을 진나라에 지우는 편이 낫습니다."

"여보시오! 지금 이 문제는 두 나라 사이에 잘했고 잘못했고의 문제가 아니지 않소! 가만히 앉아서 벽만 빼앗기는 결과가 억울해서 그러는데!"

"사신을 일단 보내시지요."

"이토록 어려운 심부름을 과연 누가 하겠소!"

"대왕께서 적당한 인물이 없다고 판단되신다면 저를 사신으로 보내주십시오."

인상여의 요청에 조왕은 깜짝 놀랐다.

"그대가!"

"성시가 조나라 수중으로 들어오면 벽을 진에 두고 올 것이고 진이 성시를 주지 않으면 벽을 다시 조나라로 가져오겠습니다."

아무리 토론을 벌여봐도 뾰족한 수가 발견되지 않았으므로 결국 조나라의 보물 '화씨의 벽'을 인상여의 손에 쥐여 진나라로 들어가게 했다.

진왕은 용상 높이 앉아 인상여를 거만하게 굽어보았다.

인상여가 벽을 받들어 진왕에게 올리자 진왕은 입이 크게 벌어졌다. 좌우에서도 몹시 기뻐하며 만세를 부르기까지 했다. 그러나 누구의 입에서도 15개 성시를 가져가라는 말이 없었다.

진왕은 자기 손으로 벽을 직접 쓰다듬어 보다가 좌우 군신들과 심지어 궁녀들에게까지 만져보게 하면서 벽에만 정신이 팔려있었다.

인상여는 진왕의 태도에서 조나라에 성시를 돌려줄 생각이 전혀 없다는 사실을 눈치챘다.

"어떤 옥에라도 티가 있기 마련이지요."

인상여의 말에 진왕은 눈을 크게 떴다.

"과인의 눈에는 보이지 않는데?"

"어디 제게 주어보십시오."

벽을 다시 돌려받은 인상여는 몇 걸음 뒤로 물러나 궁정 기둥에다 몸을 의지하고는 머리카락이 치솟아 관을 찌를 만큼 격노한 목소리로 소리쳤다.

"잘 들으시오! 대왕께선 벽을 얻을 욕심으로 조왕에게 편지를 보냈습니다. 물론 조나라 군신들은 의논을 했습니다. 그러나 한결같이 '진은 탐욕하여 자신의 강함만 믿고 속임수로 벽을 구하는 것 같다. 벽을 대신해 성시로 보상할 것 같진 않다' 고 수근거렸습니다. 그렇지만 저는 진나라에 벽을 주자고 간청했습니다. '보잘것없는 서민의 교제에도 서로 약속을 지키는데 진나라 같은 대국이 어찌 속임수를 쓰겠습니까. 믿고서 줍시다' . 그 결과 생각을 바꾸신 조왕께서는 닷새 동안 목욕재계하고 저를 시켜 벽을 받들어 삼가 진나라 궁중으로 보냈던 바입니다. 말하자면 대국의 위엄에 대한 최소한의 경의 표시는 한 뒤 벽은 진나라에 도착됐던 것입니다. 그런데 지금 도착해 보니 대왕께선 벽을 가져온 사신을 빈객으로 대우하기는커녕 예의없이 진나라 신하처럼 대해 일개 궁녀에게까지 벽을 돌려 희롱했습니다. 대왕의 그런 행위에서 성시를 보상해 줄

리 없다고 판단했기 때문에 제가 도로 벽을 돌려받았던 것입니다. 만일 이런 상황에서 저를 강압하여 벽을 강제로 빼앗으려 하시겠다면 저는 이 벽과 함께 제 머리를 부딪쳐 모두 깨버리고 말겠습니다!"

인상여가 기둥을 노려보자 진왕은 황급히 말렸다.

"가만!"

진왕은 인상여의 두개골이 깨어지는 것이 두려운 게 아니라 벽(壁)이 깨어진다는 사실이 훨씬 겁났던 것이다.

"무엇입니까?"

"15개의 성시를 조나라에 돌리겠소. 어서 지도를 가져오너라."

궁내 관리가 지도를 가져오자 진왕은 여기저기에다 손가락으로 찍었다. 그 역시 속임수임을 간파한 인상여는 진왕에게 다시 엄숙한 목소리로 말했다.

"아시다시피 화씨벽은 천하가 공동으로 전하는 보배입니다. 누구나 아끼는 천하의 명옥입니다. 조나라 역시 이 벽을 아꼈으나 진왕의 위엄이 두려워 감히 바치기로 했던 것입니다. 그리고 조왕께서는 이 벽을 보낼 때 닷새 동안이나 재계했습니다. 이것을 받는 대왕 역시 닷새 동안 마땅히 재계하고 구빈(九賓)의 예(禮 : 왕이 빈객에 대해 행하는 9가지 의례)를 궁정에서 행해야만 합니다. 저는 그제서야 감히 벽을 올리겠습니다."

진왕은 속으로 화를 억누르면서도 체면상 강탈을 할 수 없다고 생각했다.

"좋소. 닷새동안 재계할 것을 약속하겠소. 그대는 그동안 영빈관에 머물도록 하시오."

인상여는 귀빈 전사(傳舍)에 들자마자 조나라에서 데려온 종자 한 사람을 조용히 불렀다.

"너는 이 벽을 품 속에 몰래 숨겨가지고 조용히 진나라를 빠져나가거라. 남루한 차림일수록 좋다."

상황을 눈치 챈 종자는 수심이 가득한 얼굴이 되어 되물었다.

"벽은 조나라가 다시 찾게 될지 모르나 주인님의 목숨이 위태롭습니다. 어쩌시렵니까?"

"내 걱정은 말고 어서 떠나기나 해라."

벽이 조나라로 몰래 돌아가고 난 후였다. 진왕은 닷새 후 정작 구빈의 예를 갖추어 궁정에서 인상여를 인견했다.

"과인은 그대가 일러준 대로 모두 이행했소. 이제 돌려주오."

"죄송합니다. 진나라는 목공 이래로 20여 명의 군주가 계셨으나 아직까지 한 분도 약속을 지킨 분이 없었습니다. 소신의 입장에서는 진나라 대왕한테 속고 조나라까지 저버리게 되는 그런 인간이 될까 그것만이 두렵습니다. 그래서 사람을 시켜 벽을 가지고 몰래 조나라로 돌아가게 했던 것입니다."

"무어라고!"

"진나라는 강하고 조나라는 약합니다. 그러하니 지금이라도 대왕께서 단 한 사람의 사자를 보내더라도 조에서는 두려워 지체없이 벽을 받들고 올 것입니다. 강한 진나라가 먼저 15개의 도성을 갈라 조에게 넘겨준다면 어찌 감히 조나라가 대왕에게 벽을 내놓지 않는 죄를 지을 수 있겠습니까."

인상여의 대꾸에 진왕은 화통이 터졌다.

"저자를 당장 탕확(湯鑊 : 삶아죽이기 위해 물끓이는 가마솥)에 처넣어라!"

"아아, 우리가 속다니!"

근신들도 분노하고 탄식했다.

"소신이 대왕을 속였으니 그 죄 죽어도 마땅합니다. 다만 저를 죽이시더라도 충분히 상의나 한 후에 하십시오."

인상여를 끌어낸 뒤 진왕은 정작 근신들과 상의할 수밖에 없었다.

"지금 인상여를 죽인다고 해도 이미 벽은 얻을 수 없는 게 아니겠소?"

근신들도 흥분을 가라앉혀 모두 제정신으로 돌아온 듯했다.

"그렇습니다. 그로 인해 진과 조의 우호관계만 끊어지기 십상입니다."

"맞습니다. 우리가 약속만 지켰더라면 어찌 조왕이 한 개의 벽 때문에 진을 속이겠습니까."

"그러니까 오히려 상여를 후대해 조나라로 돌려보내시지요."

"그 편이 나을 것 같다. 그러나 이번 모욕은 잊지 않겠다!"

인상여는 궁중에서 빈객의 예우를 모두 받은 후 마침내 귀국을 허락받았다.

상여가 귀국하자 조왕은 몹시 기뻤다.

"그대같이 현명한 인물이 사신으로 갔기에 과인을 욕보이지도 않고 보물도 빼앗기지 않았던 게 아니겠소!"

조왕은 인상여를 대부(大夫)에 앉혔다.

그런데 진나라는 그 사건을 핑계로 조나라를 끊임없이 괴롭혔다. 석성(石城)을 습격해 조나라 군사 2만 명을 죽였다. 그나마도 모자라 진왕은 조왕에게 음흉한 서신을 보냈다.

―― 그대와 우호하고 싶소. 서하(西河) 남쪽 면지(澠池)에서 화합했으면 하오.

조왕은 두려웠다. 겉으로는 우호적인 회합으로 진왕은 쓰고 있지만 갔다가는 다시는 돌아올 것 같지가 않았다.

그럴 때 인상여는 염파와 상의를 한 뒤에 조왕을 달랬다.

"가십시오. 가지 않으면 조나라가 나약하고 비겁하다는 평판만 듣습니다. 소신이 봉행하겠으니 걱정마시고 가시는 게 옳습니다."

인상여가 몇 차례나 간청해서야 조왕은 여전히 두려워하는 빛으로 간신히 고개를 끄덕거렸다.

염파도 국경까지 전송나와서는 간곡한 음성으로 말했다.

"대왕. 회견을 마치고 돌아오시는 일정은 30일 간입니다. 그 때까지 돌아오지 않으면 영원히 돌아오지 못하시는 것으로 판단하겠습니다. 청컨대 태자를 왕으로 모셔 진나라의 얄팍한 속셈을 끊을 수 있도록 미리 허락해 주십시오!"

조왕도 사태의 심각성을 깨닫고는 결연한 목소리로 말했다.

"좋소! 가상한 결의요!"

드디어 조왕 일행이 면지로 떠났다.

진왕과 조왕의 면지에서의 회합은 곧 성사되었다. 그런데 말이 우호적 회합이지 조왕을 대하는 진왕의 태도는 마치 신하 다루듯 했다.

술에 얼큰해지자 진왕은 소리질렀다.

"과인이 듣기로는 조왕은 거문고를 잘 뜯는다고 들었는데 한 곡 탄주해 주실 수 있겠소"

모욕적인 요구였다. 그래도 조왕은 불평할 수가 없어 두려운 눈빛으로 인상여부터 돌아보았다. 인상여가 겁내지 말고 탄주해 보이라는 눈짓을 보내자 그제서야 조왕은 거문고를 뜯었다.

탄주가 끝나자 진나라 기록관이 나와서 소리쳤다.

"이렇게 기록했습니다. '모년 모월 모일 진왕은 조왕과 회음(會飮)하고 또 조왕에게 거문고를 타게 했다.'"

기다렸다는 듯이 인상여가 나섰다.

"들으니 진왕께서는 분부(盆瓴 : 미개한 진(秦)에서 술독으로 쓰는 질장구)를 잘 두드리신 다던데 조왕께서 함께 즐기고자 하십니다."

"나는 싫소!"

진왕은 단박에 화를 냈다. 그래도 인상여는 지지 않고 무릎을 꿇어 간청했다.

"싫다고 말하지 않았소!"

그러자 인상여가 진왕 가까이 붙어서며 무서운 눈길을 쏘아보냈다.

"대왕과 신의 사이는 다섯 걸음밖에 안 됩니다. 제 목을 찌른 피가 대왕의 용포를 적실 수도 있습니다!"

자신을 희생해 진왕에게 위해를 가할 수도 있다는 뜻이었다.

진왕의 좌우에서 상여를 베려 하자 상여가 먼저 눈을 부릅떴다.

"물러서랏! 나의 단검은 예리하다!"

사태가 난감해지자 진왕은 어쩔 수 없이 질장구를 가져오게 해 두들겼다.

질장구치기가 끝나자 인상여는 함께 온 조나라 기록관에게 소리쳤다.

"적어놓게나. 모년 모월 모일에 진왕이 조왕을 위하여 분부를 쳤다고."

화가 난 진나라 근신들도 가만 있지 않았다.

"조나라가 성시 15개를 바쳐 진왕의 장수를 축복해 주시기를 청원하는 바이오!"

난감스런 표정을 짓고 있는 조왕에게 인상여는 눈을 껌벅인 뒤 대신

하여 나섰다.

"그 참 좋은 생각입니다. 가는 정성이 있으면 오는 정성도 있겠지요. 그렇게 할 터이니 진에서는 수도 함양을 바쳐 조왕의 장수를 축복해 주시기를 청원합니다."

그쯤 되자 진의 군신들도 기가 질리는지 입만 딱 벌리고 있었다. 군사로 한바탕 기를 꺾을 생각을 했지만 진에서 데려간 군사만큼 조에서도 데려와 진을 치고 있었으므로 진나라도 섣불리 움직일 수가 없었다.

결국 잔치가 끝날 때까지 진왕은 계속 조왕에게 트집을 잡았지만 허점 하나 발견할 수가 없었다.

회합은 흐지부지 끝난 채 각각 귀국했다. 인상여의 공적을 높이 평가한 조왕은 인상여를 상경(上卿)의 직위에 앉혔다.

"음, 이것 보게나!"

뜻밖에도 염파가 발끈했다. 인상여가 자신보다 높은 지위에 오르는 것이 싫었던 것이다.

"나는 말일세. 조나라 장군이 되어 성을 공격하고 들판을 달려 수없이 상처를 입어가며 나라를 지키고 넓혀온 커다란 공이 있지. 인상여는 본래가 미천한 출신인데다가 그까짓 혀끝 몇 번 잘 놀린 대가로 상경의 지위에 오르지 않았는가 말일세. 나는 그자의 밑자리에 있는 게 부끄러워 참을 수가 없어. 언제 만나기만 하면 그자를 크게 모욕주어 조정에서 떠나도록 해야지!"

인상여도 그 소문을 들었다. 그래서인지 가급적 염파와 만나지 않으려고 애를 썼다.

조정에 나가야 할 일이 있어서도 인상여는 병을 핑계로 함께 서는 자리를 피했다. 서열대로 기립하는 일이 문제가 되었기 때문이었다.

심지어는 마차를 타고 가다가도 먼발치에서 염파가 오는 기색이 있으면 말몰이꾼에게 다른 골목으로 숨도록 지시했다.

이렇게 되자 인상여 가신들의 불평은 이만저만이 아니었다.

"저희들이 친척을 떠나와서 부모처럼 주인님을 섬기고 있는 까닭은 주인님의 높으신 뜻을 사모하고 있기 때문입니다. 그런데도 염파와 같은 서열에 계신 주인님께서 그토록 욕을 당하시며 그가 두려워 숨기조차 하시니 가신인 저희들로서는 부끄러워 견딜 수가 없습니다. 평범한 백성들조차도 창피하게 생각하는 일이거늘 주인님같이 높은 지위에 계신 분이 어찌 그토록 용렬하신지요. 불초한 저희들로서는 주인님을 섬길 수가 없으니 떠나도록 해주십시오."

고개를 두어 번 끄덕거린 인상여는 가신들을 둘러보았다.

"그대들이 보는 염장군은 어떤가?"

"위세가 당당하지요."

"진나라 왕은 어떤가?"

"그야 무섭지요."

"염장군과 진왕을 비교해 누가 더 무서운가?"

"물론 진왕이 훨씬 두렵습니다."

"염장군은 진왕을 어떻게 생각할 것 같은가?"

"내심 두려워할 게 뻔합니다."

"그런데 내가 진왕을 겁내던가?"

"주인님께선……"

"그토록 당당한 진왕의 위세 앞에서도 나는 눈썹 한 번 깜박거리지 않았네. 어디 그뿐인가. 바로 진나라 궁전 안에서 진왕을 꾸짖고 그의 신하들까지 욕보인 나일세. 그런 내가 그까짓 염장군 정도를 무서워할 것

같은가?"

"그렇지만 피해 다녔습니다."

그래도 가신들은 인상여의 말에 쉽게 설득당할 기세들이 아니었다.

"한 가지 물어보겠네. 그토록 강대한 진나라가 감히 조나라를 쉽게 넘보지 못하는 이유는 어디에 있다고 생각하는가?"

"모르겠습니다."

"그건 오직 우리 두 사람 때문일세. 바로 이 인상여와 염파 말일세."

"예에?"

"비유하자면 두 마리의 호랑이가 싸워 힘을 탕진해 버리면 어떻게 되겠나. 결국은 둘 다 살지 못하네. 진나라가 바라는 것이 바로 이걸세. 또 실제로 첩자들을 보내 그런 이간질을 계속하고 있고. 내가 염파를 피하는 이유는 그가 두려워서가 아니라 국가의 위급을 먼저 생각하고 사사로움은 뒤로 미루었기 때문이라네."

"아아, 주인님!"

염파도 그 말을 전해 들었다. 즉시 가시 회초리를 지고 인상여의 문전에 이르러 웃통을 벗어 사죄해 아뢰었다.

"비천한 제가 상경의 그토록 깊은 뜻을 알았겠습니까! 매우 꾸짖어 주십시오!"

그로 인해 두 사람의 우의는 통했다. 드디어 문경(刎頸)의 교(交 : 함께 목이 잘려도 회피 않을 막역한 사이)를 맺었다.

그 해로부터 염파는 동쪽으로 제나라를 쳐서 기(幾)를 공략했고, 이어 위(魏)의 방릉(防陵)과 안양(安陽)(둘 다 하남성)을 공격했으며, 제의 평읍(平邑 : 하남성)까지 평정했다.

그 이듬해에 조사(趙奢)가 알여(閼與) 부근에서 진나라 대군을 격파한 일이 있었다.

조사는 원래 조나라 전조(田租)를 담당한 관리였다. 조세를 거둘 때 평원군 조승의 집에서 조세 바칠 것을 거부했다. 그러나 조사는 단호했다. 평원군의 집사(執事) 9명을 법을 물어 처단했다.

화가 난 평원군은 조사를 죽이려 했으나 조사는 겁내지 않고 대들었다.

"당신께선 조나라의 왕족이십니다. 제가 만약 지금 당신의 조세를 묵인해 공무를 수행하지 않는다면 국법이 침해될 것입니다. 국법이 침해되면 국가가 약화됩니다. 국가가 약화되면 제후들이 침략해 옵니다. 제후가 침공해 오면 조나라가 멸망합니다. 그 때 가서 당신이 아무리 재산을 아끼려 해도 그것은 불가능합니다. 당신이 먼저 죽게되니까요. 그 대신 당신같이 고귀한 신분이 공변된 의무를 수행함에 있어 법대로 행하면 저절로 상하가 공평하게 되고, 상하가 공평해지면 국가가 부강해집니다. 국가가 부강해지면 조나라는 견고해집니다. 당신은 국왕의 일족입니다. 당신의 처신이 어떤 결과를 낳을 것인지는 스스로가 잘 아실 것입니다."

평원군은 조사가 현자라 생각했다. 곧 왕께 아뢰어 그를 크게 등용케 했다.

조사는 국가의 부세를 맡아보게 되었고, 국가의 부세가 크게 공평하니 백성은 부유해졌으며 국고는 충실해졌다.

바로 그 즈음에 진나라 군사가 알여에 진주했던 것이다.

조왕은 우선 염파를 불러 물었다.

"알여를 구할 수 있겠소?"

"솔직히 말씀드리면 제 힘으로는 알여를 구하기 어렵습니다. 길이 멀고 험한 데다 길목마저 좁기 때문입니다."

조왕은 염파조차 알여를 구할 길이 없다고 하자 몹시 낙담되었지만 혹시나 해서 조사를 불러 물어보았던 것이다.

"비유해서 말씀드리자면 두 마리의 쥐가 작은 상자 안에서 싸우는 경우와 같습니다. 장군이 용감한 군대가 이기는 싸움입니다."

"그 묘하다!"

조왕은 느끼는 바가 있어 조사를 장군으로 삼아 출전케 했다.

알여를 구원하기 위해 수도 한단을 떠나 30리쯤 왔을 때 조사는 갑자기 군사를 멈추고 전군에 군령을 내렸다.

"지금부터는 누구라도 군사(軍事)에 관하여 간하는 자가 있으면 벤다!"

한편 진나라 군사는 수도 한단 서쪽 무안(武安)까지 밀려와서는 북을 치고 함성을 지르며 군사배치를 하느라고 야단법석이었다.

이에 놀란 척후병 하나가 돌아와 겁에 질린 목소리로 보고했다.

"우선 서둘러서 무안부터 구원해야 되겠습니다!"

조사는 두 말 않고 그 자리에서 척후병의 목을 베어버렸다. 전군이 떨었다.

조군은 누벽만 더욱 견고히 쌓으며 28일 간이나 하는 일 없이 그 자리에 머물러 있었다.

즈음에 진나라 간첩이 들어왔다가 잡혔다. 그러나 조사는 그를 죽이지 않고 오히려 융숭한 대접을 한 뒤에 순순히 돌려보냈다.

돌아간 간첩이 조나라 진중에서 겪었던 일을 진나라 장수에게 보고하자 그는 몹시 기뻐했다.

"수도에서 간신히 30리 정도 떨어져 나와 누벽이나 쌓고 있는 조장은 바보가 아닌가! 알여는 이미 조나라 땅이 아니다!"

그러나 조사는 간첩을 돌려보낸 즉시 병사의 무거운 갑옷을 벗기고 경장을 시켜서는 재빨리 진군해 들어가 알여에서 50리쯤 떨어진 곳에다 진을 쳤다. 정예 궁수들을 따로 빼돌린 다음에 완성된 군진이었다.

그런데 부장(副將) 허력(許歷)이 조사의 막사 앞에 꿇어앉아 군사(軍事)를 간하겠다며 청한 것이다. 그러자 뜻밖에도 조사는 허력을 들어오게 했다.

"말해 보게."

"진나라 군중에서는 우리가 갑자기 이쪽으로 이동한 사실을 모릅니다."

"곧 알게 될테지."

"그 땐 알여를 급습하려는 진나라 군사의 속도가 격렬해질 것 같습니다. 군세를 두텁게 해 지켜야지 그렇지 않으면 패합니다."

"고맙네."

조사는 허력의 간언을 무심한 척 받았다.

"이곳에서의 싸움은 북산(北山 : 알여 부근의 산)의 정상을 먼저 점거하는 쪽이 승리합니다. 진군도 그렇게 알고 도착 즉시 산정으로 오를 것입니다."

"그래서 자네는 어떻게 하면 좋겠나?"

"간했으니 저를 처형해 주십시오."

"물론이지. 한단에서 명령을 기다리고 있게. 그러나 지금은 아니네. 따로 빼둔 1만의 군사를 줄 터이니 자네가 먼저 산정을 점령하고 있다가 진군이 오르거든 처부수게. 어서 가 보게나. 지금쯤 궁수들이 먼저 도착해 자네를 기다리고 있을 걸세."

허력은 신바람이 나서 북산으로 달려갔다. 1만 궁수들을 몰아 산정에 올라 매복시킨 뒤 진군이 오기를 기다렸다.

한편 진군에서는 조군이 미리 와서 기다리고 있을 것이라고는 꿈에도 생각지 못하고 있었다. 때문에 진군은 안심하고 북산 아래 도착하자마자 허력의 말대로 산정으로 오르기 시작했다.

"바로 이 때다! 총공격하라!"

바윗돌이 굴러내리기 시작했고 비명을 질러대는 진군의 머리 위로 화살은 소나기처럼 뿌려졌다. 진군의 아우성소리가 온 계곡을 뒤덮었다.

뒤따라 군대를 몰아 달려온 조사는 도망치는 진군을 막아 도륙했다.

알여의 포위는 풀렸다. 비로소 조사가 개선하자 조왕은 조사를 마복군(馬服君)으로 삼고 허력을 국위(國尉)로 삼았다.

조사는 염파나 인상여와 지위가 같아졌다.

개선 직후 허력이 조사에게 물은 적이 있다.

"제가 전날 군사문제에 대해 간했는데도 어째서 저를 처형하지 않았습니까?"

"뻔히 목이 날아갈 줄 알고 간하는 데는 절박한 이유가 있는 법이다. 그래서 그대는 훌륭한 군인인 것이다. 때문에 나는 1만 군사를 자네에게 맡겼다. 그리고 승리할 줄 알았다."

그로부터 11년 후. 이미 조사는 죽고 염파는 늙었으며 인상여는 병들어 있었다. 그 때 진나라 군사가 장평(長平)으로 쳐들어왔으므로 조나라에서는 백전노장 염파를 전선으로 내보냈다.

그동안 조군은 끊임없이 진군에게 격파당했는데, 무슨 생각에서인지 염파가 장군이 되면서는 진군이 공격해 오더라도 나가 싸우지는 않고 누벽만 견고히 한 채 가만히 기다리기만 했다.

"내게 다 요량하는 바가 있으니까 꼼짝말고 기다리기만 해라!"

그런데 실상 진나라에서는 조의 염파를 두려워하고 있었다. 염파를 제거하지 않는 한 조군을 무찌를 수 없다고 판단해 간첩을 풀어 조왕과 염파를 이간질하는 작전을 썼다.

"진군에서는 이제 늙은 염파 따위는 조금도 겁내지 않아. 거 보라구. 염파는 싸움을 겁내 성문을 굳게 닫고 나오지도 않잖아. 정작 진나라에서 겁내고 있는 사실은 마복군 조사의 아들 조괄(趙括)이 염파 대신에 장군이 되는 일이네."

조왕은 간첩들이 흘린 떠도는 그런 소문에 귀가 솔깃했다. 더구나 수비 일변도인 염파의 작전이 도무지 마음에 들지 않았다. 즉시 염파 대신 조괄을 장군으로 삼으려했다.

소문을 들은 인상여가 놀라 병든 몸을 일으켜 입조했다.

"아니 됩니다! 대왕께서는 지금 조괄의 명성만 듣고 장군으로 쓰시려 하는데 그런 조처는 마치 거문고의 괘(棵 : 줄의 기둥)를 아교로 붙여놓은 거문고를 뜯는 것과 같습니다. 깨어지기 십상이지요. 조괄은 그저 자기 부친이 남긴 병법의 서전(書典)은 읽을 수 있을지 모르지만 전장에서 임기응변하는 조처는 할 수 없는 인물입니다."

"그를 너무 과소평가하는 것 같소. 조괄은 젊고 기백이 있는 장군이 아니겠소. 그리고 염파는 너무 늙었소."

조왕은 듣지 않고 조괄을 장군으로 삼고 말았다.

조괄은 젊은 시절부터 병법을 익혀 병사를 논하는 일에는 자신 있었다.

일찍이 부친 조사와도 자주 병사를 논했다. 그럴 경우에도 자신의 논리 정연함에 대꾸할 말을 잊어버리는 부친을 보며 더욱 자신만만해 했다. 그러나 조사는 단 한 번도 아들의 이론을 옳다고는 말하지 않았다.

조괄의 모친은 남편 조사에게 그 이유를 물었다.

"당신은 아들의 변론에 번번이 지면서도 어째서 한 번도 괄에게 잘한다는 칭찬은 해주지 않습니까?"

"모르는 말씀이오. 전쟁터란 목숨을 거는 장소요. 어찌 전쟁의 승패가 논리대로만 가겠소. 그런데도 아이는 병사(兵事)를 너무 쉽게 말하며 논리대로 결판이 날 것으로 믿고 있소. 부디 나라에서 조괄을 장군으로 삼지 말았으면 좋겠소. 만일 조나라가 파멸할 때 그 군대의 장군은 필시 괄이 될 경우일 것이오."

조괄이 출전준비를 하고 있을 때 그의 모친이 뜻밖에도 조왕에게 글을 올렸다.

——괄을 장군으로 삼지 마십시오.

조왕은 이상하게 생각되어 괄의 모친을 불렀다.

"무슨 까닭이라도 있소?"

"제가 괄의 아비를 섬길 때 그분은 장군이었습니다. 몸소 음식을 받들어 올리는 자가 열 명이 넘었고 벗으로 사귀는 자가 백을 넘었습니다. 대왕께서나 왕실에서 상으로 내려주신 물품들이 허다했으나 한 가지도 집으로 들이지 않고 모두 군리(軍吏)와 사대부들에게 주어버렸습니다. 출전을 명령받은 날에는 가사를 돌보기는커녕 아예 집에도 들르지 않았습니다."

조괄의 모친은 지치지 않고 조왕에게 아뢰었다.

"그런데 지금 아들 괄은 아비와 너무나 다릅니다. 장군이 되어 동면(東面 : 상위자의 위치)하여 군리를 소집하여도 누구 한 사람 그의 말을 존중해 우러러보는 자가 없습니다. 왕께서 내려주신 금백(金帛)은 집으로 가져와 창고에 저장하고 이익될 만한 전택(田宅)은 잘 보아두었다가 돈만 생기면 사들입니다. 아비와 자식의 생각이 그토록 틀립니다. 제 생각도 괄은 장군의 인품이 못됩니다."

"어미는 이를 내버려두시오. 과인은 이미 결정했소."

그래도 괄의 모친은 다시 졸랐다.

"굳이 대왕께서 제 자식을 전장으로 보내시려면 저도 어쩔 수가 없습니다. 그러나 제 자식이 만일 장군의 책임을 제대로 감당하지 못한 일이 생겼을 때 저에게까지 그 죄가 연좌되지 않도록 약속해 주십시오."

"그건 약속하겠소."

조괄은 염파를 대신해 장군이 되자 군령을 모두 바꾸고 군리들도 갈아치웠다.

한편 진의 장군 백기(白起)는 조괄이 장군이 되었다는 소식을 듣고는 회심의 미소를 지었다.

"이제 조나라도 망할 날이 가까워졌구나!"

백기는 기병(奇兵 : 기습병)을 놓아 조군을 마구 흔들었다. 패주하는 척하다가 다시 돌아와 조군의 양도(糧道)를 끊었다.

조군의 본진에서는 양도가 끊기자 40여 일이 지나도록 양식을 구할 수가 없었다. 떨어져 나간 다른쪽 군사들도 이미 조괄에게서 이반했는지 구원해 오지도 않았다. 굶어죽기 직전이었다.

"차라리 최후의 일전을 불사한다!"

조괄이 선두에 서서 포위망을 뚫으려 했으나 오히려 진군이 쏜 화살을 맞고 즉사했다.

남은 수십만 조군은 순순히 진군에 항복했다. 그런데 진군은 이들이 반역할까 두려워 땅을 파고 모조리 생매장했다. 조괄의 출병을 계기로 죽은 조나라 군사가 45만 명이었다. 참담한 대패였다.

조나라는 곧 수도 한단까지 포위되었다가 초·위의 구원군에 의해 간신히 포위를 풀 수 있었다.

조나라 장정들 거의가 죽는 처절한 패배였다. 조왕은 약속 때문에 조괄의 모친을 주살하지는 않았다.

연(燕)나라 율복(栗腹)이 조나라의 상황을 눈치 채고 연왕께 아뢰었다.

"조나라 장정들은 장평 싸움에서 씨가 말랐고 그 고아들은 아직 어린 아이들입니다. 바로 이 때 조나라를 치면 쉽게 정복할 수 있습니다."

연나라에서는 즉시 군사를 일으켰다. 다급해진 조나라에서는 염파를 다시 장군에 기용했다.

염파가 다시 장군이 되어 출격하자 연군은 상대가 되지 않았다. 율복을 호(鄗)에서 죽인 뒤 내친김에 연나라를 포위해 들어갔다.

연왕은 다급해졌다.

── 조나라에 염장군이 계신 걸 모르고 율복의 말만 믿고 출병하는 잘못을 저질렀소이다. 5개의 성시를 조에 할양해 드릴 터이니 부디 강화에 응해 주시길 바라오.

염파는 개선했다. 조왕은 염파의 공로를 인정해 신평군(信平君)에 봉한 뒤 식읍으로 위문(尉文)땅을 주었다.

몇 년이 지난 뒤 조나라에서는 효성왕이 죽고 태자가 도양왕(悼襄王)으로 즉위했는데 염파를 장군에서 파직시킨 뒤 악승(樂乘)을 장군으로 기용하는 사건이 일어났다.

"무어? 나 대신 연나라에서 기어들어온 악승이 장군이라! 두고보자!"

욱 하는 성미에 염파는 참지 못하고 그날 밤을 택해 악승의 집을 습격했다. 그러나 악승은 간신히 빠져나왔기 때문에 목숨은 부지할 수가 있었다.

그러나 그 사실이 조왕의 귀에 들어갔다.

"무어라고! 염파의 그런 행위는 과인에 대한 반역이다. 잡아오너라!"

일이 그렇게 되니 염파는 조나라에 머물 수가 없었다. 서둘러 위(魏)나라로 도망쳐 들어갔다.

조나라에서는 할 수 없이 이목(李牧)을 장군으로 삼았다.

염파는 위의 대량(大梁)에서 하는 일 없이 지내고 있었다. 위나라에서 그를 등용하지 않은 것은 아직도 그를 신용할 수가 없었기 때문이었다.

한편으로 조나라에서는 염파가 탈출한 순간부터 끊임없이 진나라의 침공에 시달리고 있었던 것이다. 아무래도 염파를 다시 불러오는 것이 최선이라는 생각들을 하고 있었다.

"과인의 판단 잘못으로 염파를 내쫓은 것이다. 누가 가서 염파의 근황이 어떠한지 알아보고 오너라."

조왕의 생각은 지금도 염파를 장군으로서 등용할 가치가 있는가 없는가 하는 데에 있었다. 바로 그런 사실을 살펴오라는 뜻이었다.

그런데 조정대신 중에 곽개(郭開)라는 자가 있었다. 그는 오래 전부터 염파와 사이가 나빴는데 만일 다시 염파가 중용되면 그로서는 이만저만 불편한 일이 아니라고 생각하고 있었다.

"큰일났다! 어쨌건 그의 등용을 막아야 한다!"

곽개는 위나라로 떠나는 사자에게 황금을 듬뿍 쥐어주며 말했다.

"돌아와서 대왕한테는 염파가 아무 쓸모없게 되어 있더라고 말씀드려라."

어쨌건 조의 사자는 위나라로 가서 염파를 만났다. 염파는 사자가 무슨 일로 자신을 엿보러 왔는지를 알아챘다.

그래서 염파는 조나라 사자 앞에서 한 끼 식사 때 짐짓 한 말의 쌀밥과 열 근의 고기를 먹어보였다.

"아직도 어떻게나 식성이 좋은지!"

그런 후 염파는 날렵하게 말잔등으로 뛰어올라 비호처럼 달려보이는 것이었다.

"대단하다!"

사자는 염파의 효용가치가 아직은 충분히 있다고 생각했다.

조나라로 돌아온 사자는 왕께 보고했다.

"몸은 비록 늙었으나 식욕은 왕성했으며 날렵하게 말잔등에 올라 비호처럼 들판을 달렸습니다."

그런데 그 순간 사자는 곽개로부터 받은 뇌물 생각이 떠올랐다.

"하지만 그런 행위들은 등용되기 위해 억지로 과시해 보인 행동에 불과했습니다. 얼마 있지 않아 세 번씩이나 측간을 들락거렸으니까요."

조왕은 염파를 부를 것을 포기했다. 새로 장군에 임명된 이목은 북쪽 변방을 지키던 명장이었다. 대체로 안문(雁門)에 있으면서 흉노에 대한 경비를 맡았다.

형편에 따라 임의로 관리를 임명해 조세를 거두어 막부(幕府 : 장군의 진영)에 쌓아놓고 사병들의 유지비용으로 충당했다. 날마다 소를 몇 마리씩 잡아 병사들에게 먹이며 활쏘기와 말타기를 익히게 했다. 많은 첩자들을 곳곳에 풀어놓는 대신 적의 침입을 알리는 봉화놓기를 가급적 삼가함으로써 백성들이 불안해하지 않도록 배려했다.

"만일 흉노가 침입해 약탈하려거든 급히 가축과 가재들을 거두어 성내로 들어오도록 하라. 감히 흉노와 대적해 싸우는 일은 삼가하도록 하라."

이목의 군령은 잘 지켜졌다. 몇 년이 지나도록 이목의 군대는 잃은 것이 없었다. 흉노들은 이목을 습격해도 소득이 없다 보니 심술이 나서 욕을 해댔다.

"이목은 싸움도 못하는 비겁한 장군이다!"

심지어 이목의 군사들조차 겁쟁이 장군에 대하여 불평했다.

그런 소문이 조왕의 귀에 들어가지 않을 수가 없었다. 당장 이목을 불러들였다.

장군이 바뀌면서 흉노에 대한 대응방침 역시 달라졌다. 흉노가 쳐들어올 적마다 나가서 싸워야 했으니 결국 일년 내내 전쟁을 치러야 했다.

싸울 때마다 전사자가 속출했고 가축과 가재를 잃어야 했으며, 백성들은 농사를 지을 수가 없었고 목축도 할 수가 없었다. 그렇게 되니 변방 백성들의 원성이 자자해졌다. 이목을 다시 보내달라고 아우성이었다.

이를 눈치챈 이목은 병을 핑계삼아 문을 닫고 들어앉았다. 그러나 조왕은 거의 강제로 이목을 불러내었다.

그 때 이목은 분명히 못박았다.

"설사 대왕께서 저를 재등용하시더라도 복무방침에는 전연 변화가 없을 것입니다. 그래도 좋으시다면 현지로 부임하지요."

"좋소. 그대로 하시오."

이목은 다시 부임했고 군령은 예전처럼 내려졌으며, 흉노는 몇 해 동안 또 소득이 없으니 이목을 겁쟁이라 투덜거렸다. 그러나 백성들은 부유해졌고 막부의 창고는 그득했다.

그러던 어느날 이목은 느닷없이 부장 하나를 불러 물었다.

"요즘 우리 병사들의 사정은 어떤가?"

"배불리 먹고 활쏘기와 말달리기를 놀이처럼 즐기고 있습니다만 전쟁이 없으니 상 받을 일이 없다며 얼마만큼 투덜거리곤 합니다."

"여전히 나를 겁쟁이라 부르고들 있을 테지."

"그 점 역시 달라진 건 없습니다."

"그렇다면 이제 크게 한 번 붙어볼까."

"예에?"

"군량미도 풍족하고 사기도 왕성하니 때가 된 것도 같다."

그런데 이제까지의 느릿느릿하던 이목이 아니었다. 전차 1천3백 대, 기마 1만 3천 필, 정예용사 5만, 10만의 궁수들을 전격적으로 엄선한 뒤 예상밖의 군령을 전군에 시달했다.

"가축들을 들판에다 크게 방목한다. 전투연습도 공개적으로 하고 백성들은 모두 들판으로 나와서 구경하라."

이목은 전투연습을 여봐란 듯이 요란스럽게 시행했다.

"흉노는 곧 쳐들어올 것이다. 그 땐 조금씩 싸우면서 패하는 척 성내로 도망쳐라. 명령을 듣지 않는 자는 벤다."

"전과 달라진 전술이라고는 조금씩 싸우다 패퇴하는 것밖엔 없잖습니까."

"목적은 선우(單于 : 흉노의 왕)를 끌어내는 데에 있다. 그 땐 말리지 않을 테니 실컷 싸워라."

얼마 뒤 과연 흉노는 침입했고, 조군은 요란스런 군사훈련을 하다말고 얼마만큼 싸우다가 기겁을 하면서 성내로 쫓겨 들어갔다. 그런 조군의 상황이 곧장 선우의 귀로 들어갔다.

"무어라고? 그자들이 우리를 치겠다며 전투 연습을 해? 겁쟁이 이목이 몹시 웃기는 구나. 어쨌건 사정이 그렇다면 내가 몸소 나가 그놈들을 혼 내 주지."

선우는 대군을 이끌고 이목의 성으로 쳐들어왔다. 그러나 이목은 이 번에는 피하지 않았다. 진(陣)을 마치 새가 양날개를 폈다 접는 것처럼 기이한 형세를 되풀이했다.

"적의 군세가 심상치 않습니다. 가까이 가지 마십시오!"

부장이 말리자 선우는 발칵 화를 냈다.

"이목 따위가 무슨 신기한 군진(軍陣)을 펴겠는가. 전군은 한꺼번에 몰아쳐라!"

흉노군 수십 만이 함성을 지르며 몰아쳐오자 이목의 군사는 삽시에 이상한 형태로 진세를 바꾸었다.

"엇! 조군이 눈앞에서 없어졌습니다!"

"아닙니다. 뒤쪽으로 나타났습니다!"

"앗! 옆에도!"

흉노들은 혼비백산했다.

이 전투에서 흉노 10만여 기(騎)가 조군에게 몰살당했다. 조군은 여 세를 몰아 호족(胡族)들인 담람·동호·임호까지 격파해 항복시켰다.

그 뒤 10년 동안 감히 흉노는 조나라 변경 성시를 침범하지 못했다.

염파는 이미 위나라로 망명해 들어가 조나라로 돌아오지 못하는 상태 였기에 이목이 대장군에 임명된 것이다.

이목은 그 후 연의 무수·방성을 함락시키고 극신(劇辛)을 죽였으며, 진나라 장군 환의를 의안(宜安 : 하북성)에서 맞아 쳐부수었다.

조에서는 이목을 무안군(武安君)으로 봉했다. 진군을 파오(番吾)에서 맞아 물리쳤고, 한·위의 침공도 막았으며, 진장 왕전이 대군을 이끌고 침공해 왔을 때도 이목은 쉽사리 이를 막아내었다.

진나라에서는 조나라 공략이 쉽지 않자 왕의 총신 곽개에게 은밀히 많은 황금을 주어 이목을 참언하도록 매수했다.

"이목이 사마상(司馬尙) 등과 짜고 모반하려 하고 있습니다."

"그렇지 않아도 수상하게 생각하고 있던 참이오. 장군으로 이목 대신 조총이나 안추로 교체하면 어떻겠소?"

이목에게 교체 통고가 가자 이목은 즉각 반발했다.

──중상모략입니다. 신은 듣지 않겠습니다.

"무어라고? 왕명을 듣지 않겠다니!"

"자객을 대왕의 사자로 위장해 가만히 진중으로 보내어 목을 베십시오!"

조왕은 곽개의 의견을 따랐다.

이목을 죽인 뒤 사마상은 파직시켰다. 대신 조총과 안추를 장군으로 임명했다.

한편 염파는 오늘 내일 하면서 조나라로부터 재등용의 소식만을 눈이 빠지게 기다리고 있었다. 그동안 염파는 초나라의 초청을 받고 가서 잠깐 장군에 임명된 적이 있었다. 그러나 의욕이 없었으니 공을 세울 일도 없었다.

"나는 오직 조나라 군사를 부려보고 싶다!"

항상 그렇게 중얼거렸지만 그것은 오로지 혼자만의 희망일 뿐이었다.

그 때 조나라의 사변을 들었다. 이목이 살해당하고 사마상이 파직되었으며 새 장군으로 조총과 안추가 등용되었다는 사실이었다.

"아, 나에게 기어코 기회는 오지 않는가!"

염파는 천추의 한을 품은 채 수춘(壽春)에서 죽었다. 거의 비슷한 시기에 인상여도 병들어 조나라에서 죽었다.

그로부터 3개월 후 진나라는 왕전을 시켜 조나라로 쳐들어가게 했다. 조총은 창에 찔려 죽고 안추는 사로잡혔으니 한단은 힘 한 번 써보지도 못하고 함락됐다.

조나라는 졸지에 망하고 말았다.

# 9. 자객

연(燕)나라 태자 단(丹)은 진나라로부터 천신만고 끝에 연나라로 탈출해 나와서도 아직 분이 덜 풀렸는지 한참씩이나 씩씩거렸다.

'이놈! 어디 두고 보자. 무슨 수를 써서라도 이 원수는 반드시 갚고야만다!'

일찍이 단이 조나라에서 인질로 잡혀 있을 때 진나라의 정(政)도 그 아비 자초의 아들로서 함께 볼모 신세였다. 그 때 어린 단과 정은 소꼽친구로서 아주 절친하게 지냈다.

그런데 어린 정이 진나라 왕으로 즉위하자 강국 진나라의 은혜를 조금이라도 입을까 싶어 단은 자청해 진나라로 다시 인질이 되어 갔던 것이다.

그런데 그런 단의 계산은 완전한 잘못이었다. 진왕은 단에 대하여 안면을 완전히 바꾸고 있었다.

"과거의 친구라고 해서 국익을 외면할 수는 없는 일 아니겠소."

단은 화가 나서 대들었다.

"의리를 배신하는 자는 금수와 다를 바 없소. 나는 그대를 한 번도 홀대한 일이 없거늘 연나라가 작고 힘이 없다하여 이토록 구박하며 위협할 수가 있단 말이오!"

진왕 정은 싹 돌아앉아 버렸다.

생명의 위협을 느낀 단은 잽싸게 진나라를 탈출해 연으로 돌아왔던 것이다.

'저토록 탐욕스런 자는 지상에서 살려두어서는 안 된다! 나를 적으로 본 이상 나 역시 네놈을 적으로 생각할 것이며, 내 목을 걸고 네놈을 결단내리라!'

그러나 생각뿐이었지 구체적으로 어떻게 진왕을 응징할 것인지 실행할 방법이 떠오르지 않았다. 정면으로 맞서기에도 역부족인 상황이었다.

진나라는 오래 전부터 천하를 야금야금 먹어 들어오고 있었다. 한·조를 멸하더니 위·제·초를 잠식하면서 기어코 연나라와 접하게 되었다.

연나라 왕과 신하들은 곧 미칠 화가 두려워 전전긍긍하고 있었다. 그렇지만 대응할 수 있는 뾰족한 묘수는 여전히 나오지 않았다.

태자 단도 걱정이 되어 태부(太傅)인 국무(鞠武) 앞에서 공부를 하다 말고 혼잣말로 중얼거렸다.

"어떻게 해야 진나라를 뒤집어엎지……?"

국무는 단의 혼잣말을 진지하게 듣고는 곧장 대꾸했다.

"어림없습니다. 진나라는 천혜의 요새를 끼고 비옥한 땅에다 백성까지 많으며 용사 또한 사납습니다. 게다가 무기 역시 넉넉하니 쳐들어올 생각만 있다면야 우리 연나라쯤은 삽시에 무너뜨릴 수가 있습니다. 어찌 태자께서는 한때 능멸당했다 하여 진왕의 심기를 건드리려 하십니까. 태자께서는 아직도 진왕과의 우의를 불안하게나마 유지하고 계시니 한때의 원한은 푸시고 기회가 올 때까지 소강 상태를 견지하시는 게 지금으로선 최선의 방법이라 생각됩니다.”

얼마 후였다. 공교롭게도 진나라 장군 번어기(樊於期)가 진왕과 갈등을 겪다말고 연나라로 망명해 왔다.

“무어! 번장군께서 오셨다고!”

태자 단으로선 천군만마를 얻은 기분이었다. 단은 진나라에 있을 때 번어기와 절친한 사이였으며, 번어기 역시 몸을 의탁할 곳을 찾다가 연나라로 들어온 처지였으므로 서로의 만남은 그토록 반가울 수가 없었다.

“번장군! 우리 힘을 모아 진왕에게 복수합시다!”

그러나 태부 국무의 생각은 달랐다.

“아니 됩니다, 태자. 우선 저 포악한 진왕이 이번 일로 연나라에 대해 품을 분노를 생각하면 등골이 오싹해집니다. 지명수배된 번장군이 우리 연나라에 숨어 극진한 대접을 받고 있다는 소문이 진왕의 귀에 들어가 보십시오. 마치 굶주린 호랑이가 다니는 길목에다 고기를 던져둔 사태가 되어 진왕은 연나라를 한입에 삼키려 들 것입니다.”

단이 생각해 보니 국무의 충고도 일리 있다고 판단되었다.

“그렇다면 어찌 하는 게 좋단 말이오?”

“번장군을 한시 바삐 흉노땅으로 보내십시오.”

“흉노땅으로?”

“진나라에 트집 잡힐 행동을 해선 안 됩니다. 그동안 위나라 제나라 초나라 등과 맹약을 맺고 북쪽 흉노의 추장 선우와 서둘러 강화하십시오. 그런 다음에야 진나라에 대한 대책을 세울 수가 있습니다."

그렇지만 단이 다시 생각해 보니 국무의 충고를 그대로 받아들일 수도 없다는 사실을 깨달았다.

"비록 나라의 존립이 풍전등화 같다지만 내 심정은 지금 분해서 폭발 직전 상태라 너무 오랜 시일을 요하는 태부의 계책은 받아들일 수가 없소이다. 또한 그런 책략이 성공한다는 보장도 없고 말입니다. 게다가 번장군은 천하에 한 몸 둘 곳이 없어 울며 나한테 의지하러 온 사람이오. 내 비록 강국 진나라에 협박당하는 처지라 해도 번장군에 대한 애련한 정을 저버려 그를 흉노땅으로 어찌 내몰 수가 있단 말이오. 그것은 인간으로선 차마 할 수 없는 처사요. 나는 최선을 다하다가 내 운명이 다하는 날에나 그런 결단을 내릴지는 모르나 지금으로선 그렇게 할 수가 없으니 태부께선 더 이상 그런 말씀을 꺼내지 마십시오."

"뻔히 위태로운 일을 하면서도 편안함을 찾으려 하고 분명히 화를 자초하는 행동을 하면서도 짐짓 복을 구하려 한다면 결국 인간이 꾸며야 될 계책의 폭은 얕아지고 다가올 원망은 깊어갈 뿐입니다."

"무슨 뜻이오?"

태자 단의 반문에 국무는 서슴없이 대답했다.

"충분히 뒷전으로 미루어도 좋을 교제에 얽매여 국가의 엄청나게 큰 피해를 돌보지 않는다는 것은 상대의 원한을 돋우고 자신의 재앙을 조장한다는 뜻입니다. 진나라의 노여움이 두려울 뿐입니다."

"아무리 그렇더라도 태부의 그토록 몰인정스럽고 잔인한 처사에는 동의할 수가 없소이다."

한동안 둘은 말없이 입맛을 다시고 한숨을 푹푹 쉬기도 하더니, 문득 국무가 먼저 눈빛을 반짝이며 소리쳤다.

"좋은 수가 있습니다!"

"묘책이?"

"가까운 곳에 계신 영명하신 처사(處士 : 재야인사) 전광(田光)선생에게 여쭤보면 되겠군요!"

"그분이 그토록 현명하오? 어쨌건 다급한데 따질 일 있겠소. 데려오시오."

"아니 됩니다. 용기 있고 심원하고 침착한 분의 지혜를 빌리려는 마당에 그런 식으로는 되지 않습니다. 오라 해도 오지도 않을 뿐더러……"

"알겠소. 내가 직접 찾아가 뵙지요."

단은 사태가 사태인지라 전광을 찾아가 무릎을 꿇고 앞에 앉았다.

"태부의 주선으로 왔습니다. 단은 전광선생과 사귀고 싶습니다. 허락하여 주십시오."

"삼가 그렇게 하지요."

"감사합니다. 선생과 나랏일을 의논하고자 합니다."

"무슨 걱정스러운 일이라도 있습니까. 할 수만 있다면 미력이나마 보태겠습니다."

"좋은 가르침을 주십시오. 우리 연나라는 진나라 때문에 우환이 그칠 날이 없습니다."

"그 문제라면 저도 드릴 말씀이 없습니다. 준마도 혈기 왕성할 때는 하루에 천 리도 달리지만 노쇠하면 하등마가 앞선다고 들었습니다. 지금 태자께서는 저의 젊었을 적 행적만 듣고 오셔서 정력이 다한 지금에사 저와 국사를 의논하려 하십니까."

"너무 겸양치 마시고 훌륭한 계책이 있거든 들려주십시오."

전광은 늙은 이마의 주름살을 깊이 파며 한동안 생각에 잠겨있다가 말했다.

"좋습니다. 그러나 그 계책은 제가 마련할 게 아니라 그에 적합한 사람이 마련할 것입니다."

"선생이 아니라면 누구십니까?"

"형경(荊卿 : 형가 혹은 경경(慶卿)으로도 불렀음)을 추천합니다."

"형경이라면 어떤 분이십니까?"

"지혜는 심오하며 칼놀림 또한 빠릅니다."

"그렇다면 한시바삐 그분을 소개시켜 주십시오."

"태자께 찾아가도록 할 테니 가서 기다리십시오."

그런데 대문까지 나갔던 단은 문득 되돌아와서 전광에게 굳이 귓속말을 전하는 것이었다.

"선생과 오늘 나눈 대화는 국가의 중대한 기밀입니다. 부디 누설치 말아 주십시오."

전광은 태자 단의 다짐에 잔잔히 웃으면서 대답했다.

"그 점은 걱정 마십시오. 형가가 내일 일찍 태자를 찾아가 뵙도록 조처를 취해놓겠습니다."

구부정한 등의 전광은 노구를 끌며 곧장 형가한테로 찾아갔다.

"형가."

"예에."

"내가 그대와 친밀한 사이라는 사실을 연나라 안에서는 모르는 사람이 없네."

"맞습니다. 제가 선생님을 존경하고 있다는 사실도 다 알지요."

"한데, 태자께옵서 이 노구를 찾아오셨단 말이야."

"아니, 무슨 일로?"

"진나라에 대해 원한이 사무쳤던가 보더이. 그래서 내가 그대를 추천했지."

"예에?"

"그대가 직접 궁으로 태자를 찾아가 보게."

"그렇게 하지요."

"한데, 덕있는 사람은 어떤 행동을 하든 남에게 의심을 품게 할 만한 일은 하지 않는다고 들었네."

"무슨 뜻으로 굳이 그런 말씀을 하십니까?"

"태자께서는 우리가 나눈 대화는 나라의 막중한 기밀에 속하니 부디 누설치 말아 달라고 부탁했네."

"선생님께서는 기밀을 절대 흘릴 분이 아니시라는 걸 저는 압니다."

"어찌되었건 태자의 말씀은 어차피 나를 의심한다는 뜻이었네. 모종의 중대한 일을 수행할 때 남에게 의심을 산다는 것은 절개있고 의협심 있는 인간이 보일 행동은 아닐 것이라 믿네."

"그러합니다만!"

"그렇지만 평소의 내 행동이 남에게 믿음을 주지 못했던 것 같애. 그대는 내일 아침 태자를 찾아가 이 말을 반드시 전하게. '전광은 이미 죽었습니다' 하고."

"그 뜻은!"

"이는 내가 비밀을 누설치 않았다는 뜻이네."

"하지만!"

그러나 이미 때는 늦었었다. 전광은 품 속에 지녀왔던 단검으로 미쳐 말릴 틈도 없이 제 목을 찌르고 말았다.

이튿날 형가의 말을 전해 들은 단은 대경실색했다.

"세상에 이럴 수가! 내가 전선생께 부질없는 주의를 드린 것은 나라의 중대사를 반드시 성공시키기 위한 충정 때문이었지 선생이 죽음으로써 비밀을 누설치 않았다는 결의를 보일 줄은 꿈엔들 알았겠소! 아, 이토록 안타까운 일이!"

형가는 담담한 표정으로 태자 단의 통탄을 듣고 있었다. 한참만에 단은 정신을 차렸는지 서둘러 자리에서 일어나 형가한테 절했다.

"전광선생께선 이토록 어리석은 저한테 당신을 만날 수 있는 기회를 허락하셨소이다. 이는 하늘이 연나라를 불쌍히 여긴 증거로 아오. 지금 진나라의 탐욕은 끝이 보이질 않소. 천하 제후들을 자기의 신하로 삼으려 하오. 한나라 조나라는 이미 망했고 이번에는 우리 연나라를 엿보고 있소. 그런데 약소한 연나라는 여러 차례 전쟁에 시달려온 데다가 이제는 모든 국력을 소비했기로 진나라를 당해낼 방법이 없소이다. 제후들은 이미 진나라를 겁내어 복종하였기로 우리와 합종하려는 나라도 없소이다."

"그러하였기로 전광선생께선 어떤 계략을 주셨습니까?"

"명민하고 날렵한 천하의 용사를 얻어 진나라의 사신으로 보내는 방법밖에 없다고 하셨소."

"혹시 커다란 이익을 미끼로 내걸고 들어가라 하시지 않았습니까?"

"그랬었지요. 진왕이 그 물건에 탐만 낸다면 우리의 소원은 이미 이루어진 것이라고 했소. 그러나 진왕이 탐낼 만한 물건에 대해서는 전광선생도 말씀하시지 않았소이다."

형가가 묵묵히 깊은 생각에 빠져있는 동안에도 단은 끊임없이 자신의 생각을 늘어놓았다.

"지금 상태로는 진왕을 살해할 수 있는 기회를 잡는 게 최선의 방법이겠습니다만 어디 그게 쉬운 일이겠소이까. 그렇게만 된다면 진나라는 크나큰 혼란에 빠질 것이고, 더불어 바깥에서 군대를 이끌고 있는 진의 장군들이 욕심을 내게 되면 진나라는 저절로 망하게 되지요. 전광선생께서도 바로 그점을 노린 말씀을 하셨던 것 같소이다."

"하기야 그렇게만 된다면 제후들이 합종해 진을 무너뜨릴 수 있지요. 하온데 전선생님께서 목숨을 내던질 용사가 누구라며 구체적으로 지적하시지는 않았습니까?"

"오로지 그대하고만 의논하라는 말씀뿐이었소. 그리고 진왕이 탐낼 만한 물건에 대해서도 전연 말씀하신 적이 없었소이다."

형가는 한동안 깊은 생각에 빠져들었다. 태자의 설명을 통해 전광 선생의 뜻이 무엇이라는 점은 어렴풋이 짐작되었지만 일을 성사시키기 위해 과연 태자가 이쪽의 요구를 들어줄지 그것은 의문이었다.

한참만에 형가는 일단 결단을 내린 듯 분연히 고개를 치켜들었다.

"미력하나마 그토록 막중한 사명을 신이 감당하겠습니다."

"아, 선생!"

단은 눈물을 흘리며 형가한테 절했다.

태자는 형가에게 상경(上卿)의 벼슬을 내리고 호화로운 주택을 주었으며, 산해진미를 들도록 하고 아름다운 여인들을 보내 형가의 장거를 격려했다.

시간이 흘렀다. 그러나 형가는 진나라로 떠날 생각조차 하지 않았다.

태자 단은 불안하고 초조했다. 형가에게 찾아가 졸라댔다.

"진나라 군대가 벌써 연나라 남쪽 국경까지 쳐들어왔단 말이오! 진군이 역수(易水)를 건너는 순간 우리 연나라는 끝장인 거요. 그런데 그대는 아직도 진나라로 출발할 생각조차 하지 않고 있으니 도대체 어찌된 거요?"

"떠나려 해도 아직 준비가 안 됐는데 어찌 떠납니까?"

"도대체 그 준비란 게 무엇입니까?"

"번어기 장군의 목과 연나라 옥토 독항(督亢 : 하북성)의 지도입니다."

단은 형가가 태부 국무와 똑같은 생각을 하고 있다는 사실에 충격을 받았지만 허락할 수는 없었다.

"독항의 지도는 모르겠으되 번장군의 목은 아니 되겠소이다!"

"그으래요? 태자께선 연나라의 위급에 대해 마음만 조급하시지 위기를 어떻게 넘겨야 한다는 궁리는 도무지 하고 있지 않습니다. 그렇다면 저로서도 시일을 더 두고 차선책을 강구할 수밖에요."

형가는 태자가 번어기의 목을 벨 수 없다는 속마음을 알아차렸다. 그렇지만 번어기의 목은 반드시 필요했다.

그래서 형가는 태자 몰래 번어기를 찾아갔다.

"번장군. 진나라 장군이 망명했다고 해서 장군의 가족에게 가한 참혹한 처사는 듣기만 해도 몸서리가 쳐집니다. 글쎄 과거의 장군 공적은 눈꼽만큼도 참작하지 않고 죄 없는 부모 처자 일가족은 왜 몰살시킵니까!"

번어기는 머리를 떨구었다.

"어떻게 해야 원수를 갚을지!"

"듣건데 진에서는 번장군의 목에다 황금 천 금과 식읍 만 호를 걸었다지요."

"그랬을 테지요. 한데 저는 앞으로 어떻게 해야 좋지요?"

"그야 원수를 갚아야지요."

"복수도 방법이 있어야 되지 않겠습니까."

"저한테는 연나라의 걱정거리도 없애고 동시에 번장군의 원수도 갚는 계책이 하나 있는데 들어보시겠습니까."

"복수의 방법만 있다면 무슨 계책인들 경청하지 않겠습니까."

"경청이 아니라 행동입니다. 번장군의 목을 제게 주십시오."

"예에?"

"진왕에게 바치려고 합니다. 그는 벌써부터 번장군의 목을 기다리고 있고, 저는 목을 바치는 기회에 왼손으로 그의 옷소매를 붙들고 오른손으로 그의 가슴을 비수로 찌르겠습니다."

번어기는 한참동안 생각에 사로잡혔다. 결국은 그 방법밖에 없다고 판단한 번어기는 눈물을 흘리며 하늘 우러러 길게 탄식한 뒤에 형가한테 말했다.

"아, 이제야말로 제가 밤낮으로 이를 갈며 애태우던 숙제가 풀렸습니다. 귀중한 가르침을 주셔서 감사하기 이를 데 없습니다. 부디 성공하시기를!"

번어기는 형가한테 절한 뒤 스스로 자신의 목을 찔러 죽었다.

태자가 그 소식을 듣고 달려와 번어기의 시체 위에 엎드려 통곡하자 형가가 말렸다.

"태자께서는 대사를 위하여 작은 일에 고정하십시오."

마음을 다져먹은 단은 울음을 그쳤다. 번어기의 목이 썩지 않도록 소금에 저려 상자에 넣고 봉했다. 뿐만 아니었다. 천하에서 가장 날카롭다는 서부인(徐夫人 : 조나라 남자 도장(刀匠)의 이름)의 비수를 백금에 사서 형가에게 건넸다. 칼날에 미리 극약을 묻혀 사형수에게 살짝 찔러보게 했더니 칼끝 한 오라기가 스친데도 죄수는 즉사했다.

연나라에 진무양(秦舞陽)이라는 죄수가 있었다. 천성이 어떻게나 표독한지 열 셋에 벌써 사람을 여럿 죽인 인물이었다. 그의 악독함을 겁내어 사람들은 그와 얼핏 눈길조차 마주치지 않으려 했다.

"살아 돌아오면 너는 석방이다. 못 돌아오더라도 네 가족에게 식읍을 주겠다. 차제에 큰 일 한 번 하라."

단의 제의를 받아들인 진무양은 형가의 부사(副使)가 되었다.

드디어 형가 일행이 장도에 올랐다. 그들의 장렬한 의거를 짐작한 형가의 빈객들은 흰 옷을 입고 흰 두건을 쓴 상복차림으로 그들을 전송했다.

역수 가에 이른 형가 일행은 조신(祖神 : 갈길을 보호하는 신)에 제사 지냈다. 기막히게 축(筑 : 비파의 일종)을 잘 타는 형가의 친구 고점리는 비장한 음성으로 노래불렀다.

바람소리 쓸쓸하고, 역수는 차가워라
장사(壯士) 한 번 가면, 다시 오지 못하리……

더구나 변치(變徵 : 음에는 궁·상·각·치·우의 오음이 있고, 치와 우에는 변음이 있음. 변치음은 가락이 비장함)의 소리를 내자 듣는 사람 모두가 눈물을 흘렸다.

다시 우성(羽聲 : 격양된 가장 맑은 음성)으로 노래부르자 비분강개를 느낀 사람들은 눈을 부릅뜨며 그통에 치솟은 머리카락이 관을 찔렀다.

형가들은 결국 수레를 타고 떠났고, 형가는 끝내 뒤를 돌아보지 않았다.

진나라에 도착한 형가는 우선 진왕이 총애하는 신하인 중서자(中庶子 : 궁내부대신) 몽가(蒙嘉)에게 뇌물로 천금을 바치면서 진왕을 알현할 수 있도록 부탁했다.

형가의 부탁을 받은 몽가는 곧장 진왕한테로 갔다.

"연나라 왕은 대왕의 위엄이 두려워 감히 우리 군대에는 맞서지 못하고 나라를 들어 대왕의 신하되기를 원하고 있습니다. 연왕은 제후들의 반열에 참여해 공물 바치기를 마치 우리 나라의 한 고을이 하는 것처럼 하면서 제 선조의 종묘나 지킬 수 있게 되기를 바라고 있습니다. 이에 연왕은 진나라에 용서를 비는 뜻으로 번어기의 목을 베어……."

"가만! 번어기의 목을 베어왔다고?"

"그렇습니다. 그뿐만 아니라 연의 사자는 독항의 지도까지 받들고 와서 지금 대왕을 배알하고자 밖에서 기다리고 있습니다. 인견하시겠습니까?"

"독항땅뿐만 아니라 진나라를 배신하고 도망친 번어기의 목까지 가져왔다면 과인으로선 조복을 갖추어 입고 구빈(九賓)의 예라도 베풀겠소!"

진왕은 몽가의 설명을 듣고 몹시 기뻐했다. 그렇게 되어 형가는 함양궁에서 진왕 가까이 갈 수 있게 되었다.

형가는 번어기의 목이 든 함을 받들었고 진무양은 지도가 든 갑(匣)을 받들어 진왕이 버티고 있는 궁전 안으로 걸어 들어갔다. 형가가 먼저 번어기의 목을 진왕한테 보여주며 안심을 시킨 뒤 진무양이 두루마리 지도 속에 감춰져 있는 비수가 드러나는 순간 그것을 집어 진왕을 찌르도록 약속이 되어 있었다.

멀리 진왕의 옥좌가 보였다. 그런데 형가는 초조해지지 않을 수가 없었다. 사람 죽이기를 파리목숨 다루듯하던 진무양이 경비의 삼엄함에 놀랐는지 얼굴빛이 하얗게 질려가지고는 갑자기 전신을 사시나무 떨듯하는 것이었다.

"여보게, 일을 그르칠라! 침착하게나!"

귀띔을 했는데도 진무양은 도무지 진정될 기미가 아니었다.

'이거 야단났네!'

진무양이 사정없이 떨자 진왕이나 중신들이나 경비병들은 기어코 괴이쩍게 여겼는지 경계의 눈초리를 보내며 수군거리기 시작했다.

드디어 옥좌가 있는 전(殿)의 계단 아래 도착했다. 모두가 더욱 긴장하는 태도였다.

형가가 얼른 나섰다. 진무양을 일별한 뒤에 큰 목소리로 웃고 나서 말했다.

"용서해 주십시오. 이 자는 북방 오랑캐 땅에서 살던 비천한 인간이라 대왕의 용안을 뵌 적이 있을 리가 없습니다. 때문에 대왕의 위엄 하나만으로도 떨 수밖에 없으니 부디 이런 무례를 용서하시어 어전 사명을 무사히 다할 수 있게 하여 주십시오."

그러자 진왕은 별 의심없이 말했다.

"거기 떨고 섰는 자가 가지고 있는 지도부터 가지고 오라."

그래서 형가가 얼른 번어기의 목이 든 함을 진무양한테 건넨 뒤 지도 속에 비수가 든 함을 받아들고는 진왕 앞으로 나아갔다. 근처에는 진왕과 형가 말고는 아무도 없었다.

'됐다! 진왕을 죽일 수 있는 절호의 기회닷! 하늘이 연나라를 돕는구나!'

진왕은 천천히 두루마리 지도를 펼치기 시작했다.

"이 옥토를 바친다는 말이지……"

진왕의 심술궂은 입가에는 기분 좋은 웃음이 함지박만하게 퍼져나갔다.

형가는 긴장했다. 진왕의 손에서 지도가 거의 펼쳐지고 있었기 때문이었다.

드디어 마지막으로 숨겨졌던 비수가 툭 하고 바닥으로 떨어졌다.

"엇? 이게 뭐냐!"

그 순간이었다. 전광석화처럼 비수를 집어든 형가는 동시에 진왕의 옷소매를 왼손으로 잡아끌며 칼 든 오른손으로 힘차게 진왕을 푸욱 찔렀다.

그런데 진왕이 본능적으로 상체를 뒤로 제끼는 통에 비수 끝은 간발의 차로 몸에 닿지 못했다.

"에잇 죽어랏!"

형가는 다시 칼질을 했으나 그새 진왕은 옷소매 한쪽만 후두둑 뜯긴 채 저만치 달아나고 있었다.

옥좌 뒤에는 장검 하나가 숨겨진 채 꽂혀 있었다. 진왕이 그것을 빼내려했으나 칼이 너무 길어 미처 그것을 빼지 못했다. 또 곧장 형가가 달려들었으므로 진왕은 도망치기에 바빴다.

많은 신하들이 그 순간을 지켜보고 있었지만 너무나 순식간의 사태라 발만 동동 구른채 손 한 번 쓰지 못하고 있었다.

더구나 진나라 법에는 그 어떤 신하라도 전상(殿上)에서 왕을 모시는 경우 몸에 쇠붙이 하나라도 소지할 수가 없도록 되어 있었다. 때문에 많은 낭중(郎中)들이 전하 멀찍이에서 무기를 소지하고 있었지만 왕이 부르기 전에는 어떤 경우에라도 전상으로 올라갈 수가 없었기 때문에 망연자실 보고만 있었다. 또한 진왕도 그들을 부를 겨를이 없었다.

형가는 자유롭게 진왕을 쫓아다녔다. 진왕은 전당 안의 기둥을 다급하게 요리조리 빠져나가며 도망치기에 바빴다. 이제 한 발짝만 따라잡으면 형가는 진왕을 찌를 수가 있었다.

그런데 그것은 운명이었다. 형가가 진왕의 등을 마악 찌르려는 순간 시의(侍醫) 하무저(夏無且)가 들고 있던 약주머니를 엉겁결에 집어던졌는데 그것이 그만 형가의 얼굴에 맞고 말았다. 형가가 비틀하는 순간 재빨리 장검을 뽑아든 진왕은 형가의 왼쪽 다리를 끊어쳤다. 형가는 푹 고꾸라졌다.

쓰러지면서도 형가는 진왕을 겨냥해 비수를 집어던졌다.

그러나 창졸간에 던진 일이라 비수는 기둥에 박힌 채 바르르 떨고 있었다.

진왕의 칼날은 사정없이 형가를 난도질했다. 여덟 군데나 큰 상처를 입고서야 형가는 일이 글러버렸다는 사실을 깨달았다. 그는 기둥을 등지고 미끄러지듯 바닥으로 털썩 주저앉았다.

"아, 이는 하늘의 뜻이다! 나의 운명이며 연나라의 운명이다!"

그제서야 궁실을 지키던 권술(拳術)병들과 칼잡이들이 형가쪽으로 몰려왔다.

형가는 그 자리에서 바로 죽었다.

진왕은 대노했다. 하무저에게 상으로 황금 이백 일(二百鎰)을 내린 뒤, 왕전 장군을 불러 가차없이 연나라를 치게 했다.

"연나라를 쑥밭으로 만들어버려라!"

연의 수도 계성(薊城)은 형가의 암살사건이 있던 날로부터 10개월 후에 함락되었다.

연왕 희(喜)와 태자 단은 동쪽으로 달아나 요동에서 농성 중이었는데 진나라 장군 이신(李信)이 추격해 왔다.

전전긍긍하고 있을 때 조나라 마지막 왕인 가(嘉)가 연왕 희한테 엉뚱한 편지를 보내왔다.

──진나라의 분노를 얼렁뚱땅 삭이시려는 것은 어리석은 방법입니다. 대책은 오직 한 가지, 즉 태자 단의 목을 베어 진왕에게 바치는 일입니다. 그래야만 진왕의 진노를 가라앉혀 그나마 연나라의 사직을 보전할 수가 있을 것입니다……

즈음에 단은 연왕과 따로 떨어져 나와 연수(衍水) 가운데에 있는 섬에 몸을 숨기고 있었다. 연왕은 다급했다. 그렇지만 태자의 목은 칠 수가 없어 우왕좌왕 차일피일하고 있을 때 물밀듯이 연나라로 밀고 들어온 진의 대군한테 사로잡히고 말았다.

진군이 태자 단과 형가가 거느리던 빈객들 수색에 착수했으므로 모두는 뿔뿔이 흩어져 달아났다. 그 때 고점리 역시 송자(宋子)라는 곳으로 도망가 변성명한 채 머슴살이를 하고 있었다.

주인집 마루 위에서는 때때로 손님들이 놀러와 축을 켜면서 즐기곤 했다. 그럴 때마다 고점리는 그 주위에서 떠나지 못했다. 손가락이 근질거렸기 때문이다.

"원, 저런! 그걸 축이라고 켜나. 음악을 모독해도 분수가 있지!"

때마침 주인집 나인이 고점리가 투덜거리는 소리를 들었다.

"주인님, 아무래도 저자가 수상합니다. 손님들이 축을 켤 때마다 머슴 주제에 잘합네 못합네 하면서 비꼬거든요. 불러서 단단히 혼을 낼까요?"

"그리 야단칠 것까지 있나. 불러서 축을 켜도록 해 여러 사람 앞에서 망신 당하도록 하면 그뿐 아닌가. 다시는 그따위 평을 못하도록 말일세."

그렇게 되어서 고점리는 주인 앞으로 불려갔다.

고점리는 고통스럽지만 숨어 살아야 되는 처지였으므로 주인의 요구에 처음에는 대충대충 축을 켰다. 그러나 자신도 모르는 사이에 음악에 끌려들어 축을 타면서 노래까지 불렀다. 명창이었다. 서러운 목숨을 부지하고 있는 자신의 신세가 가슴 아파서 눈물까지 줄줄 흘렸다.

손님들은 깜짝 놀랐다. 그리고 그 음악에 끌려들어가 함께 주룩주룩 눈물을 흘렸다.

소문은 꼬리에 꼬리를 물고 흘러나갔다. 드디어 진왕의 귀에까지 들어갔다.

"즉시 궁으로 불러들여라."

그런데 불행히도 그가 고점리라는 사실을 알아보는 신하가 있었다.

"대왕. 저자가 바로 형가의 친구되는 고점리올시다. 축에 관한한 천하 제일의 명수이긴 합니다만 심기가 불순하니 가까이 두기엔 불안합니다."

그러나 축을 너무나 좋아하는 진왕으로서는 고점리의 솜씨를 차마 버릴 수는 없었다.

"죽을 죄에 해당하나 그 재주는 너무나 아깝다. 말똥을 태워 그 연기로 눈을 멀게 한 뒤 곁에 두면 과인이 위험하지는 않을 테지."

그렇게 되어 고점리는 맹인이 되었고, 그로 인해 그의 축을 켜는 솜씨는 더욱 예민해져서 그가 연주를 할 때마다 진왕은 칭찬을 아끼지 않았다. 진왕의 고점리에 대한 경계심 역시 날이 갈수록 느슨해져서 점점 그를 가까이 두게 되었다.

그동안 고점리는 은밀히 한 가지 준비를 하고 있었다. 그것은 무거운 납덩이를 조금씩 조금씩 축 속으로 감추는 일이었다.

드디어 기회가 왔다. 벗 형가가 이루지 못한 거사를 자신이 대신할 수 있다는 기쁨으로 흥분을 감추지 못했다.

'오늘 밤 연회 때 나는 진왕을 기어코 죽이고 만다!'

그날 밤 고점리는 추적추적 축을 켜다말고 흥에 겨워 장단을 맞추고 있는 진왕의 머리통을 향해 축을 내리쳤다. 그러나 고점리가 불운했던지 진왕의 운세가 왕운이었던지 축은 진왕의 어깻죽지를 스쳤을 뿐 간발의 차로 맞지 않았다.

"앗! 이놈이!"

고점리는 바로 맞아죽었다.

진왕은 분노에 찬 목소리로 소리질렀다.

"앞으로 과인은 죽을 때까지 어떤 일이 있더라도 제후국 인간들을 가까이 두지 않겠다!"

그런데 검기(劍技)를 두고 형가와 언제나 티격태격하던 노구천(魯句踐)이라는 인물이 있었다. 그는 형가가 진왕을 척살하려다 실패하고 그의 친구 고점리가 축으로 진왕을 죽이려다 실패했다는 소식을 나중에사 듣고는 이렇게 말했다.

"아아, 아깝다! 고점리야 그렇더라도 내가 형가한테 척살의 비법을 한 가지만 알려주었더라도 그는 성공할 수 있었을 텐데!"

## 10. 백전노장

"이신을 불러라. 그는 젊고 용맹스럽다. 불과 병사 수천을 이끌고 제나라 땅 연수(衍水)까지 쫓아가 연의 실권자 태자 단을 잡지 않았느냐!"

진왕은 이신을 총애했다. 한 · 위 · 조 · 연나라를 멸망시켰고 이제 초와 제만 정복하면 천하는 통일되는 상황이었는데, 이제 두 나라를 멸하는 임무를 이신에게 맡기고 싶어진 것이다.

그러나 백전노장 왕전의 의견도 무시할 수가 없어 함께 궁으로 불러들였다.

진왕은 우선 이신에게 물었다.

"이번에는 초나라를 탈취하고 싶소. 묻노니 그대는 군사 몇 명이면 초를 멸할 수 있을 것 같소?"

그러자 젊은 이신은 틈도 두지 않고 씩씩하게 앞으로 나서며 대답했다.

"그까짓 초나라쯤이야 20만이면 충분합니다!"

"장하오! 그렇지만 노장 왕전장군한테도 의견을 물어봅시다. 그대는 몇 명의 군사가 있어야 초를 깰 수 있겠소?"

왕전의 어조는 담담했다.

"60만은 있어야 간신히 초를 멸할 수 있을지……그 승패도 반반입니다."

"뭐요? 이신은 20만이면 충분하다고 말하고 있지 않소!"

"제 생각은 그렇습니다. 20만으로는 무리입니다. 초군을 얕보면 안 됩니다. 그들은 강합니다. 60만은 꼭 주셔야 합니다."

진왕은 입가에 비웃음을 담았다.

"왕장군은 늙었구려!"

"아직 늙지 않았습니다. 저를 겁쟁이라 부르셔도 어쩔 수 없습니다만."

"좋소. 이신에게 몽염(蒙恬)장군까지 붙여 20만 병력을 줄 터이니 남쪽 초를 쳐서 이기고 돌아오시오!"

왕전은 자신의 의견이 받아들여지지 않자 병을 청탁해 빈양으로 은거해 버렸다.

혈기왕성한 이신의 용병술은 역시 빨랐고 날카로웠다. 초땅 평여(平與)를 짓밟고 언·영까지 격파한 뒤 성보(城父)땅을 깨뜨리고 들어오는 몽염과 만나기로 되어 있었던 것이다.

그런데 초나라에는 항연(項燕)이라는 명장이 있었다.

"겨우 젖비린내 나는 이신이냐?"

항연은 전군에 군령을 내렸다.

"이신은 혈기만 있고 계략은 없는 자다. 진나라 군사는 승리감에 도취돼 헐떡거리며 정신없이 이곳까지 사흘 밤 사흘 낮을 쉬지 않고 달려온 자들이다. 내가 먼저 나가 싸우다가 거짓 패해 쫓겨올테니 그대들은 산

기슭에 매복해 있다가 후방과 양쪽에서 나를 추격해 오는 진군들에게 공격을 퍼부어라. 놈들은 쉽게 무너진다."

한편 진의 몽염은 용의주도했다. 이신을 만나자마자 완강하게 건의했다.

"성보 계곡의 형세로 보아 우리가 추격해 올 줄 알고 매복하고 있을 게 틀림없습니다. 더구나 우리 군사들도 지쳐 있는 상태니 오늘 밤은 적들의 의표를 찔러 짐짓 30리쯤 후퇴했다가 내일 군사를 양편으로 갈라 일찍 치고 들어가지요."

몽염의 건의에 이신은 단호하게 고개를 저었다.

"그 무슨 말이오! 우리 군사의 기세는 하늘을 찌를 듯하오. 여세를 몰아 휘몰아친다는 말이 있잖소. 놈들이 계략을 쓴들 뭐 어쩌겠소. 단걸음에 초를 부수며 들어가는 거요!"

그러나 그날 밤 이신의 군대는 철저하게 참패했다. 성보 계곡에서 살아남은 자 겨우 5만.

진왕은 대경실색했다. 화가 머리 끝까지 치민 진왕은 서슬퍼런 명령을 내렸다.

"패장이 되어 돌아온 이신의 목을 당장 베어라!"

신하들이 말렸다.

"승패는 병가의 상사입니다. 더구나 이신은 적장 항연한테는 애초부터 상대가 되지 않았습니다. 전날의 전공도 있으니 참형만은 면하게 해 주십시오."

진왕은 간신히 분을 삼켰다.

"그렇지. 역시 젊은 이신의 용맹만 과인이 과신했던 결과다. 노병의 신중함을 과소평가한 것도 과인의 과실이다. 그래, 지금 왕전장군은 어디계신가?"

"빈양으로 은거하였습니다."

"진사(陳謝)마차를 놓아라. 과인이 직접 가겠다!"

다급해진 진왕은 빈양까지 달려가서 사과했다.

"과인이 장군의 계략을 채용치 않았더니 결국 젊은 이신이 진나라의 명예만 실추시켰소. 다시 한 번 왕장군이 나서주셔야 되겠소."

왕전의 반응은 차가웠다.

"병중이라 거동조차 불편합니다."

"지금 들으니 오히려 초나라가 승리의 여세를 업고 대군을 몰아 물밀 듯이 진군해 온다고 하오. 장군은 과인을 버릴 참이오?"

"노신은 지금 병들고 지쳐 정신조차 혼미한데 어찌 대왕의 명령을 받들 수가 있겠습니까. 제가 아니더라도 현명하고 용감한 장군이 있을 터이니 찾아보십시오."

"아니오. 진나라에는 왕장군만한 인물이 아직 없소. 불편하시더라도 일어나 주시오."

진왕은 집요했다. 그렇게 되자 왕전도 어쩔 수 없었다.

"저를 꼭 원하신다면 두 가지 조건을 수락해 주셔야 일어나겠습니다."

진왕의 눈빛이 갑자기 밝아졌다.

"그 두 가지가 무엇이오?"

"전날 말씀드린 바와 같이 군사는 반드시 60만이 필요합니다."

"흔쾌히 수락하겠소. 다른 한 가지는 뭐요?"

"또 한 가지는 저에게 훌륭한 전택(田宅)과 아름다운 원지(園池)를 내려주십시오."

"겨우 그거요?"

진왕은 왕전의 요구가 어처구니 없었던지 큰 소리로 웃었다.

"무슨 그런 걱정을 하고 계시오. 근심 마시고 어서 출정이나 하시오. 알아서 할 터이니 전공이나 세우고 돌아오시지요. 그보다 더한 상도 내릴 것이오."

"아닙니다. 저한테는 그게 제일 중요합니다."

그쯤에서 왕전은 일어났다. 그러나 60만 대군을 몰아 파수(灞水 : 섬서성)까지 나와서도 몸소 전송 나온 진왕에게 다시 졸랐다.

"다시 말씀드리지만 제가 나중에 큰 공을 세웠다 하더라도 후(侯)로 봉함을 받을 것도 아니지 않습니까. 그래서 대왕의 관심이 저에게 쏠려 있을 때 신 또한 기회를 잃지 않고 미리 다짐을 받아두려 하는 바입니다."

"잘 알아들었소. 승전하고 돌아오면 무슨 보상인들 못하겠소."

그런데 왕전은 함곡관에 도착한 후에도 연속적으로 진왕한테 사람을 보내어 미리 전지와 택지를 보상해 달라고 다섯 번씩이나 보챘다.

——자손들의 재산을 만들어 두려고 할 뿐입니다.

"그 참 이상한 노인이네! 어련히 알아서 해줄까. 앞으로도 수십 차례는 사람을 보내 졸라댈 것 같으니 귀찮아서라도 미리 보상해 주어야겠다."

그렇게 되어 왕전은 최상의 전택과 원지를 확보할 수 있었다.

그런데 이제까지의 그런 진행을 지켜보고 있던 부관이 언짢은 얼굴이 되어 왕전에게 따졌다.

"해도 너무하십니다! 그토록 끈질기게 전택을 대왕께 요구하시는 건 좀 심하다고 생각하지 않습니까!"

"심하다고?"

"그럼 심하지 않고요. 더구나 승패를 알 수 없는 출전을 앞두고서 말입니다."

"그대는 하나만 알고 둘은 모르는군. 60만 대군이라면 우리 진나라 처지로는 어떻게 되나."

"진나라 정예병력의 거의 대부분이지요."

"만일 내가 딴 마음을 먹고 창끝을 돌려 겨누게 되면?'"

"반역?'"

"우리 진왕의 성품은 조포(粗暴)한데다 의심이 많아. 세상 그 누구도 믿지 않지. 그렇다면 진나라 정예군 60만을 가지고 있는 나를 어떻게 생각할 것 같은가."

"의심하면서 또 불안해 하실 것 같군요."

"그 정도가 아니지. 간신의 한 마디면 나는 목이 잘리네. 내 목숨도 아깝지만 진나라로서도 손실 아닌가. 내가 대왕께 그까짓 억지 청원을 했던 것은 그만한 대가 외엔 다른 탐욕이 없다는 뜻을 알려준 행위일세."

왕전은 초나라 수도 형주성 근처에다 60만 대군을 풀어놓고는 참모들을 불러모았다.

"우리는 여기서 일 년 정도는 머무를 계획이다. 그러니까 병사들에게 농사지어 먹을 준비부터 시켜라."

참모들은 깜짝 놀랐다.

"아니, 장군님! 지금 초나라에서는 우리 군사가 쳐들어온다는 소문을 듣고 군사를 총동원해 맞아 싸우러온다고 하지 않습니까! 한가하게 밭갈이라니요!"

"초군의 기세등등은 살기가 아니라 허세다. 우리를 두렵게 생각하기 때문에 그런 것이다. 나는 항연의 성격을 잘 안다. 지모는 있으나 그 급한 성격으로 곧잘 일을 그르치는 그런 인물이다. 이런 때일수록 우리는 느긋하게 행동해서 초군을 초조하게 만들어야 한다. 반드시 그들은 허점을 보일 것이다."

몇 달이 지났다. 그동안 왕전은 굳게 누벽만 지킬 뿐 도무지 나가 싸우려고 하지 않았다. 그러자 부관들이 안달을 냈다.

"장군님, 보십시오. 초군 놈들은 매일같이 누벽 밑으로 와서 '진나라 군사들은 원정까지 온 주제에 겁이 많아 싸우려고는 하지 않고 숨기만 한다'며 장군님까지 욕지거리를 퍼붓고 있지 않습니까! 분해서 견딜 수가 없습니다."

그래도 왕전은 부하들을 달랬다.

"그래도 몇 달만 더 기다려라. 놈들이 물러가면 성밖으로 나가 농사나 짓고 쫓아오면 얼른 들어와 숨기나 해라."

"쳇! 전투하다 죽을 염려가 없으니 결국 늙어서 죽겠네."

그렇지만 왕전은 대꾸하지 않았다.

그러던 어느날 초나라 군중으로 보냈던 첩자 하나가 돌아와서 보고했다.

"우리 군사들의 반응이 없자 지쳐서인지 항연은 후퇴명령을 내렸습니다."

"후퇴라고? 그렇다면 초군은 동쪽으로 이동했다는 뜻이 아니냐."

"그렇습니다."

"좋다. 부장들을 소집시켜라!"

왕전은 부장들을 모아놓고 물었다.

"요즘 우리 병사들은 무엇으로 소일하고 있더냐?"

"뻔하지 않습니까. 전투가 없어서인지 돌팔매질이랑 달리기 시합이랑 그런 놀이들이나 하면서 지내고 있지요."

"피로가 완전히 풀렸다는 뜻이로군. 바로 사기가 충천하다는 의미다. 적들은 지금 후퇴한 것이 아니라 누벽의 후방으로부터 쳐들어오겠다는 계략을 꾸민 듯하다. 그렇다면 우리가 누벽에서 나가 놈들의 후방을 치는 수밖에!"

왕전은 그날 밤으로 군사를 몰아 기수(蘄水 : 호북성) 남쪽으로 내달렸다.

한편 초나라 장군 항연은 회심의 미소를 짓고 있었다.

'왕전은 어리석다. 우리가 몇 달 동안 진군의 정면으로만 공격했기 때문에 갑자기 후방으로 들이칠 것이라고는 꿈에도 생각치 못하고 있을 것이다. 바로 내일이 왕전의 목이 달아나는 날이다!'

그런데 바로 그날 밤이었다. 진군의 진지 후방으로 선발 정찰을 나갔던 초의 척후병이 이상한 보고를 해왔다.

"장군님, 적군의 동향이 수상합니다. 그토록 요란스럽던 진군의 누벽 안이 쥐죽은 듯 조용합니다. 무슨 계략을 꾸민 듯합니다."

항연은 태연했다.

"계략은 무슨 계략. 우리 초군이 두려워 숨을 죽이고 엎드린 모양이지. 글쎄. 진나라 60만 대군이 이동을 하려면 어차피 눈에 띄게 마련인데 진중이 텅텅 빈 것으로 정찰했다면 이는 정찰병의 불찰일 게다. 내일 승리 후에 목을 벨테니 척후 나갔던 놈들을 모두 가두어라!"

초나라 대군은 후방에 대한 경계는 조금도 하지 않고 진군의 후방 진지를 향해서 거침없이 나아갔다.

바로 그 순간이었다.

"장군님, 우리 군사의 후방이 진군한테 역습을 받아 박살이 났다 합니다!”

“무엇이? 그럴 리가!”

항연은 부장 마충(馬忠)을 불렀다.

“진군이 우리 뒤를 바싹 쫓아왔다는 게 사실일까?”

“그런 것 같습니다. 군사를 되돌려 진군과 맞서는 게 좋을 듯합니다.”

바로 그 순간이었다.

“기수 북쪽에서 건너온 진군이 아군의 허리를 공격하고 있답니다!”

다른 병사가 뛰어들어 왔다.

“진군이 우리 군대의 허리 서쪽을 쪼개고 있답니다!”

항연은 다급했다.

“마충, 그대는 곧장 형주성으로 달려가 구원군을 끌고 오게!”

항연의 명령이 떨어지기도 전에 또 다른 전갈이 왔다.

“형주성은 벌써 진군의 깃발이 나부끼고 있답니다!”

“형주성이 함락됐다고! 그렇다면 우리 초왕께선 어찌되셨다더냐?”

“행방불명이 되셨답니다!”

항연도 흔들릴 수밖에 없었다. 그렇지만 백전노장으로서의 자존심이 있었다.

“애초의 작전에는 변함이 없다! 후방이 부셔졌든 쪼개졌든 진군의 누벽쪽으로 우리는 달려간다!”

그 순간에 전방으로부터 함성이 일어나며 화살이 비오듯 날아왔다.

“앗! 어느새 진군이 앞에서 나타났습니다. 뒤에서 오른쪽에서 왼편에서도 조여오고 있습니다!”

그런 와중에서 장창을 비껴든 왕전의 모습이 햇불 사이로 나타났다.

항연은 발끈 화를 냈다.

"왕전! 게 섰거라! 어디 나와 한 번 겨뤄보자!"

왕전도 항연이 언월도를 휘두르며 달려나오는 것을 보았다.

"항연이로구나! 너 마침 잘 만났다!"

둘은 금새 어우러졌다. 창과 언월도가 어우러져 튀기는 불꽃은 보기에 장관이었다. 양쪽 군사들은 숨을 죽인 채 이들의 접전을 바라보고 있었다.

수십 합을 겨루던 두 장수 중에서 한 장수가 힘이 부치는지 문득 말머리를 돌렸다. 바라보니 왕전이었다.

"어디로 내빼느냐! 왕전, 게 섰거라!"

항연이 왕전을 거의 따라잡아 언월도로 왕전의 목을 마악 휘둘러 치려는 순간이었다.

왕전이 갑자기 허리를 돌려 뒤따르던 항연의 가슴팍을 창으로 찔렀다.

"이건 몰랐을 게다!"

항연이 마상에서 굴러떨어지는 것을 본 초나라 군사들은 혼비백산했다. 우왕좌왕 하더니 도망치기 시작했다. 그래도 달아나지 않고 저항하는 군사들은 진군에게 포위당하여 도륙되었다.

"항복하라! 항복하는 자는 목숨을 살려준다. 이미 너희들의 대장은 죽었다. 이제 와서 항전하다 목숨을 잃는 일은 어리석은 짓이다!"

그러자 사기를 잃은 초군은 모두 칼과 창을 던지며 항복하기 시작했다.

"자, 우리는 여세를 몰아 형주성으로 달려간다! 가서 몽무(蒙武)를 도와 초왕 부추(負芻)를 두들겨라!"

그런데 형주성으로 진군하던 왕전은 도중에 부장 몽무가 보낸 연락병을 만났다.

"저희들은 이미 형주성을 점령하고 초왕 부추의 목을 베었습니다. 내친 김에 제나라까지 평정하는 게 어떤가 하고 장군님의 명령만 기다리고 있습니다."

왕전은 생각했다. 여섯 나라 중 다섯 나라가 이미 멸망했다. 마지막 제나라마저 평정하고 진나라가 통일천하를 이룩했을 때의 상황을 가늠해 보았다.

'그것은 위험하다! 진왕은 의심이 많은 인물이다. 자신보다 우월한 자는 살려두지 않는 성격이다. 이쯤에서 은퇴해 버리는 게 가장 안전하지!'

왕전은 곧장 초나라 수도로 들어가 무와 합류해 뒷수습을 서둘렀다.

"제나라까지 점령한 뒤 돌아가고 싶지만 왕명이 없다. 우리는 이대로 개선한다."

왕전의 생각을 알 리 없는 몽무는 그대로 회군한다는 사실을 몹시 아쉬워했다.

개선한 왕전은 진왕을 만나자마자 먼저 선언했다.

"그동안의 오랜 싸움에 많이 지쳤습니다. 노신은 진작에 대왕께서 하사해 주신 장원(莊園)으로 돌아가 여생을 유유자적하며 살겠습니다."

개선장군으로 돌아왔는데도 도무지 기뻐하는 기색이 없는 진왕을 보며 왕전은 등골이 오싹해지는 것을 느꼈다.

그러던 어느날 왕전의 호화로운 장원으로 진왕이 몸소 방문해 왔다.

"왕장군, 요즘 지내기가 어떠시오?"

진왕이 그렇게 말을 꺼내면서도 무언가를 찾는지 사방을 두리번거리는 게 심상치 않았다.

"노신이야 대왕께서 내리신 장원에 눌러앉아 편안한 여생을 보내고 있지요. 이 모두 대왕의 은덕입니다."

"한데, 집안에는 도무지 무기같은 게 아무것도 없구려."

왕전은 얼른 머리를 굴렸다. 진왕의 말은 두 가지 뜻으로 해석되었다. 하나는 아직도 진나라를 위해 장군으로서 출정의 태도가 되어 있는가를 살펴보는 뜻일 수가 있었고, 다른 하나는 단신 찾아온 자신을 언제라도 해칠지도 모른다는 경계의 의미일 수도 있었다.

"기왕에 전장에서 은퇴한 몸이 무기는 곁에 두어 무엇하겠습니까."

"하나, 아무리 늙었다 하지만 우리 진나라에는 왕장군만한 인물이 없기로 하는 말이외다."

"과분하신 칭찬이십니다. 저만한 인물이 왜 없겠습니까. 하온데 무슨 뜻으로 그런 하문을 하십니까?"

그제서야 진왕은 정색했다.

"왕장군, 딱 한 번만 더 전투복을 입으시지 않겠소?"

"제가요?"

"장군의 덕으로 다섯 나라를 합병했지만 동쪽의 제나라가 아직도 버티고 있지 않소."

그러나 천하통일의 마지막 전사로 나선다는 것은 설사 제나라 정복에 성공했을지라도 자신의 생존에 위험한 일이라는 생각에는 변함이 없었다.

"저는 힘이 없어 아니 되겠습니다. 25년 동안 전장을 뛰어다니느라 기력이 모두 소진했기로 대왕의 뜻을 받들 수가 없겠습니다. 그 대신 노신이 아닌 다른 장군을 추천할 수는 있습니다."

"누구를?"

진왕의 눈빛이 빛났다.

"이신입니다."

"용기와 지략은 있으나 경망스럽소."

"그렇다면 몽염은 어떻습니까?"

진왕은 무조건 고개부터 가로저었다.

"그대의 아들 왕분(王賁)은 어떻소?"

"그 아이는 지략이 부족합니다."

"왕장군이 제나라 공략에 나서지 않겠다면 왕분이 가야 되겠소!"

왕전도 거절할 명분이 없었다.

결국 왕분은 40만 대군을 이끌고 제나라 임치(臨淄)성으로 향해 떠날
채비를 했다.

그 때 왕전은 조용히 아들을 불렀다.

"너나 이신이나 용맹스럽긴 하나 경험이 부족하다. 전쟁이란 병법이
나 무예 가지고만 이기는 게 아니지 않느냐. 내가 너에게 한 가지 계교
를 줄 터이니 그렇게 하라. 비록 위험한 계략이긴 하나 신중하게 이행하
면 좋은 결과가 있을 것이다."

임치성이 굽어보이는 언덕 위에 진을 친 왕분은 전투 한 번 없이 20여
일 동안 진군의 위세만 과시하면서 꼼짝않고 있었다. 부장 이신이 안달
을 냈다.

"왕장군, 언제까지 이러고만 있을 거요!"

"제나라 군사가 성문을 걸어잠근 채 꼼짝않고 있는 것을 보면 우리한
테 단단히 겁을 먹고 있는 게 분명하오."

"겁을 먹고 있을지 우리 뒤를 칠지 어떻게 아오?"

"스무날 가까이 조용히 있는 것만 보아도 두려워하는 걸 알 수 있소."

"소득없이 돌아갔다간 대왕의 엄한 문책만 있을 것이오!"

"그대는 내가 전군의 지휘 책임을 맡은 사령관이라는 사실을 잊었는가!"

왕분의 호통이 서슬퍼랬으므로 이신은 입을 다물 수밖에 없었다.

그날 밤 왕분은 부친 왕전이 일러준 거짓 화친서를 불화살에 매달아 임치성 안으로 쏘아보냈다.

——우리 진나라 대왕께서는 제나라와 싸우는 게 목적이 아니라 화친을 도모하는 일이 최선이라 하셨습니다. 대왕께서 화친책에 응하실 생각이 계시다면 성문을 열어 저를 맞아주십시오. 만일 화답이 없으면 이를 선전포고로 이해할 것이며 그 다음에 일어날 사태에 대한 책임을 저로선 질 수가 없습니다. 사흘 안으로 회답 주시기를 바랍니다. 왕분.

회답은 사흘째 오전에야 왔다. 그동안 제나라 군신간에 화친서를 두고 의견이 분분했던 모양이었다.

왕분은 이신에게 계략을 일러준 뒤 부관 백 명만 데리고 임치성 안으로 들어갔다.

"화친의 조건이 뭐요?"

제나라 왕이 물었다.

"아무것도 없습니다. 우리 진나라와 제나라는 천하의 끝인 서쪽과 동쪽에 위치해 있으므로, '이웃나라는 치되 먼 나라와는 교제한다'는 진나라 정책에 따라 제나라와 친선하자는 것입니다."

"친선사절 치고는 너무나 많은 군사가 몰려왔구려!"

"물론입니다. 화친이 거절되면 제나라와 전쟁을 벌이는 일밖에 없으니까요!"

제왕은 며칠 동안 짐짓 화친 축하잔치를 베풀면서 왕분의 진심을 알아내려 애쓰는 듯 보였다.

   그러던 어느날 제나라 군사의 경계심이 풀어졌다고 짐작되던 시각에 임치성 내로 들어갔던 진군이 성문을 활짝 열어버렸다.

   미리 왕분의 계략에 따라 만반의 준비를 하고 있던 이신은 대군을 이끌고 밀물처럼 성내로 쳐들어갔다.

   "앗! 저자에게 속절없이 속았구나!"

   제나라 왕 건(建)은 탄식했지만 이미 때는 너무 늦었다.

   화살을 맞고 죽어가던 중신 하나가 외쳤다.

   "어리석은 왕이시여, 기왕 나라를 망칠 바에야 옥쇄라도 했다면 부끄럽지나 않지!"

# 11. 천하통일

'무슨 좋은 그럴듯한 호칭이 없을까?'

함양궁에서 진나라 천하통일을 축하하는 연회가 베풀어졌는데, 그자리에서도 진왕은 심기가 불편했다. 저쪽에서 승상 이사(李斯)가 대신들과 어울려 희희낙락하고 있는 게 보였다. 진왕은 짜증난 목소리로 그를 불렀다.

"승상, 과인은 역사가 생긴 이래로 그 누구도 해내지 못한 통일천하를 이룩했소. 그런데도 불구하고 온갖 제후들이 사용했던 왕이란 호칭을 과인 역시 사용해야 하니 어찌 답답하지 않을 수가 있겠소!"

이사는 눈치가 빨랐다.

"옳으신 말씀입니다. 기껏 사방의 영토 천 리를 가졌던 기왕의 성군(聖君)들도 천하의 주인으로 군림했는데, 그 수만 배 땅의 천하를 통일하신 대왕의 존호가 아직도 평범한 저들과 같아서야 되겠습니까."

"대왕이란 호칭도 흔하게 불리던 이름 아니겠소. 어디 좀더 훌륭한 칭호가 없겠소?"

이사는 진왕이 욕심 많고 의심도 많다는 사실을 알고 있었다. 진왕은 그동안 제후들의 근거지였던 군현의 성벽들을 허물어버렸다. 제후들이 다시는 일어서지 못하도록 무기들을 모아 녹여 없앴다. 왕자이든 혁혁한 공신이든 반란의 근원을 없애느라고 누구에게도 토지를 봉(封)하는 일이 없었다. 그래놓고서도 그는 흡족해 하지도 않았고 여전히 모두를 의심하는 눈치였다.

"옛날 위대했던 임금으로서는 삼황(三皇)과 오제(五帝)가 계셨습니다."

"그들이 누구누구요?"

"천황씨(天皇氏) 지황씨(地皇氏) 태황씨(泰皇氏)가 삼황이며 태황씨를 최고로 쳤습니다. 그리고 소호(少昊) 전욱(顓頊) 곡(嚳) 요(堯) 순(舜)이 오제입니다. 그래서 일차 박사관(博士官)들과 의논한 바가 있었는데 왕의 존호를 높여 태황이라 부르는 게 어떨까 하고……"

"기왕에 사용했던 명칭은 그 뜻이 아무리 좋다해도 싫소."

"그럼 천자(天子)는 어떻습니까?"

"크게 나쁘진 않지만……혹시 다른 이름 없겠소?"

"그렇다면 삼황의 황(皇)과 오제의 제(帝)를 따서 황제로 부르시면……"

"황제라고? 그거 괜찮네. 좋소. 흡족하오. 그러나 황제라는 칭호를 과인이 제일 먼저 사용했으니 시(始)황제로 하겠소. 과인의 다음에 2세(二世)황제 그리고 다음이 3세(三世)황제 이런 식으로 영원무궁토록 전할까 하오."

이사는 한술 더 떴다.

"기왕이면 왕명(王命)을 제(制)라 하고 왕령(王令)을 조(詔)라 하며 황제를 자칭하여 짐(朕)이라 하십시오."

"과인이라 부를 게 아니라 짐이라고? 짐은 또 무슨 뜻인가?"

"천자가 존귀한 이유는 뭇 신하들이 어성(御聲)만 들을 뿐 배안(拜顔)할 수 없다는 점에 있습니다. 그래서 천자는 짐 즉 조짐(兆朕 : 기미만 있고 아직은 나타나지 않은 상태란 뜻)의 짐만 사용한다는 것입니다."

"그거 아주 좋소!"

얼마 후였다. 그날도 함양궁에서 잔치를 베풀고 있었는데 복야(僕射 : 활쏘는 무관명) 벼슬에 있던 주청신(周靑臣)이 황제에게 이런 건의를 했다.

"지난날 진나라 영토는 천 리에 지나지 못했지만 지금은 폐하의 영명하심으로 국내는 평정되었으며 오랑캐도 추방해 해와 달이 비추는 곳에서는 모두가 심복하지 않는 자가 없습니다. 제후의 땅을 군현으로 삼아 백성들은 안락한 생활을 누리며 전쟁의 근심도 없이 폐하의 덕을 만세에까지 전하게 되었습니다. 하오나 천하통일을 성취하신데도 불구하고 멀리 떨어져 있는 연・제・초나라 등은 폐하의 위명으로도 장악할 수 없는 게 안타깝습니다."

그 때 박사관 순우월(淳于越)도 이때다 하고 나섰다.

"신이 들은 바로는 은나라 주나라는 1천 년의 장구함을 누렸습니다. 그것은 자제나 공신들을 봉해 왕실을 보좌케 했기 때문입니다. 지금 폐하께서는 천하를 보유하고 계시면서도 자제들은 봉을 받지못해 일개 서민들과 같은 필부의 신세를 면치 못하고 있습니다. 만약에 갑자기 반역하는 신하가 나타난다면 황실의 울타리가 되어 이를 구원하는 신하는 누가 될 수 있겠습니까."

시황제도 얼른 나섰다.

"가만! 언젠가 전날의 승상 왕관(王綰)도 그런 건의를 했지만 이미 없었던 얘기로 치부하지 않았소. 황자를 왕으로 세워 제후국을 통치하도록 건의했지만 황자나 공신들에게 상(賞)을 내리는 것으로 충분하다고 해서 그런 논란은 그만 중지하고 말았는데."

잠자코 있던 이사가 나섰다.

"천하가 함께 전투로 괴로움을 겪으며 편안한 날이 없었던 것은 제후라는 것이 있었기 때문입니다. 옛날에는 천하를 통일한 분이 없었기 때문이지 이제 통일천하가 된 상황에서는 왕이 필요 없습니다. 다시 제후의 나라를 세우는 것은 병란의 근원을 마련하는 것입니다. 폐하께선 부디 통촉하소서!"

"이것은 이사의 말이 옳다!"

시황제는 다른 신하들의 말을 막아버렸다. 그러자 이사는 기회를 엿보고나 있었다는 듯이 엉뚱한 건의를 했다.

"지금 폐하께선 천하를 통일하시고 사물의 가치기준을 분명히 하셨으며 또 황제라는 유일한 지위에 계시는데도 불구하고 자기 주장이 옳다는 썩은 선비들이 여전히 자취를 감추지 않고 있습니다. 그런 자들은 폐하께서 정하신 법을 비난하는 자들이라 국가 기강을 해이하게 만들어 폐하의 권위를 손상시킬 뿐입니다. 차제에 의약과 농사와 복서(卜筮)에 관한 책 이외의 시서(詩書)·학술·백가(百家)의 책들은 모조리 태우도록 해야 합니다. 학문이나 법령을 배우고자 하는 자가 있으면 앞으로 관리에게 물어보라 하십시오!"

"승상 이사의 생각이 옳다!"

"어쨌든 분서(焚書)를 관철시키겠습니다. 금지된 서적을 읽거나 소지하는 자가 있다면 사형에 처하고 옛것을 기려 현재를 비판하는 자가 있다면 일족을 멸하겠습니다."

법치주의자 이사의 정책시행은 서슬퍼랬다.

시황제는 형벌도 엄하게 해서 죄를 지은 자는 오형(五刑)에 처하되 형질에 따라 얼굴에 글자 새겨넣기 음경자르기 허리자르기가 시행되었다.

진나라 영토는 동쪽으로 요동반도를 건너 조선의 국경에 이르렀고 서쪽으로는 임조(臨洮 : 감숙성) 남으로는 안남국(安南國) 북으로는 동호(東胡)의 접경지대인 음산(陰山)에 이르는 방대한 넓이였다.

동시에 전국을 36군(郡)으로 나누어 황제가 그 책임자를 직접 임명하는 중앙집권체제로 정비하고, 글자와 도량형도 통일했다.

게다가 전국의 부호(富豪) 12만 호를 함양으로 불러모아 살게 하고 아방궁(阿房宮) 등 이궁(離宮)과 별관을 수백 군데에다 지었다. 궁궐에는 전국에서 모아들인 미녀들이 3천여 명이나 있었다.

사후에 대한 대비책으로 자신의 묘궁(墓宮)을 축조했는데 봉분만 해도 높이가 4백 자, 길이가 2천 자였으며 무덤 내부에는 물 대신 수은(水銀)을 흐르게 했다.

신하들의 움직임에 대해서도 시황제는 경계를 게을리하지 않았다. 마침 양산궁(梁山宮)으로 행행했을 때였는데 산 아래로 누군가의 봉행행렬이 황제에 버금될 만큼 호화로운 것을 보고는 깜짝 놀라 곁의 환관에게 물었다.

"저게 누구의 행차냐?"

"승상 이사의 행차입니다."

"음……지나치게 호화롭다."

즈음에 이사의 큰아들 이유(李由)도 삼천군(三川郡 : 낙양 일대) 태수로서 세력을 떨치고 있는 처지였으므로 승상 가문에 특별히 신경을 쓰고 있던 참이었다.

그런데 시황제가 뱉아낸 말이 이사의 귀로 들어갔다. 이사는 그날 이후로 수종 행렬을 매우 초라한 숫자로 줄여버렸다.

"어떤 놈이냐! 환관 중의 누군가가 내 말을 입밖에 냈구나!"

시황제는 노발대발했다. 함양 근방의 2백 리 내의 궁전에 270개의 망루를 용도(甬道)로 연결시켜 놓고 각자의 거처를 등록시켜 이동하지 못하게 했을 뿐 아니라 황제가 행차하는 장소는 물론 황제의 말을 밖으로 새어나가도록 하는 자가 있으면 사형에 처하도록 되어 있었다.

환관들을 심문했으나 아무도 자백하는 자가 없었다.

"그렇다면 좋다! 그날 짐의 곁에 있던 자들을 몰살시켜라!"

그날 이후로 황제의 행재소(行在所)를 아는 자는 아무도 없었다.

어느날 시황제는 방사(方士 : 신선의 술법을 닦는 도사) 노생(盧生)을 불렀다.

"먹으면 신선이 된다는 영초(靈草), 불로장수한다는 기약(奇藥) 그리고 선인(仙人)이 되는 방법 이렇게 셋을 찾고 있다. 이를 얻는 사람을 진인(眞人)이라 부르는 모양인데 짐은 진인이 되고 싶다."

시황제 앞에서는 어물어물 대답하고 나왔지만 노생은 걱정이 태산같았다. 그래서 같은 방사인 후생(侯生)과 의논했다.

"시황제는 제후에서 몸을 일으켜 천하를 병합해 의욕하는 바가 뜻대로 되었으니 고금을 막론하고 자신보다 나은 자는 없다고 생각하게 되었소. 승상 이하 모든 대신들도 모두 황제의 결정사항만 받아들일 뿐 모두 화가 두려워 과실을 간하는 자도 없을 뿐만 아니라 질록(秩祿)을 유지하기 위해 감히 충성을 다하는 자도 없소. 황제는 형벌과 죽임으로 위엄을 과시하는 일을 즐기며, 자신의 과실을 듣지 못하니 날로 교만해지고 신하들은 그 위세에 굴복해 거짓말로 비위 맞추기에만 급급하오."

"어디 그뿐이겠소. 방사들에게 방술을 시행하게 해서 효험이 없을 땐 목을 베지 않소. 천하의 일을 대소를 막론하고 혼자 결재하며 저울로 결재서류의 무게를 달고 낮과 밤에 결재해야 될 서류의 분량을 정해 놓고 그것을 처리하기 전에는 휴식도 하지 않소. 권세를 탐하는 정도가 저러하니 설사 선약을 구한다 해도 진인이 되기는 틀린 일이오."

"그럼 우린 어떻게 하면 좋겠소?"

"처형되기 전에 깊은 산속으로 숨어버립시다."

두 방사가 도망친 후에도 시황제의 진인이 되고자 하는 열망에는 변함이 없었다. 이번에는 방사 서시(徐市)를 불렀다.

"짐이 듣기로는 그대들 방사가 약초를 개어 불사약을 만들어낸다고 했는데 과연 그것이 가능할까?"

서시의 생각에도 노생이나 후생과 마찬가지였다. 그러나 만들 수 없다고 말했다가는 어떤 처벌을 받을지 몰라 얼른 생각을 바꾸었다.

"물론 만들 수는 있습니다. 그러나 그런 선초(仙草)는 동쪽 바다를 건너 영주(瀛州 : 한라산)나 봉래(蓬萊 : 금강산)나 방장(方丈 : 지리산)산으로 들어가야 구할 수가 있습니다."

"그렇다면 당장 구해오면 될 일이 아니겠는가?"

"그곳을 삼신산(三神山)이라 이름하는데 장생 불로초를 먹은 신선들이 학(鶴)을 타고 하늘을 날며 노닐고 있답니다. 그들에게 가서 선초를 구하려면 빈 손으로 갈 수는 없습니다.

시황제는 애가 탔다.

"선약을 구하려면 대가가 필요할 테지. 그들이 요구하는 것이 무어라던가?"

서시는 시침 뚝 떼고 말했다.

"많은 금은 보화와 동남동녀(童男童女) 각 5백 명씩 입니다."

"동남동녀는 무엇 때문에?"

"워낙 신령한 약초라 보통 인간의 눈에는 보이지 않으며 반드시 남녀의 때가 묻지 않은 동남동녀의 눈에만 그것이 보인답니다."

"선약을 구할 수만 있다면 무슨 일인들 못할까. 그대의 요구대로 금은 보화와 동남동녀들을 데리고 가라."

서시는 대형 선박 수척에다 동남동녀 5백쌍과 금은 보화를 나눠 싣고는 바다 너머로 줄행랑을 놓고 말았다.

어느날 시황제는 승상 이사를 불렀다.

"짐의 국토가 얼마나 넓은지 그것을 확인해 보고 싶소."

"그렇게 하시지요. 동쪽으로 순행하시며 해안을 따라 남행하며 가시는 곳마다 폐하의 덕을 칭송하는 비석을 세우시지요."

"돌아왔을 때는 불로초가 도착해 있을 것이오."

시황제의 국토 순행은 그렇게 시작되었다. 먼저 추(鄒 : 산동성)의 역산(嶧山)으로 올라가 노(魯)나라 유학자들과 봉선(封禪)과 망제(望祭) 등 제사지내는 일을 의논했다.

태산에 올랐을 때는 풍우가 세차게 몰아쳐 큰 노송 밑으로 피할 수가 있었는데 시황제는 노송한테 오대부(五大夫 : 秦의 9등급 작위) 벼슬을 내렸다.

양보산(梁父山)에 올라서는 지신에게 제사지내고, 태산에다 비석을 세웠다.

── 황제위에 올라 제도를 마련하고 법전을 밝히고 신하들은 삼가 이것을 정비했다. 26년 만에 처음으로 천하를 병합하니 제후들은 모두 복

종하지 않는 자가 없었다. 친히 먼 지방의 백성들을 살피고 태산에 올라 두루 동방의 끝까지 보셨다. 순종하는 신하들은 황제의 공적을 생각하고 대업의 본원을 찾아 그 공덕을 칭송한다. 황제의 덕화는 무궁하게 미치는 것이니 후세에는 유조를 높이 받들어 길이 이것을 물려받아 무겁게 경계하라.

발해(勃海)를 따라 황(黃) · 수(腄)(모두 산동성)를 거쳐 성산(成山)에 올랐다가 지부산(之罘山)에도 비석을 세웠다.

──육합(六合 : 천지와 사방) 안은 모두가 황제의 땅으로 인적이 이르는 곳에는 신하가 아닌 자가 없다. 황제의 공로는 오제(五帝)를 덮고 은택은 소와 말에게도 미쳐 은덕을 받지 않는 자가 없다. 각자는 자신의 거처에 안주하라.

시황제는 3년이 걸려 북방 순행길에서 돌아왔다.

도망쳤던 노생은 잡혀오기 얼마 전에 이상한 경험을 했다.

하루는 고기를 잡으러 나갔다가 호숫가에서 괴상하게 생긴 백발노인을 만났다. 그는 대뜸 노생에게 말을 걸어왔다.

"자네는 무엇 때문에 이런 늪지대로 들어와 숨어사는가."

"숨어사는 게 아니라……"

"거짓말이 자네 얼굴에 쓰여 있네. 그러지 말고 이실직고하게."

"노인장께선 어떤 분이신지요?"

"나? 내가 사람이 아니고 귀신인 것만은 분명하네. 그런데 말이지. 내가 자네의 목숨은 부지할 수 있도록 해줄테니 심부름을 하나 들어줄텐가."

"어떤 심부름을 시키실 건지요?"

"시황제한테 전해야 할 물건이 있네."

"아, 그것만은 아니 되겠습니다. 함양에 나타났다간 저는 즉시……"

"그 보라구. 자네는 시황제를 피해 숨어사는 인간이 아닌가. 금새 들통날 일을 가지고 왜 거짓말을 하나."

노생은 꿇어앉았다.

"잘못했습니다! 목숨만 지키도록 해주시면 어떤 심부름이라도 하겠습니다."

"신선술을 익히는 방사라면서 귀신의 정체도 알아보지 못하다니…… 결국 자네의 술법도 허망한 거네. 자, 그건 그렇고, 내가 시키는 대로 하겠는가."

"죽지 않고 살아나올 수만 있다면."

"그건 내가 보장하지."

그렇게 되어 노생은 노인의 심부름을 나왔다가 함양 저잣거리에서 붙잡혔다. 시황제 앞으로 끌려간 노생은 노인이 일러준 그대로 아뢰었다.

"폐하, 소신이 실은 도망친 것이 아니라 바다를 건너 갔었습니다. 비록 불로초는 구하지 못했지만 귀신한테서 다행히 예언서 하나를 얻어왔습니다. 표제가 '녹도서(錄圖書)'로 돼 있는데 내용이 어려워 자세히는 알 수 없으나 '진나라를 망칠 자는 호(胡)다'라는 암호인 것 같습니다."

"무어라? 호라면 오랑캐라는 뜻이 아니냐!"

시황제는 진나라에 위협을 주는 적은 북방 오랑캐일지도 모른다는 생각을 하고 있었다. 그래서 30만 대군을 이끌고 북방을 지키고 있는 몽염 장군에게 호인들이 넘어오지 못하게 만리장성을 쌓도록 당일로 파발마를 띄웠다.

어쨌건 노생의 출현은 시황제의 분을 들끓게 했다.

"짐은 방술사들의 힘으로 태평한 치세를 이룩하고자 했다. 방사들은 약물을 개어 불사약을 만든다고 하더니 지금 듣기로는 모조리 도망쳐 버리고 서시 놈은 거만의 비용만 허비하고는 끝내 돌아오지도 않았다."

시황제의 질타에 노생은 고개만 숙이고 있었다.

"짐이 그대들에게 후한 은상을 내렸거늘 짐을 속이고 중간에 부당한 이득을 취하며 그나마 부족해서 짐의 뜻을 비방하고 짐의 부덕을 천하에 퍼뜨리지 않았는가! 끝으로 묻노니 살고 싶거든 분명하게 대답하라. 누가 그대들에게 모조리 도망치게 만들었는가!"

노생은 호숫가에서 만난 노인의 말이 생각났다. 살아남기 위해 그대로 털어놓고 말았다.

"함양에 거주하는 선비들이 저희들에게, 시황제를 진인으로 만들려는 어리석은 짓은 그만하고 멀리 도망치라 선동했기 때문에 모조리 숨어버린 것으로 알고 있습니다."

노생의 그 한마디가 또한 엄청난 살륙극을 불러왔다. 함양 거주 학자들을 모조리 잡아들였다. 어사(御史)를 시켜 엄하게 심문했으나 자신의 죄를 인정하려는 선비들은 아무도 없었다.

결국 황제의 엄명에 따라 어사는 그들에게 공연한 죄를 뒤집어씌웠다. 법으로 금해져 있는 서적을 읽거나 소지한 학자들을 모조리 범법자로 취급하면서 요망한 말로 백성들을 어지럽히는 자로 고발했다.

"한 자도 살려두지 말고 모조리 생매장하라! 이로써 이 사실을 천하에 알려 후세인들의 경계로 삼을 일이다!"

천하가 뒤숭숭해졌다. 참다 못한 시황제의 장자 부소(扶蘇)가 간했다.

"천하가 평정된 지 얼마 되지 않은 상태라 먼곳에 사는 백성들은 아직 진나라에 귀복(歸伏)도 하지 않았습니다. 더구나 선비들이란 공자(孔

子)의 가르침을 받들어 그것을 본받으려 애쓰고 있는 사람들입니다. 그
런데도 폐하께서는 법만을 존중해 그들을 규탄하며 죽이고 계십니다.
이런 일로 인해 소생은 천하가 동요되지 않을까 두렵습니다. 부디 폐하
의 밝은 살핌이 있으시길 바랍니다."

"무엇이라고? 황제의 장자란 자가 국법을 비방해? 짐으로선 너를 그냥
두고 볼 수는 없다. 지금 장군 몽염이 산해관(山海關 : 산동성)에서 가
곡관(嘉峪關 : 감숙성)에 이르는 장성을 쌓고 있을 것이다. 가서 30만
대군을 이끌고 있는 몽염의 근황도 살피고 북쪽의 움직임도 경계하라.
오늘 즉시 떠나도록 하라!"

결국 부소는 상군(上郡)에서 몽염장군을 감독하는 감독직을 받고 쫓
겨났다.

그 때부터 시황제한테는 불길한 징조들이 계속 나타났다. 형혹성(熒
惑星 : 화성)이 심성(心星 : 전갈자리)으로 접근하더니 움직일 줄을 몰
랐다.

뿐만 아니었다. 유성이 함양의 동쪽편으로 떨어져 돌이 되었다. 누군
가가 그 때 돌에다 이렇게 새겼다.

── 시황제는 죽고 진나라는 산산조각 난다!

노한 시황제가 어사를 파견해 범인을 찾게 했으나 아무도 죄를 자백
하는 자가 없었다.

"그렇다면 좋다! 운석이 떨어진 근방에 살고 있는 자들은 모조리 잡아
몰살시키고 그 운석을 구워 녹여버려라!"

닥치는 대로 백성들을 죽여가며 분을 풀려고 했지만 시황제의 울분은
풀어지지가 않았다.

이번에는 박사관에게 명해 선인과 진인에 관한 시(詩)와 황제가 순행

한 천하의 명소에 관한 시를 지어 현악기에 맞추어 악인(樂人)에게 노래하게 했으나 즐겁지 않기는 마찬가지였다.

그 해 가을이었다. 동쪽으로 사신갔던 사자가 화산(華山 : 섬서성) 근처를 지나고 있을 때였다. 캄캄한 밤이었는데 빛나는 구슬을 안고 있던 한 사내가 사자를 불러세운 것이다.

"나 대신 그대가 이 구슬을 좀 전해주시오. 호지(滈池 : 함양에 있음)의 주인한테 말이오."

"호지의 주인이라면?"

"그리고 조룡(祖龍)은 올해 안에 죽소!"

"조룡은 또 뭐요?"

"구슬은 팔아 저승갈 때 노잣돈으로 사용하도록 하시오."

"이 양반 해괴한 소리만 하네?"

그러나 사내는 순식간에 자취를 감추고 말았다.

사자는 함양에 도착해 시황제한테 구슬을 바치면서 일의 전말을 자세히 고했다. 시황제는 묵묵히 듣기만 하면서 생각 속으로 빠져들었다.

'호지의 주인은 누구인가. 주(周)의 무왕(武王) 아닐까. 무왕이 은(殷)의 주왕(紂王)을 타도할 때 그 말을 썼거든. 그러니까 호지의 주인은 내가 아니야. 하지만 이 구슬은 몇 년 전에 순행할 때 양자강을 건너면서 강물에 던져 수신(水神)에게 제사지낸 구슬이 아닌가. 이것이 왜 갑자기 떠올랐는가. 그리고 조룡은 또 무엇인가. 조(祖)는 시(始)와 같으며 용(龍)이 인군의 상징이라면 나 시황제가 아닌가! 그런데 화산에서 만났다는 산귀신이 올해 안에 조룡이 죽는다고 예언했다지만 귀신이란 기껏 한 해 일밖에 모르는데 진나라 역법(曆法)으로는 벌써 연말이니 올해는 다 갔지 않은가. 그러니까 조룡은 조상이란 뜻이지 나는 아니

야!'

그렇지만 시황제는 불안해서 견딜 수가 없었다. 그 때문인지 그날 밤 인간을 닮은 바다신(神)과 심하게 싸우는 꿈을 꾸었다.

"즉시 꿈을 풀이해 보라!"

해몽박사는 이렇게 설명했다.

"당분간 함양이 불길합니다. 서둘러 순행하십시오!"


깊은 밤이었다. 중거부령(中車府令) 조고(趙高)가 심각한 표정이 되어 시황제의 막내아들 호해를 찾아왔다.

"황제폐하께서 순행을 결정하셨습니다. 작은 황자께서는 이번 순행길에 꼭 수종(隨從)하도록 하십시오."

"내가?"

"폐하의 건강이 심상치 않습니다."

"그토록 심각한 거요?"

"형님[扶蘇]께서는 상군(上郡)의 군단(軍團)을 감독하러 나가 계십니다. 아들된 자가 아버지를 수행함은 당연한 일입니다."

호해는 조고의 얼굴을 물끄러미 바라보았다. 환관 주제에 벼슬이 기껏 중거부령에다 부새령(符璽令 : 옥새를 다루는 관리)을 겸하고 있는 조고의 주제넘은 권유에 호해는 고개를 갸웃거리지 않을 수가 없었다.

"아들들이 스무 명이 넘는데 하필 내가 수종해야 될 이유라도 있소? 다만 폐하의 건강 때문이라면."

"폐하께서 호해황자님을 가장 총애하시니까요. 병세란 사랑하는 아들의 위로를 받아야 회복도 빠르답니다."

"그렇다면 내가 가야겠지만. 한데, 수종하겠노라 말씀드리면 허락해

주실까?"

"틀림없이 허락하실 겁니다. 하오나 폐하의 건강 운운하는 얘기는 입
밖에 내셔서는 안 됩니다. 폐하께서는 병든다는 것과 죽음이라는 말을
가장 싫어하시니까요."

호해는 이튿날 시황제한테로 갔다.

"황제폐하, 다시 순행하신다는 소식을 들었습니다. 이번 순유길에는
소자가 폐하를 수종할까 합니다."

시황제의 입가에 미소가 감돌았다.

"호해가 함께 가겠다고?"

"수종토록 허락해 주십시오."

"기특하구나. 내 사랑하는 아들이 곁에서 수종하겠다니 마음 든든하
다. 그렇게 하여라."

진시황제 37년 10월이었다.

드디어 지방 순행길에 올랐다. 황제가 탄 온량거(轀輬車)는 화려한
깃털을 달아 호화롭기도 하려니와 엄청나게 크기도 했다. 스무 개의 들
창문이 달려 있었고, 수레 안에서는 10명의 궁녀들이 교대로 시중을 들
었으며, 불순한 백성들로부터 혹시 공격당할지도 모른다는 우려 때문에
똑같은 생김새의 온량거 다섯 대가 나란히 지나가게 함으로써 시황제가
어느 수레에 탔는지를 모르게 했으며, 그나마도 불안했는지 5천의 기마
대로 수레 전후좌우를 호위케 했다.

여름이었다. 시황제 일행은 남방의 회계(會稽)까지 갔다가 그날은 해
안을 따라 북상하고 있었다. 그날따라 비가 부슬부슬 내리고 있었는데,
시황제는 무엇 때문인지 굳이 조고를 불렀다.

"여기가 어디인가?"

"낭야(琅邪)에 이르렀습니다. 지금 사구(沙丘)로 가고 있습니다."

조고는 시황제의 얼굴에 병색이 갑작스럽게 깊이 든 것을 보고는 깜짝 놀랐다. 그러나 미리 내색할 수는 없었다.

"서시로부터는 아직도 소식이 없느냐?"

"있지도 않는 불로장생약을 구한다며 폐하를 속이고 도망친 자이오니, 잡아들이지 못할 바에야 차라리 그자를 잊으십시오."

"능지처참할 놈!……그대가 부새령 직책에 있으니 옥새는 간직하고 있겠지."

"목숨처럼 잘 간직하고 있습니다."

"부를 테니 적게……"

시황제는 꺼져가는 목소리로 이렇게 읊었다.

──짐의 상(喪)을 당함에 있어 장자 부소는 군대를 몽염에게 맡기고 함양으로 돌아와 짐의 유해를 맞이해 장례를 치르라.

"폐하!"

"아직도 비가 오고 있는가."

"어의를 부르겠습니다."

"천수라는 게 있다면 어떤 명의가 와도 소용이 없네. 잠시 쉬고싶네. 어서 나가 보게……"

그런데 가까스로 황제의 조서는 봉인되었으나 부소에게로 갈 사자에게 넘겨주기도 전에 시황제는 죽고 말았다. 7월 병인일 밤 사구(沙丘 : 하북성)에서였다.

조고는 함께 황제를 수종해 온 승상 이사한테는 알리지 않을 수가 없었다.

"알 수 없는 병으로 갑자기 붕어하셨습니다."

"뭣! 오늘 밤 말이오?"

"조금 전 평대(平臺)에서 말입니다."

"황제의 갑작스런 죽음을 알고 있는 사람이 누구누구요?"

"환관 세 명과 궁녀 네 명밖에 모릅니다. 아직 호해황자한테도 알리지 않았습니다. 물론 기왕에 알고 있는 자들에게도 철저한 함구령을 내렸습니다만."

"잘했소. 아주 잘했소. 황제가 국도(國都) 밖에서 붕어하신 것을 알면 황자들끼리 다투어 변란을 일으킬 것이오. 더구나 태자가 미처 정해지기 전이 아닌가 말이오."

"그러나 호해황자한테는 당장 알려야 되지 않겠습니까."

"그야 그럴 테지. 하지만 말이오. 지금 이 상황에서는 절대로 발상(發喪)해서는 안 되오. 평소 하던 대로 환관을 동승시켜서 통과하는 곳마다 황제의 수라상을 올리며 문무백관이 주상(奏上)하는 바도 종전과 똑같이 하겠소. 주사(奏事)의 결재도 온량거 안에서 할 것이오. 이런 행사는 함양에 도착할 때까지 계속되오."

며칠이 지났다. 온량거는 속력을 내며 함양으로 달려가고 있었지만 때마침 더운 여름철이라 관 속의 시체 썩는 냄새가 슬슬 나기 시작했다.

"좋은 수가 없을까?"

이사의 물음에 환관 하나가 대꾸했다.

"소금에 절인 생선수레를 온량거 뒤에 따르도록 하면 됩니다. 냄새를 구별 못하게 말입니다."

승상 이사가 이토록 작은 일에 신경을 곤두 세우고 있는 동안 부소에게 갈 옥새찍힌 편지를 손에 쥔 조고는 밤을 틈타 호해황자한테로 조용히 찾아갔다.

"시황제폐하께서는 붕어하셨지만 상군땅에 계시는 부소황자에게 가야 될 서신은 아직 보내지 않았습니다. 옥새 또한 직책상 보관하고 있습니다."

"폐하께서는 장남한테만 편지를 내리셨소?"

호해는 별다른 뜻도 없이 물었다.

"물론입니다. 여러 황자들께 누구를 황제로 봉한다는 조서도 없었으며 오로지 맏아들한테만 편지를 내렸습니다."

"그야 당연한 일일 테지요. 장자(長子)의 이름으로 발상하고 또 장자가 대위(大位)도 물려받아야 하니까요."

"그런데 말입니다. 호해황자님께서는 한 치의 땅도 얻어가질 수가 없게 된 것이 안타까울 뿐입니다."

조고의 뜻하지 않았던 발설에 호해는 깜짝 놀랐다. 조고는 등촉 너머에서 의미있는 눈빛을 빛내고 있었다.

"무슨 뜻이오?"

"부소황자께서는 이제 2세황제가 되실 것이며 호해황자께서는 아무것도 아니라는 사실을 알려드렸을 뿐입니다."

"당연한 이치를 어찌 새삼스럽게 거론하시오? 명군(名君)은 신하를 가장 잘 알며 현부(賢父)는 그 자식을 가장 잘 안다고 듣고 있소. 그러하니 아버지께서 기왕에 큰아들을 택하여 황제로 봉하려 하는데 나로서 무슨 더할 말이 있겠소."

"그렇지만 생각해 보십시오. 지금이 가장 중요한 순간입니다. 전날 소신이 황자께 서(書)와 옥률(獄律)과 법령에 관하여 정성을 다한 강론을 펼쳐드린 적이 있지요."

"그것이 어쨌다는 거요?"

"모두 이유가 있어서 미리 그렇게 준비를 시켜드린 것이옵니다. 이제 천하의 대권을 잡느냐 그렇지 못하느냐는 호해황자님의 결심 하나에 달렸습니다!"

생각해 보니 조고의 말은 엄청난 내용을 담고 있었다. 그래서 겁이 덜컥 났다.

"그래서 날보고 어쩌란 얘기요?"

"황자께선 남을 신하로 삼는 것과 남의 신하가 되는 차이를 생각해 보셨습니까. 또 남을 다스리는 일과 남에게서 다스림을 받는 그 엄청난 차이를 생각해 보셨는지요."

"꿈에서라도 생각해 본 적이 없소. 내가 알기로는 형을 제위에 오르지 못하게 하고 아우가 즉위한다는 것은 불의(不義)요, 부제(父帝)의 조서를 받들지 않았다가 처형될 것을 두려워하는 일을 하는 것은 불효(不孝)요, 자신의 재능은 천박하면서 남의 공로에 의지해 일을 성사하는 바는 불능(不能)이오. 이 세 가지는 역덕(逆德)이니 이를 억지로 이루려하면 천하가 복종하지 않을 것이요, 몸은 위태로워지며 사직은 제사를 받으려 하지 않을 것이오."

그러나 조고는 물러서지 않았다. 어둠 속을 한 번 휘둘러본 뒤 다시 호해를 붙들고 늘어졌다.

"제가 듣기로는, 탕왕과 무왕이 각각 자기의 군주를 죽였으나 천하에서는 오히려 의롭다하고 불충하다고는 말하지 않았으며, 위(衛)의 군주는 자기 아버지를 죽이고 즉위했으나 위의 백성들은 그의 덕을 받들고, 공자(孔子)도 이 사건을 『춘추』에 기록할 때 불효자라고 하지는 않았다고 했습니다."

"위나라에 그런 사실이 정말 있었소? 나로선 금시초문이오."

"어쨌건 대체로 위대한 행위에는 사소한 근신(謹身)을 돌보지 않으며 성대한 덕의 소유자는 받아야 할 것을 사양하지 않았습니다. 향리(鄕里)마다 각각 제 나름대로의 좋은 점이 있으며 백관의 공과 임무도 다 같지는 않습니다. 그래서 작은 일을 돌보다가 큰일을 잊어버리면 뒤에 반드시 해가 있으며 깊이 의심하고 주저하다가는 나중에 반드시 후회하게 됩니다. 결단을 내려 강행하면 귀신도 이것을 피하고 나중에는 성공만 있습니다. 감히 권고드리오니 황자께서는 이 일을 결행하십시오!"

호해는 조고의 말이 그럴듯하게 들렸지만 그래도 주저되어 탄식하듯이 내뱉었다.

"지금 황제의 붕어도 발표되지 않았고 상례(喪禮)도 치르지 않았거늘 어찌 이런 불순한 일부터 거론한단 말씀이오!"

"그렇지만 기회는 지금뿐입니다. 생각할 시간의 여유를 가진다는 것은 한 번밖에 없는 절호의 기회를 영영 놓친다는 뜻입니다. 차라리 말에 채찍질해 달려가도 늦어질까 두려운 지경입니다."

"그렇지만 승상이……"

"물론 승상과 의논하지 않으면 일이 성사되기 어렵습니다. 하오나 그점은 저에게 맡겨 주십시오. 황자님을 위하여 제가 승상과 담판짓겠습니다."

"모르겠소. 나로선 판단할 만한 지혜가 없소. 조중거부령이 승상과 의논해 보시오……"

호해의 말이 떨어지자 조고는 머뭇거리지 않았다. 바로 그 밤을 도와 승상 이사의 간이숙소로 치달렸다.

"야심한데 무슨 일이오?"

이사는 뜻밖이란 듯 조고를 건너다보았다.

"기밀한 의논을 드릴 일이 생겼습니다."

"기밀한 의논?"

"황제폐하께서 붕어하시기 직전에 장자 부소에게 서신을 내려 함양에서 유해를 맞으라 하신 사실을 알고 계십니까?"

"그대가 이미 귀띔하지 않았소. 짐작컨대 부소황자를 후사로 책봉한다는 뜻으로 난 받아들였소."

"하오나, 편지는 아직 보내지 않았고 옥새는 호해황자께서 지니고 계십니다."

조고의 말에 이사는 갑자기 긴장했다.

"왜 아직 보내지 않았소! 그리고 그게 어떻게 됐다는 얘기요?"

"호해황자의 생각은 다른 것 같습니다."

"무어?"

"실상 황태자를 누구로 할 것이냐 하는 문제도 승상과 저한테 달려 있다고 보아집니다."

이사는 탁자를 치며 소리질렀다.

"그 무슨 나라 망칠 소리요! 더구나 기껏 중거부령 벼슬이나 하는 주제에! 이런 일은 신하된 자들이 의논해서 될 일도 아니오!"

그렇지만 조고는 조금도 흔들리지 않았다. 자세를 고쳐앉더니 다시 이사를 설득하기 시작했다.

"몇 말씀 여쭙겠습니다. 지금 승상께서는 스스로 헤아려 몽염장군에 비해 어느 편의 능력이 낮다고 생각하십니까."

"내가 알 바 아니오. 물론 내가 못하다고 말해야 되겠지만."

"공훈의 높고 낮음을 가늠할 때 몽장군과 어느 쪽이 낫습니까."

"몽장군이 높다고 하겠지."

"원대한 계략을 세워 실수하지 않았다는 점에서는 어떻습니까."

"그 역시 몽장군이 윗자리요."

"천하 사람들의 원한을 사지 않았다는 점에서는 어찌됩니까."

"몽장군의 인품이 나보다 나으니까."

"끝으로 여쭙겠습니다. 장자인 부소황자께서 몽장군과 승상을 비교해 오랫동안 사귀어 신뢰가 두텁다는 점에서는 어느쪽이 낫습니까."

"그야 물어볼 필요도 없이 몽장군 쪽이 아니겠소. 한데 그대가 무엇이 길래 그런 걸 따져 묻는단 말이오!"

"결국 다섯 가지 중에서 승상은 단 한 가지도 몽장군보다 나은 게 없 겠습니다."

"그래서 나를 질책하는 거요?"

"아닙니다. 이해득실을 따지고 있는 중입니다. 노여움을 푸시고 제 얘 기를 들어 주십시오."

"듣기 싫소!"

"싫으시더라도 잠시만 제 얘기에 귀를 기울여 주십시오. 그런 후에 저 를 처벌하시든 책망하시든 마음대로 하십시오."

"도대체 그대가 하고자 하는 얘기의 핵심이 뭐요?"

"저는 본시 천역(賤役)이나 맡아보는 환관에 지나지 않습니다만 문재 (文才)가 조금 있어 궁으로 들어가 어언간 스무 해를 넘겼습니다."

"그래서?"

"그동안 저는 나름대로 관찰한 것이 있습니다. 다름아닌 진나라에서 파면된 승상이나 공신으로서 봉토를 2대에 걸쳐 보존한 사람은 아무도 없었습니다."

이사는 조고의 주장이 일리 있다는 생각이 들었다.

"봉토는 커녕 모조리 주살되고 말았다는 사실입니다."

"그렇소?"

"시황제 폐하의 자식 스무여 황자들에 대해 승상께서도 너무나 잘 알고 계시리라 믿습니다. 특히 그중에서도 폐하의 총애가 두터우셨던 두 분 황자에 대해서만 말씀 올리겠습니다. 우선 장자인 부소황자에 관해서입니다."

"그분은 강직 의연하고 무용(武勇)한 성품으로 남을 신뢰해 용사를 분발시키는 사람이오."

"그렇습니다. 그렇기 때문에 그 분이 황제위에 오르시게 되면 몽염장군을 중용하실 것이며 따라서 승상으로 기용하실 것이 분명합니다."

"그야……!"

"변명의 여지도 없이 이승상께서는 결국 승상의 인수를 풀어놓고 낙향을 하셔야 할겁니다."

"……음!"

"이번에는 호해황자에 대해서 말씀 올리겠습니다. 저는 칙명을 받고 호해황자를 보육하며 법(法)과 율(律)을 지도하여 온 지가 벌써 수년째가 됩니다만 신통하게도 아직까지 과실을 저지르는 것을 한 번도 본 적이 없습니다."

"정말 그런 분이시오?"

"제가 가까이서 본 바로는 인자하시고 독실 온후하신 성품으로 재물을 가벼이 여기시고 인재를 중히 여기시며 마음속은 총명하시나 입은 삼가시고 예의를 다하여 선비를 존경합니다. 진의 여러 황자들 중에서 그분만한 분은 아직 없습니다. 제 소견으로는 호해황자께서 후사가 되셔야 승상같은 영명후덕하신 분을 오래 중용하실 것이라 믿습니다. 승상께서는 심사숙고하셔서 결정해 주시기 바랍니다."

　한편으로 이사는 일개 환관인 조고의 열변에 마음이 기울고 있다는 사실에 화가 났다. 자존심도 상했다. 짐짓 아닌 체라도 해야 체통이 설 것 같았다.

　"그대는 이제 그만 하고 자기 위치로 돌아가오. 나는 황제의 조칙을 받들고 하늘의 명만 따를 뿐이오. 그 밖에는 우리가 이 자리에서 결정해야 할 일은 아무것도 없소."

　"안태(安泰)를 위험으로 돌릴 수도 있고 위험을 안태로 돌릴 수도 있는 게 세상 일인 줄 압니다. 다만 그것을 결정하는 것은 사람입니다. 그런데 위험대신 안위를 결정하지 않으면 누가 무엇으로 승상을 성지(聖智)를 가지신 분으로 존귀하게 여기겠습니까."

　끈질기게 설득시키려 드는 조고에 대하여 이사는 결국 단호하게 고개를 저었다.

　"잘 들으시오. 나는 상채마을의 일개 시골 평민이었으나 다행히도 주상께서 발탁해 주셔 승상까지 이르렀소. 뿐만 아니라 열후로 봉을 받고 자손까지도 모두 존위와 중록(重祿)을 받은 터이오. 이는 주상 시황제께옵서 당초부터 국가의 존망과 황실의 안위를 나에게 부탁하려 했기 때문이오. 그런데 어떻게 폐하의 그 본래 뜻을 배반한단 말이오. 충신은 목숨을 바쳐 주상을 모실 뿐 이해득실을 따지는 일이 없소. 효자가 부모를 섬길 때 위험이 도사리고 있는 음모 따위에 가담하지 않는 법처럼. 모름지기 신하된 자라면 맡은 직책이나 지킬 일이지 엉뚱한 생각일랑 해선 안 되는 법이오. 그대는 정작 나를 죄짓게 하려는가!"

　조고의 목소리는 더욱 높아졌다.

　"제가 듣기로는 성인(聖人)은 때따라 변화하여 일정한 태도를 고집하지 않으며, 끝을 보며 근본을 알고, 지향하는 바를 보고 귀착점을 통찰한다고 합니다. 사물이란 원래 이런 것으로 영구히 변하지 않는 규범이란 것은 있을 수가 없습니다."

"스스로를 성인으로 생각해 본 적이 없대두."

"지금 천하의 대권은 호해황자의 손아귀에 있다는 사실을 외면하지 마십시오. 이미 대세는 결정돼 있습니다. 서리가 내리면 초목이 시들고 얼음이 풀리면 만물이 생동하니 이것은 필연의 이치입니다. 힘의 흐름이 호해황자를 향해 흐르고 있다는 뜻입니다."

"그렇지만 진(晉)나라 헌공은 태자를 폐했기에 3대에 걸쳐 국가가 혼란스러웠고, 제나라에서는 공자(公子)들의 다툼으로 환공께서 승하한 뒤에도 장례를 치를 수가 없었으며, 은나라 주왕은 친척들을 죽이고 간언을 듣지 않음으로써 나라는 폐허가 되고 사직은 위태롭게 되었다는 사실을 기억하고 있소. 그들 모두는 하늘의 뜻을 거역함으로써 자손이 끊겼던 거요. 나는 인간으로서의 도리를 지키고 싶소. 어떻게 음모를 꾸민단 말이오."

"무엇이 인간의 도리이며 어떤 것이 음모란 말씀입니까. 폐하께서는 부소황자께 장례를 치르라고만 하셨지 대위를 넘겨받으라는 언질은 한마디도 없었습니다. 때문에 이런 결단이 부정하다든가 불의가 될 턱이 없습니다. 이제는 좋은 것을 좋다고 말할 때입니다. 위아래가 합심하면 실패할 까닭이 없으며, 내(內 : 조고)·외(外 : 이사)가 일치하면 의혹도 생길 수가 없습니다. 승상께서 저의 계획에 찬성만 해주신다면 봉후(封侯)의 지위를 누릴 것이며, 장수까지 누리시어 슬기로운 분이라는 칭송도 들으실 것입니다."

이사가 승복하는 기색을 보이자 조고는 다짐을 받아내듯 마무리 말을 내뱉았다.

"지금 이 길을 따르지 않으면 자신에게는 말할 것도 없고 자손에게까지 끔찍한 화가 초래됩니다. 선처하는 자는 화를 복으로 돌릴 수가 있으니 자, 저로써도 이젠 더 드릴 말씀이 없습니다. 승상의 선택만 남았습니다."

이사는 그새 묵묵히 고개를 떨구고 눈물만 흘리고 있었다. 그러다가 한숨을 토하며 드디어 하늘 우러러 탄식했다.

"아아, 난세를 만나 죽지도 못하니, 내 목숨 어디에다 맡긴단 말인가!"

별 수 없이 조고의 의견에 이사도 동의한다는 뜻이었다.

조고는 때를 놓치지 않고 재빨리 호해한테로 다시 돌아가 이렇게 보고했다.

"승상께서도 굳이 반대하지는 않았습니다. 자, 이제 우리 세 사람은 생명이 끝나는 날까지 이 사실을 비밀에 붙여야 합니다. 문제는 유해가 함양에 도착하기 전에 몇 가지 처리해야 될 일이 있습니다만……"

그 시간 이후로 온량거 안의 시신 옆에서 세 사람은 자주 회동했다.

"부소황자와 몽장군은 새 권력을 창출하는 데 있어 최대의 걸림돌입니다. 제거해야 합니다."

조고는 호해와 이사를 돌아보며 눈하나 깜짝 않고 내뱉았다.

이사가 움찔하면서 대꾸했다.

"만만치가 않을 것이오. 어떻게 그들을 제거하지요?"

조고가 품 속을 부시럭거리더니 편지 한 장을 꺼내놓았다.

"한 번 검토해 보시겠습니까. 두 분께서 이의가 없으시다면 곧바로 황제의 옥새를 찍어 봉한 뒤 빈객을 시켜 상군(上郡)의 부소한테 조서로 내리시면 됩니다."

　──짐이 천하를 순행하며 명산의 여러 신께 제사지내고 기도를 드려 짐의 수명을 연장하려 애쓰고 있다. 지금 부소는 장군 몽염과 함께 수십 만 대군을 이끌고 변경에 주둔한 지가 어언 10년. 그러나 조금도 전진하지 못하면서 병사들만 많이 소모시켰으니 결과적으로 나라에 털끝만한 공적도 세운 일이 없는 것이 된다. 그럼에도 불구하고 부소는 여러 번의 상서로 직언해 짐의 하는 일을 비방만 하였다. 더구나 군대 감독의 일은 소홀히 하면서 돌아와 태자가 되겠다며 보채다 짐의 반응이 없자 원망만 하였다. 부소는 아들된 자로서 불효하다. 칼을 내리니 이것으로 자결하라. 그리고 장군 몽염은 부소와 함께 밖에 있으면서 부소를 바로잡지 못했다. 응당 그 음모를 알고서도 모른 척했으니 신하된 자로서 불충하다. 역시 죽음을 내리니, 군사는 부장 왕리(王離)에게 맡겨라.

"어떻습니까?"

"됐소. 호해황자의 빈객을 시켜 즉시 상군으로 보내시오."

# 12. 몽염형제

한편 황제의 조서를 받아든 부소와 몽염은 청천의 벼락을 맞은 기분이었다.

"아, 세상에 어찌 이런 일이 일어날 수가 있단 말인가!"

몽염은 탄식하였고 부소는 낙담하여 중얼거렸다.

"어쩝니까. 황제폐하의 어명이거늘……"

부소는 힘없이 일어나 제 숙소로 돌아갈 차비를 하였다. 자결을 준비하는 낌새였다.

"잠깐 참으시오. 아무래도 수상한 데가 있습니다."

"무엇이 수상합니까. 수상하더라도 구차스런 목숨을 구걸해 황제의 칙서를 의심해선 안 됩니다."

"생각해 보십시오. 지금 폐하께서는 도성(都城) 바깥에 계시며, 태자 운운하신 바도 없거니와 태자를 책봉하셨다는 말씀도 없었습니다. 그런데도 태자 책봉 문제로 황자께서 원망하셨다는 말씀이 적혀 있습니다. 있지도 않은 내용이 아닙니까. 그리고 수상한 점은 또 있습니다."

"그 수상한 점이 무엇입니까?"

"저에게는 30만 대군을 맡겨 국경을 수호하게 하셨습니다. 더구나 황자님을 시켜 대군을 감시케까지 하셨습니다. 누가 보아도 대단한 임무를 맡고 있는 저입니다. 이런 저에게 한 자루의 칼로 죽음을 내리게 할 수가 있겠습니까. 필시 여기에는 어떤 음모가 있을 듯합니다."

"음모가!"

"비록 폐하의 옥새가 찍혔다 하나 그야 얼마든지 위조할 수도 있는 일입니다. 더구나 칙서를 소지하고 온 사자는 폐하의 사자가 아니라 호해황자의 빈객인 듯합니다. 수상하지 않습니까. 한 번 더 확인한 뒤에 결정해도 늦지 않습니다."

"부질없는 짓입니다."

"용서라도 청해 본 뒤에 죽어도 늦지 않습니다. 더구나 폐하께서는 명산의 신들에게 수명을 연장해 달라며 기도드리는 중이라고 적으셨습니다. 만에 하나 폐하의 신변에 갑작스런 변고가 생겼을 경우……"

막사 바깥에서는 어명을 받들라는 사자들의 호령이 계속해서 들리고 있었다.

"얼마든지 가짜 조서를 만들 수도 있는 가능성이 많습니다."

그러나 부소는 고개를 가로저었다.

"이것이 천명(天命)이라면 나로선 순응할 수밖에 없습니다. 그리고 아버지가 자식에게 죽음을 내린 이상 다시 용서를 청할 수도 없습니다……"

부소는 몽염의 팔을 뿌리치며 칼을 받아들고 자신의 막사로 돌아갔다.

그러나 몽염은 달랐다. 장군의 위엄을 한껏 가누며 사자에게 소리쳤다.

"믿을 수가 없소! 그래서 나는 자결할 수 없소. 다시 한 번 더 명(命)을 내려달라 그러시오!"

단호한 몽염의 태도 앞에 사자도 별 수가 없었다.

"그토록 원하시니 그렇게 해보리다. 부소황자께서도 자결하신 이상 장군의 직위와 신병(身柄)만큼은 그대로 방치할 수가 없소."

그렇게 되어서 몽염은 장군의 인수를 빼앗겼고, 일단 양주(陽周 : 감숙성) 옥에 갇혔다.

사자는 황급히 돌아가 호해와 이사와 조고에게 보고하자 그들은 몹시 기뻐했다.

"됐다! 우선 감금시킨 것만으로도 충분하다!"

서둘러 함양으로 돌아온 그들은 비로소 시황제의 붕어를 발표했다. 호해는 즉위하며 2세황제가 되었다. 스물 한 살이었다.

시황제의 유해는 9월에 역산(酈山)에다 묻었다. 이곳은 시황제가 살아있을 때부터 죄수 70만 명을 풀어 만든 묘소였다.

무덤이 봉해진 다음날 묘소 책임자는 2세황제에게 이렇게 보고했다.

"묘실 밑으로 수은 줄기가 기계장치에 의해 자동으로 돌아가도록 오늘 작동시켰습니다. 천정에는 천문(天文)을, 바닥(床)에는 지리(地理)를 그려넣었으며, 묘실을 밝히는 등불의 연료가 오래 타도록 인어(人魚) 기름을 사용했습니다. 또 묘실에 진열한 보물들은 도둑이 접근하지 못하도록 자동발사 될 수 있는 화살을 장치했습니다. 그리고 묘도(墓道)의 중간문을 닫을 때 묘실을 여는 비밀을 알고 있는 기술자들이 돌아가 혹시 발설할까 싶어 무덤 속에 모조리 생매장시켜 버렸습니다. 마지막으로 묘소에는 초목을 심어 외관상으로는 보통 산과 똑같게 보이도록 감쪽같이 위장했습니다."

"아주 잘 마무리했네. 한데 말일세. 궁녀들 가운데 선제의 후궁이면서
도 아이를 낳지 않은 여인들이 많은데 이들을 묘실에다 순장시켜야 할
것을 깜박 잊고 말았다. 궁 밖으로 내보낼 수도 없으니 모두들 자결하도
록 명령을 내리겠다."

조고는 그새 낭중령(郎中令)이라는 요직에 앉아 황제의 측근에 있으
면서 권력을 전단(專斷)하고 있었다.

'한데…… 몽염이 아직 살아있는 한 나의 위치는 위태롭다! 그자의
동생 몽의(夢毅)도 내사(內史 : 수도의 장관)로 있는 한 몽염은 복권될
가능성이 많지 않은가. 둘 다 없애버리는 방법이 없을까?…… 가만 있
자. 좋은 수가 생각났다!'

조고가 몽씨 일가를 두려워하는 데는 그만한 이유가 있었다.

몽염의 할아버지 몽오(蒙驁)는 진의 소왕 때 제나라로부터 와서 벼슬
이 벌써 공경(公卿)에 이르고 있었다. 장양왕 원년에는 장군이 되어 한
(韓)의 성고·형양을 탈취해 삼천군(三川郡)을 설치했다. 2년에는 조나
라를 공격해 37개의 성읍을 빼앗았다.

시황제 5년에 몽오는 위(魏)나라를 공격해 20개 성읍을 탈취하며 동
군(東郡)을 설치했다.

몽오는 시황제 7년에 죽고 아들 몽무(蒙武)가 왕전과 함께 초나라를
공격해 장군 항연을 죽이고 초왕을 사로잡는 공로를 세웠다.

그러니까 몽무의 아들이 곧 몽염과 몽의다. 대대로 장군을 지낸 가문
으로서 누구나 몽씨 가문에 대하여 존경하는 마음을 금치 못했다.

몽염은 진나라 천하통일 뒤에도 30만 대군을 이끌고 북쪽 융적(戎狄)
을 내쫓고 하남(河南 : 오르도스 지방)을 점령한 뒤 만리장성을 구축했

다. 10여 년 동안 상군에 있을 때에 몽염의 위세는 흉노를 떨게 하기에 충분했다.

더구나 시황제는 몽씨 집안을 몹시 총애했다. 그래서 몽의에게 상경(上卿)의 벼슬을 주어 궁중을 드나들 때 항상 배승(陪乘)케 했다. 몽염이 외정(外征)을 맡았다면 몽의는 황제의 측근에서 정책을 수행하는 형상이었다. 그쯤이었으니 어떤 대신이나 장군도 몽씨 가문에 대항할 엄두를 내지 못했다. 아무튼 두 형제가 충성스럽다는 평을 듣고 있다는 사실은 분명했다.

그런 가문인데도 불구하고 조고가 적개심을 품을 수밖에 없는 하나의 사건이 발생했다.

원래 조고는 형제 몇 명과 함께 태어나자마자 곧 거세되어 환관이 되었는데, 그의 모친도 형을 받고 죽었으므로 비천한 신분으로 떨어지고 말았다.

그런데도 불구하고 시황제가 되기 전의 진왕은 조고가 근면하고 형법에 정통하다는 것을 알고 중거부령으로 기용했었다. 그 때 조고는 한편으로 공자 호해를 개인적으로 섬기면서 그에게 판결법을 가르치고 있었다.

즈음이었다. 조고가 큰 죄를 범했는데 진왕은 몽의에게 명해 의법처단케 했다.

"조고의 죄는 사형에 해당됩니다."

속절없이 죽은 목숨이었는데 뜻밖에도 진왕은 오히려 몽의에게 부탁했다.

"아까운 재목이오. 어떻게 그의 죄를 가볍게 해줄 수가 없겠소."

"대왕의 뜻이 그러하시다면 환적(宦籍)만 박탈하겠습니다."

죽음을 모면한 조고는 은인자중했다. 그런 가운데서도 몰래 호해를 섬기며 천하대세를 예의 주시하고 있었다.

"어떻소. 조고가 죄를 깊이 뉘우치고 울며 복죄하고 불철주야 나라 일에 백의종군으로 임한다 하오. 그 근면함과 성실함과 재주가 아까우니 그를 용서하고 벼슬을 회복시켜 주는 것이 어떻소."

당시의 진왕은 시황제가 되어 있었다.

"폐하의 뜻이 그러하시다면 그렇게 되는 것입니다……"

황제의 총애가 지극한 호해를 통한 조고의 입김이 서려있음을 몽의는 알았지만 그 때만 해도 조고의 행동반경에 그토록 크게 신경을 쓰지 않았다.

한편 조고는 이를 부드득 갈고 있었다.

'몽의 그자, 전날 나를 의법처리할 때 조금도 유리하게 처리해 주지 않았지? 어디 두고 보자! 한데, 2세황제는 부소가 자살했으므로 몽씨 형제들을 살려주고 싶어 한단 말야. 몽씨들이 다시 권력을 쥐면 나는 어떻게 되는가. 그자들이 죽지 않는 한 내가 죽게 될 것이 분명하다!'

그렇게 되어 조고는 2세황제에게 간하기에 이르렀다.

"이제 드리는 말씀입니다만 선제께옵서 일찍이 호해황자를 현명하시다하여 황태자로 책봉하시려 했던 사실을 알고 계십니까."

"그런 일이 있었소?"

"그러실 때마다 번번이 '호해황자는 불가합니다' 하고 반대하는 신하가 있었다는 사실도 알고 계십니까."

"모르는 일이오. 그가 누구요?"

"만약 황자의 현명함을 알고 있었으면서도 황태자를 책봉 못하도록 주군을 미혹시켰다면 이는 필시 불충이라 사료됩니다."

"대체 그자가 누구란 말이오!"

"아뢰옵기 황송하오나 몽의이옵니다."

"몽의가!"

"어리석은 생각일지 모르나 그를 주살하는 것이 상책이라 생각됩니다."

"그렇지만 몽씨 가문의 공훈을 생각하면 차마 그럴 수가 없소."

"아닙니다. 그를 붙잡아다 죄를 다스려 보십시오. 숨어있던 죄상들이 백일하에 드러날 것입니다. 일찍이 선현들은 후회할 일을 남기지 말라 이르셨습니다."

조고가 너무도 끈질기게 졸라댔으므로 2세황제도 어쩔 수 없이, 차마 죽이지는 못했지만 일단 대(代 : 산서성)의 옥에다 가두었다. 결국 몽씨 두 형제가 투옥된 것이다.

이를 전해들은 자영(子嬰 : 시황제의 손자이며 부소의 아들)이 2세황제 앞으로 나아가 간했다.

"제가 듣기로는, 충신을 죽이는 군주는 하나같이 나라를 잃고 재앙은 자신에게 미쳤다고 했습니다. 지금 몽씨는 진나라 대신이며 지모의 인물입니다. 그런데도 폐하께서는 이들을 일거에 버리려 하십니까. 저는 절대로 불가하다고 생각합니다. 저는 또 '경솔한 생각으로는 나라를 다스릴 수가 없으며, 한 사람의 지혜로는 군주를 끝내 지켜나갈 수 없다'고 들었습니다. 충신은 주살해 버리고 절조 없는 인간을 중용하면 뭇 신하들이 안으로는 불신을 일으키고 밖으로는 감투하는 전사들의 마음을 이반시키게 됩니다. 역시 불가하다 생각됩니다."

2세황제의 생각은 다시 흔들렸다.

그 때 조고는 다시 아뢰었다. 엎드려 울면서 황제에게 비장의 보도를 빼어든 것이다.

조고의 상주는 거의 협박조였다.

"폐하, 폐하의 황제 등극을 불가하다고 간한 자를 중용하시겠습니까. 아니면 위험을 무릅쓰고 폐하를 2세황제가 되시도록 충성을 다바친 소신을 믿으시겠습니까!"

결국 2세황제는 고개를 떨굴 수밖에 없었다. 대땅의 몽의에게 어사 곡궁(曲宮)을 시켜 영을 전했다.

――선제가 짐을 태자로 세우려 했을 때 경은 짐의 태자 책봉을 불가하다며 비난했다. 승상은 경의 불충죄가 그 일족에 미친다고 했으나 짐은 차마 그렇게까지는 할 수 없어 경에게만 죽음을 내리니 다행이라 생각하고 죽음을 자취하라.

그러나 몽의는 자결하지 않고 대신 상주문을 썼다.

――제가 선제의 의향을 잘 몰랐다고 폐하께서 말씀하시나 저는 연소할 때부터 선제를 섬겨 붕어하실 때까지 충실히 뜻을 받들어 총애를 입었으니 이는 선제의 의향을 알고 있었다고 해야 할 것입니다. 제가 황태자로서의 황자의 능력을 인정하지 않았다고 하시나 여러 황자들 중에서 오직 폐하만이 선제를 따라 천하 순유하심을 보고 어떤 황자들보다 폐하의 능력이 뛰어나시다는 사실을 의심해 보지도 않았습니다. 대체로 선제께서는 폐하를 황태자로 세우려 하심이 수년 이래로 쌓여온 숙망(宿望)임을 짐작은 하고 있었지만 저같은 인간이 감히 무엇을 말하며 무엇을 간하며 무엇을 생각하고 무엇을 계략할 수가 있겠습니까. 이렇게 여쭙는다 하여 감히 말을 꾸며서 죽음을 애써 피하려는 속셈은 추호도 없습니다. 그것은 선제의 명예에 누를 끼치는 것이며 그것을 부끄러워하기 때문입니다. 오로지 원컨대 폐하께서는 숙려(熟廬)하시어 저를 진

실된 죄로 죽여주십시오. 대체로 공을 이루고 제 몸도 온전히 보존하는 것은 도리로 보아 존중할 만한 일이며, 형을 받아 피살된다는 것은 도리가 끝장나는 것이기 때문입니다. 고로 '도리로써 통치하는 자는 죄없는 자를 죽이지 않으며 무고한 백성에게 형벌을 가하지 않는다' 합니다. 폐하께서는 반드시 유의해 주시기를 바라며……

"이 상소문을 폐하께 꼭 전해주시오."

곡궁 일행이 함양으로 떠난 것은 저녁이었다. 달밤이었다. 몽의는 서글픈 생각이 들어 감옥 밖으로 덩그러니 떠있는 둥근 달을 바라보고 있을 때였다.

"앗! 그대들은 누구요? 옥졸들은 아닌 것 같은데!"

복면의 사내들이 다가오고 있었다. 그들은 말없이 다가와 몽의에게 도끼를 날렸다.

조고의 밀명을 받고 온 자객들이란 것은 몽의로서는 알 수가 없었다. 상소문 역시 2세황제에게 전달되지 않았다.

2세황제는 다시 양주의 몽염한테도 사자로 곡궁을 파견했다.

—— 장군의 과실은 많다. 그리고 장군의 아우 몽의도 대죄를 저지르고 죽었다. 법(法)으로는 장군에게도 연루된다.

올 것이 왔구나 하고 몽염은 생각했다. 그러나 그대로 죽고싶지는 않았다.

"이것 뿐이오?"

"칙지(勅旨)란 길다고 하여 더욱 엄한 것은 아니라고 들었습니다."

곡궁은 하릴없이 대답했다.

"……기다려 주오."

—— 저의 조상으로부터 지금에 이르기까지 진나라를 위하여 공을 쌓

고 충성을 다 바친 것이 삼대째나 됩니다. 더구나 저는 지금 30만 대군을 거느리고 있습니다. 몸은 비록 죄수의 몸이오나 한 마디의 명령으로 진나라를 배반하기에 충분한 세력입니다. 그러면서도 배반하지 않고 의리를 지키는 것은 조상의 교훈을 욕되게 하지 않고 선제의 은덕을 잊지 않고 있기 때문입니다. 『주서(周書)』에는 '반드시 세 번 생각하고 다섯 번 단련한다' 라고 돼 있어 모든 사물을 신중하게 검토해야 한다는 경고문으로 알고 이를 철저히 지키고 있습니다. 지금 저의 일족에는 대대로 두 마음을 품는 자가 결코 없었던 사실을 영예로움으로 생각하고 있습니다. 그런데 사태는 어찌하여 반역의 가문으로 갑자기 지목되고 말았습니까. 이는 필시 궁중의 간신이 황제를 능가하려는 의도가 있기 때문으로 짐작됩니다. 도무지 용납될 수 없는 괴변이 폐하의 측근에서 일어나고 있음이 확실합니다. 그래서 저는 폐하께 과실을 바로잡아야 하며 간언을 받아들여 깨달아야 하며, 세 번 다섯 번 검토하고 통찰하는 것이 가장 훌륭한 성왕(聖王)의 다스리는 방법이라 말씀드리고 싶습니다. 그러나 제가 드리는 말씀은 허물을 면하려는 의도에서가 아닙니다. 항차 간언을 드리고 죽을 따름입니다. 원컨대 폐하께서는 만민을 위하여 도리를 따를 것을 바랄 뿐입니다……

몽염은 다 적고나서 곡궁에게 말했다.

"남길 말도 있으니 우리 둘이 한 잔 술은 어떻소."

"나쁠 건 없습니다. 하오나, 조칙을 받들어 장군께 형을 집행해야 할 것입니다."

"물론 알고 있소……"

"그러시다면……"

두 사람을 위한 술자리는 곧 마련되었다. 그나마도 몽염이라는 훈공자로서의 명성을 위한 특별배려인 듯했다.

"나는 십 년 동안 상군에서 빠져나오지 못하고 비바람 찬이슬 맞으며 노숙으로만 세월을 보냈소."

"고생이 심하셨습니다."

"때때로 오랑캐들을 막으랴 성을 쌓으랴 동분서주하면서 오로지 선제의 명령만 받들며 눈보라를 이불 삼아 병사들과 같이 언 밥을 먹었단 말이오."

"어려웠던 일이 어디 그뿐이었겠습니까."

비감으로 목이 잠기는 몽염을 보며 곡궁은 진심으로 대했다.

"그런데 말이오. 나는 지금 죽음을 앞두고서 무엇 때문에 그때 그 일이 자꾸만 가슴 사무치게 생각나는지 알 수가 없소!"

"특별한 사건이라도 있었습니까?"

"우리는 그 괴이한 사건을 일컬어 '맹강녀(孟姜女) 사건'이라 했소."

어느날 맹강녀라는 여인이 만리장성 축조 공사장으로 찾아온다. 그녀는 신혼 며칠만에 징용되어 공사장으로 떠난 남편을 보기 위해 두툼한 겨울옷을 품에 넣고 어려운 여행 끝에 공사 현장으로 찾아온 것이다.

그러나 몽염도 처음에는 맹강녀의 정체를 알지 못하다가, 어느날 성벽 주위를 맴도는 여인을 우연히 발견하고서야 부관을 불러 사정을 물었다.

"남자들뿐인 이런 오지에 여자가 웬말이냐? 저 여인이 도대체 누구냐?"

"맹강녀라 합니다."

"이름을 묻고 있는 게 아니다. 그녀의 정체를 묻고 있는 것이다."

"남편을 찾으러 왔답니다. 돌아가지도 않고 사흘 전부터 저렇게 돌더미 사이를 울면서 돌아다니고 있습니다."

"그녀의 남편이 어떻게 되었느냐?"

"삼 년 전에 돌더미에 깔려 죽었습니다."

"삼 년 전에? 그래서 시체는 어찌됐느냐?"

"찾지 못했습니다. 지금 성벽 어디쯤에서 해골만 남아 있겠지요."

"남편의 죽음을 맹강녀한테는 알려주었느냐?"

"사고를 자세히 알려주었지만 여인은 남편의 그런 죽음을 믿으려 들지를 않습니다."

"믿지 않겠다는 태도도 참 딱하구나. 그래서 여인은 어떻게 하겠다는 거냐?"

"남편을 만나보고 떠나겠다며 저렇게 억지를 부리고 있지 않습니까."

몽염은 곡궁에게도 한 잔의 술을 권한 뒤 그 순간의 사정을 이렇게 술회했다.

"아, 그런데 말이오. 그토록 단단하게 쌓아놓은 성벽이 갑자기 와르르 무너지는 게 아니겠소!"

"성벽이 무너져요?"

"지진이 일어난 것도 아닌데 멀쩡한 성벽이 느닷없이 무너졌으니 어쨌건 변괴가 아니었겠소."

"몹시 놀라셨겠습니다."

"정작 놀란 것은 성벽이 무너지고 나서의 일이오!"

곡궁은 호기심과 두려움이 뒤섞인 눈으로 몽염을 건너다보았다.

"무너진 성벽 속에서 무엇인가 나타나기라도 했다는 말씀입니까?"

"물론이오. 바로 그 맹강녀의 남편이 나타났소!"

"해골뿐이었을 텐데 그걸 어떻게 그녀의 남편 해골인 줄 알았지요?"

"해골이 아니었소. 시체란 말이오. 그것도 부식된 시체가 아니라 이제 막 죽은 모습으로 나타났단 말이오!"

"원 세상에!"

"엄숙한 장례를 치러준 뒤 여인을 간신히 달래어 돌려보냈소. 그런데 말이오. 그대가 와서 나의 죽음을 말했을 때 솔직히 나는 억울해 마지 않았소. 그러나 맹강녀 사건을 머리에 떠올리며 분명 내 죄는 사죄(死罪)에 해당된다는 걸 깨달았던 거요."

"무슨 말씀이신지?"

"나는 진나라를 위하여 임조를 기점으로 요동에 이르기까지 만리의 장성을 구축했으며, 산악을 깎아내리고 계곡을 메워 요새를 쌓고 또한 구원(九原)에서 감천(甘泉)으로 통하는 직통로를 만들어놓은 사람이오. 그 때 맹강녀 남편의 경우처럼 인명인들 얼마나 죽였으며 지맥(地脈)인들 얼마나 끊어 놓았겠소."

"모두 진나라를 위한다는 명분이 있지 않습니까."

"아니오. 백성의 노고를 무시하고 충성이란 이름으로 백성을 혹사만 시켰던 거요. 죽음을 무릅쓰고 폐하께 강력히 간언하여 말렸어야 했던 것을…… 생각해 보시오. 지금 진나라는 제후들을 멸망시킨 당초라 부상자를 치유하고 백성의 궁핍을 구제하며 노인을 부양하고 고아를 보육하며 백성에게 평화를 주려는 노력을 쏟아야 하는 판에 이토록 고된 공사를 일으켜 민간을 혹사시켰으니 어찌 내가 벌을 받지 않겠소."

"하늘의 벌은 저로서는 알 수가 없고, 2세황제께서 내리시는 벌은 저로서도 이해가 가지 않습니다."

"인간의 벌이라기보다 천벌인 거요. 나는 나의 죽음을 이해하오. 자, 내게 내려진 벌이 무어요?"

"사약(賜藥)입니다."

옥사 바깥으로는 눈이 펄펄 내리고 있었다.

"성왕(成王)은 잘못을 저지르고도 다시 정도(正道)로 돌아옴으로써 마침내 번영했고, 하(夏)의 걸왕은 충직한 관용봉을, 은(殷)의 주왕은 왕자 비간을 죽이고도 후회할 줄 몰랐기 때문에 결국 자신도 망치고 나라도 망했소."

"굳이 그런 고사를 말씀하시는 이유라도?"

"문득 2세황제가 생각나서 그런 고사를 떠올려 보았소. 그리고 이 상소문은 황제폐하께 전해지지 않아도 무방하오. 그럼, 약을 이리 주시오……"

결국 몽염은 사약을 받고 죽었다.

[2권 천하대란편으로 이어집니다]

옮긴이 **김병총**

1939년 마산 출생.

고려대학교 철학과 및 동대학 교육대학원 졸업.

1957년 『동아일보』 신춘문예를 통해 동화 「연과 얼굴과」로 등단했으며,

1974년 『문학사상』 제1회 신인상에 단편 「빨간 우산」이 당선되었다.

「검은 휘파람」 「칼과 이슬」 「달빛 자르기」 「대검자」 등

'한국무예소설'의 큰 줄기를 이루는 작품들을 다수 발표했으며,

베스트셀러 「내일은 비」 외 40여 권의 작품집이 있다.

한국문인협회소설분과 회장, 문학동우회 회장(동아일보),

국제펜클럽 한국본부 이사, 중국문학동우회 부회장,

한국소설가협회 상무이사를 역임했다.

# 소설 사기

## ❶ 춘추전국

1판 1쇄 발행  1998년 11월 20일

1판 중쇄 발행  2018년  8월 10일

**지은이**  김병총

**펴낸곳**  (주)문예출판사  |  **펴낸이**  전준배

**출판등록**  1966. 12. 2. 제 1-134호

**주소**  03992 서울시 마포구 월드컵북로 6길 30

**전화**  393-5681  |  **팩스**  393-5685

**홈페이지** www.moonye.com  |  **블로그** blog.naver.com/imoonye

**페이스북** www.facebook.com/moonyepublishing  |  **이메일** info@moonye.com

ⓒ 김병총, 1998

ISBN  978-89-310-0364-2  03810

ISBN  978-89-310-0361-1(세트)